Senhor Ouine

Título original: *Monsieur Ouine*

Editor
Edson Manoel de Oliveira Filho

Produção editorial, capa e projeto gráfico
É Realizações Editora

Preparação de texto
Jaime Elias Coelho

Revisão
Luciane Gomide

Imagem da capa
© The Fritz Eichenberg Trust/ AUTVIS, Brasil, 2019

CIP-Brasil. Catalogação na Publicação
Sindicato Nacional dos Editores de Livros, RJ

B443s
Bernanos, Georges, 1888-1948
Senhor Ouine / Georges Bernanos ; tradução Pablo Simpson ; apresentação à edição brasileira Álvaro Lins ; prefácio Pierre Robert-Leclercq. - 1. ed. - São Paulo : É Realizações, 2019.
288 p. ; 21 cm.

Tradução de: Monsieur Ouine
ISBN 978-85-8033-241-4

1. Ficção francesa. I. Simpson, Pablo. II. Lins, Álvaro. III. Robert-Leclrecq, Pierre. IV. Título.

19-57104 CDD: 843
CDU: 82-3(44)

Meri Gleice Rodrigues de Souza - Bibliotecária CRB-7/6439
20/05/2019 22/05/2019

É Realizações Editora, Livraria e Distribuidora Ltda.
Rua França Pinto, 498 · São Paulo SP · 04016-002
Telefone: (5511) 5572 5363
atendimento@erealizacoes.com.br · www.erealizacoes.com.br

Este livro foi impresso pela Paym Gráfica em julho de 2019. Os tipos são da família Sabon LT Std e Trajan-Normal Regular. O papel do miolo é pólen soft 80g, e o da capa, Aspen Linear 250g.

Senhor Ouine

GEORGES BERNANOS

Tradução
Pablo Simpson

Apresentação à edição brasileira
Álvaro lins

Prefácio
Pierre Robert-Leclercq

É Realizações
Editora

Sumário

Apresentação à edição brasileira – Romance Católico: o das Oposições
por Álvaro Lins 7
Prefácio – A Paróquia Morta
por Pierre Robert-Leclercq 15

Senhor Ouine 29

Apresentação à Edição Brasileira

por Álvaro Lins[1]

Romance Católico: o das Oposições

I – Significado de Senhor Ouine: uma fuga, uma evasão, uma transfiguração?

Georges Bernanos publica agora no Brasil o mais estranho, o mais requintado, também o mais esquisito – "esquisito" com o sentido em língua francesa – de todos os seus romances. Até o ponto de atingir a última página, o leitor procurará em vão o começo de *Senhor Ouine*. O romance, porém, não tem princípio nem fim, ao menos no conceito tradicional dos enredos em ficção. Mais ainda: o leitor não encontrará, sequer, uma base de realidade, para apoiar a sua atenção ou a sua curiosidade. Os simplesmente curiosos sairão decepcionados; e imagino que decepcionados vão ficar todos aqueles que não fizerem nessa leitura um esforço de compreensão, buscando libertarem-se da realidade convencional.

Pois este romance de Bernanos surge-nos com o caráter de um sonho ou de um pesadelo; processou-se a sua realização dentro de uma atmosfera que não é a da vida habitual. Uma fuga, uma evasão? Parece-me que alguma coisa mais: uma transfiguração, uma visão de ânimos,

---

[1] Um dos principais críticos literários brasileiros do século XX, Álvaro Lins (1912-1970) foi membro da Academia Brasileira de Letras e um dos primeiros a saudar a obra de Georges Bernanos. Este ensaio foi publicado originalmente em *O Relógio e o Quadrante*. Rio de Janeiro, Civilização Brasileira, 1973, p. 95-101.

em zona de naturalidade para as situações conflituosas, assim apanhadas em estado primeiro nas fontes vitais.

* * *

Seria intolerável que *Senhor Ouine* houvesse de confundir-se com o artificialismo frenético de toda uma faixa da arte de Cocteau. Os que sempre se agarram também aqui à última moda, os que substituem a personalidade criadora pela habilidade de imitação, talvez queiram ver no romance de Bernanos alguma semelhança com as suas experiências murchas e mortas. Tal esperteza seria artificiosa ao mesmo tempo que desonesta. O romance de Bernanos não se liga a certa inquietude de *poncif* da literatura francesa de pós-guerra. O seu suprarrealismo não é uma receita literária, antes uma consequência dos seus contatos com a sobrenatureza.

Hesito por isso em dizer que o seu estado seja a irrealidade. De certo: é irreal de um ponto de vista naturalista; talvez o seja também dentro do padrão do romance que sempre se apoia na vida objetiva para exprimir os seus seres e movimentos; não o será, porém, dentro de um critério mais rasgado para o absoluto. Será irreal para os que só acreditam na vida cotidiana, nos homens manifestados em exteriores relações sociais, nos seres diurnos em estado de ação. Existe, porém, a outra face da realidade, embora coberta de sombras e mistérios: a da existência noturna, a dos homens no subsolo, a dos seres em estado de sonho ou alucinação. E foi nesta zona de escuridão que Bernanos colocou o mundo romanesco de *Senhor Ouine.* Podemos dizer, por isso, que o seu estranho romance não tem verossimilhança –, no sentido com que esta palavra é empregada em ficção –, mas que contém *realidade.*

Uma bizarria deste livro de Bernanos consiste em alargar-se num enastrado de impressões: ele parece, sob certo aspecto, construído sobre a mais arbitrária fantasia, um mundo de seres sem carne e sem sangue; ele é, na verdade, sob outro aspecto, uma obra de realidade

– realidade psicológica e suprafísica – num mundo de almas vivas e trágicas. Então, o que ele exige, em primeiro lugar, será certa identificação do leitor com o romancista.

* * *

Terá sido este livro escrito em todas as suas páginas no Brasil? Haverá nele alguma influência do ambiente de Cruz das Almas, em Barbacena, onde se encontra Bernanos? Será difícil responder. O seu tema, porém, devia estar havia algum tempo em suas preocupações. Na tiragem de 1938 do *Diário de um Pároco de Aldeia* já se encontra anunciado *Senhor Ouine.*

Senhor Ouine: um romance de almas. Escrevendo sobre o romance católico, Thibaudet dizia que o seu destino havia de ser este, sem dúvida: um romance de almas; e o crítico assim doutrinava exatamente em face de *Sob o Sol de Satã,* o primeiro romance de Bernanos. Sim, no momento de apogeu do teatro, o cristianismo ofereceu enredos com situações dramáticas para a arte cênica; agora, no apogeu do romance, vem proporcionar também grandes temas e grandes figuras para a moderna arte de ficção. Isto se explica pelo fato de que o sentimento cristão se exprime em conflitos e diálogos.

* * *

Acredito sem exageração este dizer-se de Georges Bernanos que é o mais cristão, o mais católico dos romancistas modernos. Não esqueço Mauriac, sobretudo o autor de *Thérese Desqueyroux* e *O Nó de Víboras.* Contudo, há em Mauriac o lado mundano, que não prejudica, antes amplia, os seus dons de romancista, porém que torna mais frágil a sua comunicação com a sobrenatureza. Ligou-se ele em demasia ao mundo, com as suas formas e servidões; e não dispõe, por isso, dessa espontaneidade, dessa liberdade, dessa pureza, dessa inocência de criança que encontramos na obra de Bernanos. Talvez, é possível, Mauriac seja mais romancista, enquanto há em Bernanos maior grandeza humana e literária, um poder mais íntimo nos contatos diretos com a natureza dos homens e com a natureza do seu Deus. E isto foi sem dúvida o motivo principal da surpresa que provocou a sua estreia nas letras.

Bernanos não apareceu pelo caminho normal dos escritores: um livro aos vinte anos, o estímulo ao estreante, o aperfeiçoamento pelo trabalho, a luta pelo sucesso, a glória na velhice. Irrompeu na vida literária, de súbito, já na maturidade; e resumiu todas as etapas num único momento: a glória veio de uma só vez para o novo autor lançado por *Le Rouseau d'Or.* Ela cresceu mais tarde para o artista e para o escritor com *Diário de um Pároco de Aldeia* e *Os Grandes Cemitérios sob a Lua,* mas o homem já era o mesmo desde o seu primeiro livro.

II – Uma nova dimensão para o romance católico

Trazia Bernanos uma nova dimensão para o romance católico. Procurava retirá-lo das mãos dos naturalistas, dos que vinham fazendo do padre um às vezes factício personagem mundano, desde Stendhal e Balzac; e procurava retirá-lo também das mãos dos autores de sacristia, dos que faziam a subliteratura edificante de uma religião cor-de-rosa ou de uma religião mercenária. A literatura de Bernanos, por sinal, não é moralista; não se fez e não se pretende armada em forma de púlpito. Nem é sequer uma defesa do bem contra o mal. Algo mais ampla e mais complexa: uma exposição do bem e do mal; a exposição de uma humanidade em trágico dualismo. Há, por exemplo, nessa obra: toda uma galeria de padres: vigários, bispos, arcebispos. E não são santos os padres de Bernanos. Muitos deles são criaturas bem-pensantes, que só causam raiva ou piedade. Os que são santos – como o do *Diário de um Pároco de Aldeia* – não podem nada contra o mundo e ficam incompreendidos ou despercebidos dentro da própria Igreja.

Porque Bernanos, na Igreja, não estima muito o que é mundano, o que é pomposo, o que se tornou vitorioso pela diplomacia ou pela política. A Igreja, aos seus olhos, está nas pequenas paróquias, nas paróquias de aldeia:

> E a paróquia é uma pequena igreja na grande. Não existe paróquia sem a Igreja maior. Mas se, no limite, a última paróquia morresse, não haveria mais Igreja, nem grande nem pequena, nem redenção, mais nada – Satã teria visitado seu povo.

Há também, em *Senhor Ouine,* uma paróquia e um pároco. A pequena cidade de Fenouille, com a sua paróquia, surge-nos como um microcosmo fechado. E, por conseguinte, Bernanos faz abstração do tempo e do espaço. Estas almas de Fenouille dir-se-iam de qualquer lugar para qualquer época. Nenhum dos personagens de *Senhor Ouine* destaca-se pela ação; o romance não apresenta acontecimentos exteriores. Não tem propriamente enredo. Não tem ordenação ou continuidade. Qual o seu gênero, então? O da psicologia dos sentimentos; a história de sentimentos e ideias na sua gênese, na sua intimidade, num estado de pré-exteriorização. Pode-se dizer também que é um romance de aventuras, um romance poético, num certo sentido imaginado por Jacques Riviere, em *Le Roman d'Aventures,* e realizado por Alain-Fournier, em *Le Grand Meaulnes.*

* * *

A pequena cidade de Fenouille é um mundo de esquipáticos, em ritmo e até furor de aventuras. Há um crime misterioso, mas o que significa diante dessas figuras fora do comum? Os fatos valem bem pouco, os seres humanos monopolizam o romance. Cada um deles está fixado em determinado momento; cada um deles representa uma fisionomia imutável, crescendo apenas de tamanho em cada página: Senhor Ouine, tuberculoso, fechado no seu pequeno quarto, causando medo e curiosidade, com a sua "memória sem data", todo entregue à tarefa de pesquisar as almas, descobrir os seus segredos; Philippe, com a sua inquietação, com a sua perplexidade, ligado a Senhor Ouine como ao mistério do seu próprio destino; o prefeito de Fenouille que toda gente julga louco; o pároco que escandaliza os burgueses com o seu cristianismo; Perna-de-lã, montada numa grande égua, em movimento pelas estradas.

Cada um destes seres tem a sua história, a sua biografia, com certeza. Mas nem a biografia nem a história interessam muito a Bernanos. Prefere ele sugerir o momento dramático em que a existência do ser humano atinge o seu máximo. Importa pouco que o personagem tenha ou não consciência dessa hora agônica. O romancista isola-a; e sobre ela compõe como artista. Eis por que os personagens deste livro são estáticos: eles restam como que parados, numa só posição, num imobilizado instante; e o romancista revela então o seu interior, o conjunto de elementos que determinaram aquela posição e aquela hora culminante. Veja-se a respeito o capítulo do diálogo entre Philippe e a Miss, o capítulo do velório, o movimento dos vivos em torno do morto, com esta participação tão oportuna – o que bem demonstra a intuição artística de Bernanos – dos elementos exteriores:

> A chuva ressoa nas janelas. A cada soluço da pia, uma goteira responde, distante, com uma espécie de grito doloroso, parecido com o chamado de um sapo. Será, de fato, a goteira, ou o cata-vento, ou alguma gralha preta pensativa, eriçada, caída do céu? Lá fora, a imensa pulsação da tempestade cobre tudo.

III – Bernanos: um temperamento para as situações conflituosas em oposição

Do romance católico de Bernanos não se dirá apenas que é romance de almas, mas um romance de almas em oposição. Poderia sentenciar, o romancista, como o pároco de Fenouille:

> E, apesar disso, não sou inocente, conheço o mal. [...] já tinha percebido que ninguém transige com ele, que a justiça e a injustiça são dois universos separados.

O romance de Bernanos é o das oposições: entre almas, entre sentimentos, entre instituições; e seu ponto de partida cifra-se numa ideia que está expressa neste romance: a de que não há fogo no inferno, mas frio. O fogo, que é a vida, está do lado divino. E é pelo fogo que o católico se configura em face do mundo, num movimento que deve ser mais de oposição do que de integração.

Parece-me que o juízo de um romance católico, como *Senhor Ouine*, há que inferir-se do caráter trágico com que revela e expõe aquelas oposições de almas e realidades: a oposição entre Philippe e as duas mulheres, entre o prefeito e a sua cidade, entre Dévandomme e Eugène, entre o cura de Fenouille e a religião convencional, entre o médico e o padre, entre senhor Ouine e o seu ambiente, entre ricos e pobres, entre a mocidade e a velhice, entre a justiça e a injustiça.

E não há de estar no fim do mundo a descoberta dessas oposições.

* * *

Outra originalidade de Bernanos encontra-se nesta ideia: que não há fim do mundo, mas a capacidade, em cada homem, de ir ao fim de si mesmo. E o *fim* do homem, o seu mais secreto potencial de vida, é um núcleo de conflitos e oposições. Em face da sociedade civil, ele se compõe, se ajusta e se adapta pelo jogo das transigências: aí está o romance social. Em face da própria consciência, ele se descobre, reage, luta e se dilacera em oposições e conflitos de almas: aí está o romance psicológico. Dessa categoria é *Senhor Ouine*. O seu problema primeiro não é a composição regular, a construção escolástica, a lógica formalística. Haveria muitos defeitos a indicar se o colocássemos em face de qualquer modelo do romance francês. Mas não seria estupidez exigir de Bernanos fidelidade aos modelos acadêmicos ou vogantes como a quaisquer padrões canônicos? Bernanos é da raça dos escritores que usam os gêneros literários como personalíssimos instrumentos. Panfleto, romance, eloquência? O seu gênero é o do seu temperamento dramaticamente poderoso de genuíno grande-homem; e o do seu estilo singularmente estrutural de autêntico grande escritor.

Na sua literatura, o que esplende, acima de tudo, é a sua natureza humana. Natureza que revela orgulho, humildade, violência, ternura, gritos, confidências, ódios, paixões, justiça, clarividência, inocência, realidade e poesia: toda a tragédia católica dos elementos humanos em oposição.

Setembro de 1943.

Prefácio

por Pierre-Robert Leclercq

A Paróquia Morta

> Senhor Ouine *é o que fiz de melhor, de mais completo. Posso ser condenado a trabalhos forçados, mas deixem-me sonhar em paz com este livro. (CII, 33)*[1]
>
> Georges Bernanos

Outono de 1931. Fenouille, cidadezinha do Norte, sai de seu torpor com a descoberta do cadáver de um jovem criado da fazenda. O drama põe em cena todos os habitantes. Uma quinzena deles está mais ou menos relacionada com esse assassinato inexplicável.

Ouine, professor aposentado; experiências homossexuais desde a juventude; pederasta das almas, perverteu vários de seus alunos; de saúde precária; em todos os sentidos, cultiva o equívoco.

Steeny, dezesseis anos, nome verdadeiro: Philippe; órfão de pai, não o conheceu, é obcecado por isso; adolescência marcada por uma educação entre duas mulheres, a mãe e a governanta; sonha com aventuras e confidencia com um jovem enfermo, Guillaume; fisicamente atraído e repelido pela governanta e pela castelã de Fenouille; vive alheio a toda religião.

---

[1] Abreviações, com o número referente à página: CI: *Correspondance Tome I.* Plon, 1971; CII: *Correspondance Tome II.* Plon, 1971; Œ: Œuvres Romanesques, *Dialogues des Carmelites.* Gallimard, "Bibliothèque de la Pléiade", 1972; Rob: *La France contre les Robots.* Plon, 1970.

Michelle, mãe de Steeny; o homem com quem se casou desapareceu na guerra de 1916; confia a educação do filho à governanta, à qual devota uma ternura ambígua; vive fechada, sem interesse pelos acontecimentos exteriores.

Miss Daisy, governanta de Steeny e companheira consoladora de Michelle; infância capaz de inspirar Dickens; conheceu jovem "os 'bons amigos', os protetores barrigudos" (Œ, 1446); foge de Londres e de um tio vicioso; encontra refúgio em Fenouille; compartilha com Michelle o temor ao homem, uma repulsão física.

Néréis, castelão; beberrão agonizante com 46 anos; casou-se com Ginette de Passamont, que encontrou numa noite de bebedeira; instalou Ouine em seu castelo; não quer morrer sem contar um segredo a Steeny.

Perna-de-lã é como chamam Ginete; mulher estranha, sempre correndo pelas estradas numa carroça puxada por uma égua enorme; mais de um habitante da cidadezinha se gaba de ter-se deitado com ela; em suas crises de violência, gosta de desafiar a opinião geral; será linchada num cemitério.

Devandomme, velho camponês assombrado pelo passado de seus ancestrais, que afirma pertencerem a uma Casa rival da Casa de Lorraine; não pôde impedir o casamento de sua filha com Eugène Demenou, antigo soldado da Legião.

Hélène Demenou; muito amorosa, vive com Eugène em sua cabana de caçador; compromete-o involuntariamente no crime; não faz nada para que ele renuncie ao suicídio; mata-se primeiro.

Arsène, prefeito de Fenouille; atribui grande importância a seu nariz até então motivo de orgulho, e, depois, de tormentos; obcecado pela pureza, lava-se com muita água, como um desvairado; quer confessar publicamente o seu vício passado, frequentar e possuir as meninas; recusa confiar-se ao padre e desaparece.

Malvina, esposa de Arsène; suportou suas travessuras; acompanha a decadência do marido sem admitir que ele sofre de demência; não muito devota, espera que o pároco faça por seu marido o que o médico não pode fazer. Malépine, médico de Fenouille; ateu apaixonadamente argumentador; só acredita na ciência; afronta o pároco com mais condescendência do que animosidade; reduz o "caso Arsène" a uma banal obsessão sexual. Senhora Marchal, antiga parteira; auxilia o senhor Ouine nos seus últimos momentos; revela a Steeny detalhes escabrosos da vida de Néréis e de Perna-de-lã; tenta subtraí-lo à influência de Ouine e de Néréis.

O pároco, recém-chegado ao vilarejo; tímido, amedrontado, sua candura não o impede de opor-se firmemente a Ouine e Malépine; durante o enterro do jovem criado, não percebe os limites que deve observar quando se trata de dizer a verdade.

São clichês! Melodramas! Mas, quando o gênio se faz presente, quando a banalidade da história é o suporte de um eu que traduz o que há de mais profundo e complexo na natureza humana, estamos diante de uma das obras-primas da literatura que desafiam o tempo, pródiga em páginas poderosas, fulgurantes como uma réplica, com o peso de um aforismo e a força de palavras que extraem sua eficácia da simplicidade. Assim é *Senhor Ouine*.

* * *

Senhor Ouine é uma tragédia que compreende vinte e nove cenas repartidas em onze lugares. Das três personagens principais, o pároco de Fenouille e Ouine aparecem, cada um, sete vezes; Steeny é o mais presente, em doze cenas, das quais nenhuma com o padre e apenas três com Ouine. Essa fraca presença de Ouine não o impede de estar, como Steeny, no centro de um drama desencadeado pelo assassinato de um empregado, e que resultará na morte da paróquia.

* * *

"Um antigo professor de línguas vivas, um homem considerável [...] que se corresponde com o ministro da Instrução Pública [...] autor de um método de ensino [...] com um raro poder sobre si, uma incalculável força psíquica, infelizmente devorado pela tuberculose [...] um conversador excepcional." Assim retratado, e visto por Néréis, Ouine tem tudo do bom velho erudito, simpático, adoentado, de trato agradável, inofensivo. A opinião do castelão não é compartilhada. Para a senhora Marchal, "o senhor Ouine tem uma aparência ruim" (Œ, 1359); para os moradores de Fenouille, ele é o estrangeiro "vindo não se sabe de onde, numa noite" (Œ, 1535); para todos, é inapreensível. Como veriam eles, como sentiriam a verdadeira natureza desse velho de comportamento e aparência bondosa e calma? Ninguém consegue ver em Ouine um ser devorado pela curiosidade, não das coisas, mas das almas, uma curiosidade cuja finalidade seria uma possessão do outro jamais alcançada. "Eu os cobicei", confessa ele a Steeny, ao mesmo tempo que não esconde que, em sua vida, não apenas fez o mal mas o quis "em pensamento" (Œ, 1553). E, no contexto desse mal pretendido, põe-se a mesma questão da alma. Ele a reduz a um elemento tão perecível quanto os que compõem e dão vida ao corpo. Emprega a palavra apenas por facilidade de expressão e desprovida de seu sentido religioso. Não deixa de dizer ao pároco de Fenouille que, para ele, a palavra "alma" significa "a verdade dos seres [...] suas motivações secretas" (Œ, 1466). Para Ouine, a alma designa menos um ser do que suas ações. E essas ações, ele quer conhecê-las, segui-las, possuí-las para orientá-las e demonstrar que a alma está submetida a um tempo de vida vã e sem futuro. Se se interessa pelo assassinato do criadinho, é porque conhece bem os homens para prever que esse crime colocará o vilarejo em polvorosa, que denúncias mais motivadas pelo ódio do que pela preocupação com a justiça vão desempenhar o seu papel, revelar segredos, desvios, horrores das almas. O padre não se enganará quando disser aos paroquianos reunidos em torno do túmulo: "eu pensava que a desconfiança, o ódio, a inveja, o medo estavam agindo, que bastava a polícia passar no dia seguinte para fazer seu mel" (Œ, 1489). A polícia e o senhor Ouine!

* * *

Não mais criança, ainda não adulto, Steeny não cruzou a fronteira que o colocará do outro lado da inocência. É um e outro numa espécie de *no man's land* dos comportamentos. É ainda criança quando sonha com aventuras ao lado de Guillaume, um rapaz de sua idade, quando aceita o vinho do Porto de Ouine; não é mais quando beija a mão de Perna-de-lã, rejeita as carícias de Miss Daisy, pressente o que liga esta à sua mãe, perturba-se com o cheiro do cabelo feminino.

Steeny, que, sem querer, é um pequeno Ouine em potencial, não tem com que preencher a solidão, está oprimido por um sentimento de inutilidade, que ele tenta compensar com a imaginação. Inventa aventuras para si e lê romances. Não é tolo. Se ama os heróis de seus livros, diz à Perna-de-lã, é porque "não servem para nada. Eu também não" (Œ, 1357), e, se faz com que Guillaume acredite que ela é sua amante, é porque ser amante é ser alguma coisa, ou alguém. Apesar disso, o verdadeiro Steeny não é esse adolescente sonhador e falastrão. Deseja um herói de carne e osso que satisfaça as suas curiosidades, que o guie. Miss Daisy está inteiramente disponível, espreitando a sensualidade do pequeno macho, mas é à Perna-de-lã que ele se inclina, pelo que ela tem de romanesco e de totalmente insólito, desconcertante. Além disso, o que não é desprezível para Steeny, ela goza de um verdadeiro prestígio, conhece o senhor Ouine a quem o apresenta. Finalmente, ele tem um herói de carne e osso.

Steeny é presa fácil do velho professor, que exerce sobre ele o poder de um preceptor cujo ensinamento é uma maiêutica. A pedagogia do nada que é a de Ouine consiste em que as almas descubram a sua vacuidade e destruam-se a si mesmas. Possuí-las para aniquilá-las.

A presa resiste à lição. Com uma resistência sem convicção, como um reflexo de adolescente diante da autoridade que ele ridiculariza, embora consciente de sua necessidade. Mas Ouine não busca ter autoridade, seu ensinamento não necessita dela e sabe levar o seu aluno pelo caminho que escolheu. Quando Steeny solta "Como a vida é bela e profunda!" (Œ, 1365), o professor do Nada responde que lhe ensinará a amar a morte.

O modo de ser de Ouine quanto à alma de Steeny, sedução disfarçada, igualmente hábil e dissimulada, é a réplica do charme de que se serve sensualmente Miss Daisy, mas a governanta o repugna; o professor o fascina. Como se diz de um irmão de leite das crianças sem parentesco alimentadas pela mesma fonte, Steeny é irmão de romance das duas Mouchettes, a de *Sob o Sol de Satã* e a da *Nova História de Mouchette*. Os três, vítimas do meio social e em busca de um amor ainda que sórdido, são animados por um espírito de provocação que, a exemplo do suicídio, é um apelo à ajuda e, mais precisamente, à compreensão. A Mouchette de *Sob o Sol de Satã* desafia os amantes; a da *Nova História*, seu vilarejo; Steeny, sua mãe, a governanta, Perna-de-lã e mesmo Ouine, a quem afirma: "Esperto aquele que descobrir se eu amo ou se eu detesto o senhor" (Œ, 1372). O romance não diz nada sobre o destino de Steeny depois da morte de Ouine, o pedagogo do Nada, e não me parece que ele se suicidará. No entanto, como para a Mouchette que corta a própria garganta e a outra que se afoga num lago, sua alma está destruída.

* * *

A vida do romance *Senhor Ouine* é tão agitada e viajada quanto a de Bernanos. Iniciado em Toulon em fevereiro de 1931, abandonado e retomado em dezembro de 1932, em parte perdido – em torno de vinte páginas manuscritas que deveriam ser reescritas voam da bolsa de sua moto entre Aix e Marseille –, o romance, anunciado pela editora

Plon para 1935, é concluído no Brasil depois das peregrinações de seu autor pela Espanha e pelo Paraguai. Editado em 1943 pela Atlântica Editora de Charles Ofaire, um editor suíço estabelecido no Rio de Janeiro, é publicado em Paris pela Plon em 1946. À exceção de Albert Béguin e de Claude-Edmonde Magny, *Senhor Ouine* é mal acolhido pela crítica e pelo público. As tribulações dos diferentes manuscritos, que estavam longe de chegar ao fim em 1946, não são estranhas a esse desinteresse.

Em 1943, muito ocupado com a sua instalação numa fazenda no fim do mundo,[2] Bernanos deu autorização a Ofaire, sem corrigir as provas. Pedro Octávio Carneiro da Cunha, amigo brasileiro de Bernanos, a quem devemos a integralidade do romance, sabe do que fala a propósito dessa compreensível negligência: "Bernanos, às vezes, jogava seu gênio pela janela – lamentando-se dos acasos (maus) que às vezes cercavam a sua obra".[3]

Em junho de 1945, às vésperas de seu retorno à França, Bernanos entrega ao amigo um pacote volumoso e bem amarrado: "Guarde isso, por favor. Não posso transportá-lo para a Europa, é muita coisa". Três anos depois da morte de Bernanos, Pedro Octávio abre o pacote. Descobre nele cópias de artigos, o início de uma obra que Bernanos pretendia escrever sobre Martinho Lutero, e dezenas de folhas trazendo passagens desconhecidas de *Senhor Ouine*. Vindo à França, confia-as a Albert Béguin que, em 1955, publica o romance em sua totalidade.

Sejamos indulgentes com os leitores de 1946. Eles só possuíam um romance truncado. Não foram menos numerosos os de 1955 que também viram em *Senhor Ouine* um romance inacabado.

É surpreendente o fato de ele ser feito com uma abundância de narrativas que podem decepcionar, até porque uma construção

[2] Em Barbacena, Minas Gerais. (N. T.)

[3] Carta ao autor.

incomum embaraça-lhe os nós sem levar a desenlaces tradicionais. A fobia dos odores que atormenta Arsène é estranha ao segredo que deteria Néréis, a saber, que o pai de Steeny não morreu na guerra; a obsessão por um título de nobreza que inquieta Vandomme não tem nada a ver com a amizade particular que une Michelle e Miss Daisy; Perna-de-lã pertence a um universo bem distante do de Malicorne e de Demenou.

Paradoxalmente, dessa sucessão de anedotas heteróclitas, nasce uma obra perfeitamente construída e acabada, sobre um fundo de crime não elucidado, com um início – o encontro de uma criança e de um homem –, um fim – a morte do homem e a solidão da criança – e episódios intercalados que, como pequenas pinceladas num quadro, iluminam a matéria do romance, sua razão de ser: a morte intelectual e espiritual de uma comunidade que simboliza a destruição da criança Steeny pelo gênio do mal, o senhor Ouine.

* * *

Organizar uma tal fábula, dominar as diferentes partes que relatam fatos do cotidiano de um vilarejo onde um crime suscita suspeitas e denúncias anônimas, para finalmente levar o leitor, mediante o desespero de um padre, ao fim de um mundo: não se trata, neste caso, dessas obras literárias que correm tranquilamente sob a pena, sobretudo quando os problemas materiais da vida de todos os dias do pai de família se somam às angústias do romancista que renuncia à sua obra para outras obras ditas "alimentares".

Em 29 de março de 1934, Bernanos confidencia a Robert Vallery-Radot que seu trabalho com *Senhor Ouine* não é nada fácil – "Será que o terminarei um dia?" (CI, 513); também a ele, no dia 20 de novembro, "Eu quero absolutamente me reservar o direito de concluir *Senhor Ouine*, com as modificações que acredito necessárias para evitar, tanto quanto possível, a crítica de obscuridade, formulada por um certo número de idiotas"[4] (CII, 33), e pede que lhe deem tempo para trabalhar. Em fevereiro de 1935, numa carta a Maurice Bourdel, diretor das edições Plon, reitera sua irritação diante das críticas a seu manuscrito que mudou de título: "Irrita-me ver um senhor... romancista como eu sou cantor, julgar de cima, em todos os sentidos, um livro como *A Paróquia Morta* que é o maior esforço de minha vida de escritor" (CII, 61). Em 25 de abril, o novo título desapareceu. Escreve: "Meu grande romance *Senhor Ouine*" (CII, 69).

Por que esse retorno ao título inicial? Por que renunciar a *A Paróquia Morta*, título mais próximo do assunto? Michel Daard que, nesses anos, era um jovem próximo de Bernanos, tem a resposta: "Conheço bem a razão pela qual ele não podia mantê-lo: estava cansado de ser tratado (desde a brincadeira de mau gosto de Léon Daudet) de "romancista de párocos".[5]

* * *

É verdade, Bernanos não se desvencilhou de sua fé e, sem ser de um "romancista de párocos", *Senhor Ouine* encontra a sua efetivação, quanto ao fundo e à forma, no sermão de uma missa de exéquias, mas o propósito vai muito além do contexto religioso. Esse ápice da arte de Bernanos que é *Senhor Ouine*, tendo no seu centro o extraordinário sermão, resume o essencial da obra bernanosiana que não se limita a histórias de presbitério.

"Vocês certamente não esperavam de um pároco tais palavras" (Œ, 1485). Com outras palavras, mas com o mesmo espírito de cólera, de revolta e de resignação, o padre faz com que se ouçam, na igreja de Fenouille, vários temas caros a Bernanos que não servem de

---

[4] A menção aos "idiotas" é uma retomada da carta que enviou ao diretor da editora Plon, Maurice Bourdel, em 6 de julho do mesmo ano, quando reclama que os revisores tinham escrito na margem do manuscrito: "Ilegível! Ininteligível!".

[5] Carta ao autor.

base necessariamente a referências religiosas. Quando o padre condena o egoísmo e o desinteresse dos moradores com relação à infelicidade alheia – "Havia um monte de *ch'tis*[6] mortos" (Œ, 1483) – ou à miséria deles medida pelo "dinheiro que é a lei dura, implacável" (Œ, 1486), não evoca apenas a questão da indiferença e da pobreza num contexto paroquial; quando, falando da liberdade que não se compartilha, a menos que não tenham mais consciência dela que os animais, lança a seus paroquianos: "Vocês são livres, meus amigos [...] completamente livres, livres como animais" (Œ, 1486), faz eco ao risco "de se dizer, a cada nova restrição: 'No fim das contas, é apenas uma liberdade que me pedem. Quando se permitirem exigir minha liberdade inteiramente, reclamarei com indignação!'. Há, assim, mulheres que se creem em segurança junto a um homem porque ele ainda não lhes pediu francamente para ir para a cama com ele. Ele não pedirá jamais. Elas irão para a cama bem antes que ele lhes tenha pedido" (Rob, 231); quando relativiza a importância dos pecados, parece retomar as palavras de seu colega do vilarejo vizinho:[7] "O pobre diabo que empurra a sua noiva no colchão, numa tarde de primavera, é tido por vocês em pecado mortal, ao passo que o assassino das cidades, quando os meninos que ele acaba de envenenar vomitarem seus pulmões no colo das mães, só terá que trocar de calção e oferecerá o pão abençoado" (Œ, 1221); quando, no cemitério, o pároco de Fenouille, o inspetor da Academia e o prefeito de discurso gasto veem-se já desamparados e inúteis sobre "as ruínas do que resta ainda da antiga ordem cristã" (Œ, 144) considerada fundamento de uma civilização a mesmo título que a herança grega ou romana, como não ver esses representantes de uma ordem antiquada diante de "uma civilização que parece não ter sido seriamente

---

[6] Francês da região do Norte. (N. T.)

[7] Esse vizinho é o do *Diário de um Pároco de Aldeia,* que Bernanos começa em janeiro de 1935, interrompendo *Senhor Ouine,* o que explica o parentesco romanesco que une os dois padres, com o do *Diário* também à frente de uma paróquia morta.

nem prevista nem desejada, que se desenvolveu com uma rapidez tão assustadora que faz pensar menos no crescimento de um ser vivo do que na evolução de um câncer" (Rob, 96).[8]

Podemos multiplicar os exemplos nos quais algumas palavras do pároco de Fenouille condensam um capítulo de outros romances ou de um desses "escritos de combate" no qual o romancista dá lugar ao polemista. E, então, que importa saber quais elos aproximam Ouine e Néréis, se Ouine é amante de Perna-de-lã e pai de Steeny, se o criadinho foi morto por Ouine, Perna-de-lã ou um vagabundo? Todos apaixonantes quanto à escrita e ao modo como são conduzidos, os enigmas são apenas marcas num caminho que termina com um impasse quando as pequenas misérias dos aldeões se cristalizam para serem a imagem de infortúnios maiores sofridos para além de Fenouille. E esse impasse, o prodigioso sermão lhe estigmatiza as origens durante a missa do enterro do criado ao final da menos religiosa das missas, que não é mais do que a consagração da desesperança.

* * *

De um procurador, de um profeta e de um derrotado, nada mais desesperante do que o sermão do pároco de Fenouille. Ele se desenvolve em contraponto ao pensamento de Ouine. No termo de sua vida longe dos outros, o ensinamento do velho professor que se diz "vazio" se resume a duas frases: "Não há nada. Guarde esta palavra: nada" (Œ, 1550). É a conclusão de suas lições a Steeny. Aos habitantes de Fenouille, o padre: "O que sou entre vocês? Um coração que bate fora do corpo, vocês viram isso, vocês? [...] Eu bato tanto quanto consigo, só que o sangue não vem mais, o coração só inspira e expulsa

[8] Essa constatação é hoje uma banalidade, mas não se pode esquecer que *A França Contra os Robôs* é de 1944, e que esse panfleto-ensaio anunciava: "Um dia, mergulharemos famílias inteiras na ruína, de um dia para o outro, porque a milhares de quilômetros se poderá produzir a mesma coisa por dois centavos a menos a tonelada".

vento" (Œ, 1485). Fora do mundo, voluntariamente, para Ouine, fora da paróquia, a contragosto, para o padre; "vazio" para um, "vento" para o outro, os fracassos são irremediáveis. O velho pedagogo só espera o nada, o padre, depois de ter dito a seus paroquianos: "Há ainda muitas paróquias no mundo. Mas esta está morta" (Œ, 1488), confidencia a Malépine, o médico ateu: "não espero mais nada de meus superiores [...] não espero mais nada de ninguém, ao menos neste mundo" (Œ, 1508).

A solidão metafísica de ambos é diferente. Ouine entra no nada que sempre professou; para o cura de Fenouille, resta Deus, mas a solidão humana de ambos é a mesma. A Ouine a vida nada trouxe, e ao padre, aqui em baixo, não há mais nada, nem mesmo esperança, e sua paróquia está morta.

* * *

Se vários heróis bernanosianos resistiram à "tentação do desespero", o pároco de Fenouille cede a ela, enquanto Ouine não sucumbe à "tentação da esperança". Daí toda a força, toda a grandeza do romance que faz de Ouine uma dessas poucas figuras emblemáticas que a literatura criou século após século – para o século XX, na linhagem de Fausto e Don Juan, não podemos senão seguir Alain Bosquet, que só via duas, Bardamu e Ouine. O que não deixa de alimentar a ambiguidade mesmo entre os exegetas do romance, como sublinha Pierre Gille em *Bernanos e a Angústia* (Presses Universitaires de Nancy), citando Albert Béguin que vê em Ouine um "padre de Satã", em oposição ao pároco de Fenouille, padre de Deus. Não se trata de uma má leitura da obra. Ela é apenas incompleta.

Senhor Ouine denuncia a tibieza de "cristãos que não querem confessar a falência da cristandade", como Bernanos escreve numa carta ao jornalista católico Jean-Pierre Dubois-Dumée, que o tachava de profeta do desespero que "se ouve murmurar tarde demais" (CII,

720), mas o propósito do romance ultrapassa a cristandade. A paróquia de Fenouille é bem mais do que um microcosmo no "ar malsão" que Ouine difunde e amplifica após o crime. O vilarejo é a alegoria de uma sociedade moderna cuja "única infelicidade, sua maldição, é que ela se organiza visivelmente para abrir mão da esperança tanto quanto do amor, ela se imagina substituir pela técnica, espera que seus economistas e legisladores lhe tragam a dupla fórmula de uma justiça sem amor, de uma segurança sem esperança [...]. Os pequenos pedantes quase descerebrados, mas com os bolsos cheios de programas e estatísticas, lhe dirão amanhã que falei uma linguagem de poeta e não de sociólogo ou de economista [...] o sociólogo e o economista sustentam a sociedade como a corda sustém o pêndulo" (Rob, 261-62).

Fenouille, que o pároco abandona nessa incrível recusa a abençoar o cadáver do jovem criado, é a imagem de um mundo em perdição que se afasta de toda espiritualidade, incluída a fé religiosa, mas não exclusivamente. No ensinamento do senhor Ouine, o Deus e o Céu das religiões não são referências. Discutir esses conceitos, colocá-los em dúvida, seria atribuir-lhes uma existência, um papel. Deus não conta na hora do balanço da vida. A algumas horas de sua morte, como numa última lição de não vida a Steeny: "Não houve em mim nem bem, nem mal, nenhuma contradição, a justiça não conseguiria mais alcançar-me [...] nem absolvido nem condenado, note bem: perdido – sim, perdido, sem rumo, fora de alcance, fora de suspeita" (Œ, 1557).

Para o senhor Ouine, Satã é tão inexistente quanto Deus. Se ele pratica um culto, é o do "nada", do "vazio", palavras-chave de sua filosofia. O Nada lhe é mais verdadeiro do que um Inferno que supõe um Paraíso.

O cristão Bernanos se rebela contra a ideia desse Nada. Escritor de tantos personagens que se perdem no desespero, sua esperança não se satisfaz com a morte da paróquia, e sua fé na Igreja faz com que ponha na boca do pároco desesperado essas palavras que preservam o recurso à esperança: "Se, no limite, a última paróquia morresse" (Œ, 1488), mas com *Senhor Ouine*, se ele foi mais longe na "tentação do desespero", foi recusando um mundo onde párocos de Fenouille seriam derrotados por pedagogos do Nada. Para nos dizer isso, com suas cóleras, seus temores e seu amor à vida como antídoto à desesperança, deixa-nos face a face com "certamente o personagem mais inquietante da galeria do romance internacional",[9] esse senhor Ouine que põe um termo à sua obra romanesca.

"Eis a hora do entardecer que amava P.-J Toulet" (Œ, 59), dizem as primeiras palavras do romancista Bernanos; "um animalzinho malfazejo" (Œ, 1562), dizem as últimas. De Mouchette, da vila de Terninques, ao senhor Ouine vindo não se sabe de onde ao vilarejo de Fenouille, que viagem!

[9] Jean-Louis Bory, *Le Magazine Littéraire*, janeiro de 1970.

SENHOR OUINE

Ela pegou esse rostinho entre as mãos – suas longas mãos, suas longas mãos suaves – e observa Steeny nos olhos com uma audácia tranquila. Como seus olhos são pálidos! Diríamos que se apagam pouco a pouco, retiram-se... Ei-los agora ainda mais pálidos, de um cinza azulado, quase mortos, com uma lantejoula de ouro que dança. "Não! Não! exclama Steeny. Não!" E se joga para trás, os dentes cerrados, a bela figura crispada de angústia, como se fosse vomitar. Meu Deus!

– O que está acontecendo? Vejamos, Steeny, interroga uma voz inquieta, próxima, do outro lado das persianas fechadas. É você, Miss?

Mas ela já o repeliu violentamente, selvagemente, e permanece de pé na entrada, indiferente!

– Ora, Steeny, menino mau!

Ele dá de ombros, lança até a porta um olhar duro, olhar de homem.

– Mamãe?

– Pensava tê-lo ouvido gritar – diz a voz já cansada. – Se for sair, cuidado com o sol, meu querido, que calor!

Que calor, de fato! O ar vibra entre as lâminas de madeira. Com o nariz contra a persiana, Steeny inala-o, inspira-o, sente-o descer até o meio do peito, nesse lugar mágico onde retinem todos os terrores e todas as alegrias do mundo... Mais! Mais! Isso fede a alvaiade e betume, é mais forte do que o álcool onde se mistura, de forma estranha, o hálito sempre úmido das grandes tílias da alameda. Eis que o sono o tomou de assalto, com um golpe na nuca, como um assassino, antes mesmo que tivesse fechado os olhos. A janela estreita move-se lentamente, vacila, depois escancara-se como se aspirada de cima. A sala inteira acompanha-a, as quatro paredes enchem-se de vento, batem de repente como velas...

* * *

– Steeny!

São as persianas que estalam, a luz invade o quarto.

– Que loucura escolher um lugar desses para dormir! Do outro lado do gramado, a gente o ouviria. Não é, Miss?

– O senhor Steeny só não deveria fazer a sesta, o médico proibiu.

Ela põe a mão no rosto, ou melhor, apoia-a lenta, cuidadosamente, aperta as têmporas com a palma, passa pelo cabelo emaranhado os dedos misteriosos sempre frescos.

– Se a senhora permitir...

Mas a senhora balança a cabeça, com um ar de consentimento – sim, que importa? – à condição de que a noite venha rápido. A noite! E tenta em vão reprimir um arrepio de prazer que passa por seu belo rosto como uma ondulação sobre a água.

– Steeny me acompanhará. Vou passear com o cachorro.

– Não!

Mamãe dá um passo atrás, apoia o ombro contra a parede com o braço dobrado sobre o peito num gesto defensivo. Esse "não", articulado com a voz quase baixa, acaba de atingir o ar como uma bala. Será esse menino?... Mas já levanta o queixo, observa-o de frente, descobre seus dentes brilhantes. Observa com todas as forças, com toda a coragem, com toda a jovem vida, a presença familiar, embora invisível, o desaparecido, o engolido, o eterno ausente cuja voz reconheceu.

– Não gosto que digam não, Steeny. E lembre-se de nunca dizer não a uma mulher, nunca. Não é digno de um *gentleman*.

Miss está vermelha de surpresa, de emoção, de uma espécie de agitação deliciosa. Envolve a patroa com um olhar dourado.

– Se a senhora me permitir, irei sozinha. Não é, Steeny? Do lado de fora, pegou-o bruscamente pela cintura – tão traidora, tão sutil como um animal, com sua imensa cabeleira ardente. Puxa-o em plena luz do dia, brutalmente, quase esmagando o seu peito contra o peitoril da janela. Ele conhece há muito tempo essa violência calculada, insidiosa, essas carícias ferozes que o transtornam de curiosidade, de terror, de uma espécie de repugnância inexprimível. Não, não, que esse segredo fique entre nós! Recusa desesperadamente o seu olhar, contém nos dentes um grito. Mamãe sorri.

– Deixe-o, Miss.

Ela o deixa, de fato, ele sente os braços cruéis cederem em torno de seus ombros, o aperto se desfaz tão rápido quanto se formara, sob os olhos distraídos de mamãe, vagamente cúmplice. E eis que ambas lhe viram as costas, afastam-se, uma contra a outra para distanciarem-se o menos possível da estreita faixa de sombra. "Mentirosa, mentirosa", gagueja para si mesmo à meia-voz. Por que mentirosa?...

Mamãe é uma mulher sensível, isto é, admiravelmente protegida das grandes decepções da vida, impenetrável. Por mais longe que remonte, diz ela, o curso dos anos, sua memória só lhe apresenta uma sucessão monótona de acontecimentos fúteis, como a passagem do mar sobre um declive estreito: o fluxo acaricia-o sem gastá-lo. Ao antigo pároco de Fenouille, que se admirava cortesmente ao vê-la sempre tão resignada, tão dócil às vontades de uma Providência que fingia ignorar – não por malícia, seguramente, mas talvez por não se sabe que teimosa desconfiança, bem feminina, infelizmente, para com uma filosofia espiritualista frequentemente exigente, confessemos! – ela respondia com simplicidade: "A suavidade supera tudo. – Querida senhora, exclamava o bom homem, a senhora acaba de falar como uma santa!". E é verdade que nada resistiu a essa suavidade, nada. De tanto fazer apelo a esse testemunho irrecusável – a suavidade, minha suavidade –, parece que se tornou presa de seu próprio jogo, como uma criança de seu tigre imaginário desenhado na parede. Para tantos pobres-diabos, a suavidade é apenas ausência, ausência de malícia ou de maldade, qualidade negativa, abstração pura. Ao passo que a sua deu provas de nobreza, prudente em desejos, intrépida, vigilante. Como não imaginá-la sob a forma de um animal doméstico? Entre ela e a vida o roedor engenhoso multiplica seus diques, cava, perfura, desobstrui, vigia dia e noite o nível da água pérfida. Suavidade, suavidade, suavidade. Diante da menor sombra suspeita no espelho tranquilo, a pequena besta ergue o focinho ágil, deixa a margem, rema com o rabo e as patas até o obstáculo e começa a cavar sem ruído, assídua, incansável. A mancha negra diminui imperceptivelmente, em seguida apaga-se, antes que o olho tenha percebido mais do que um fino rastro prateado. Às vezes, depois do jantar, sob o abajur, quando um leve cansaço convida ao pesar, ao sonho, ela deixa cair o queixo entre as mãos, suspira. Pensa na força que há em si e cuja medida sua boa sorte não lhe permitiu estimar, essa experiência profunda dos seres, de suas fraquezas, de suas secretas fragilidades – experiência cujo proveito seria incapaz de dividir com outrem – quase incontrolada pelo espírito, quase indistinta dos obscuros pressentimentos do instinto. "Não entendi a vida, costuma dizer, só que ela sempre me fez alcançar o que queria." E acrescentava, não sem sutileza, para esclarecimento do antigo pároco de Fenouille: "Pequenina, eu tinha um medo horrível dos homens, depois descobri que o que gesticula não é perigoso". De onde lhe vem esse gênio afável, essa paciência de inseto, a clarividência inexorável que lhe permite esperar a covardia infalível do adversário, o primeiro movimento de fraqueza ou de esquecimento? De seu pai talvez, morto bem jovem, cujo rosto lívido revê, de olhos azuis, de boca nervosa, inquieta, feita para a mentira ou a carícia – até esse gesto que ele tinha, que ela também tem, o recuo imperceptível de todo o busto diante da menor contradição.

– Seu avô – diz a Steeny –, era o homem mais fascinante, sedutor como uma mulher; sua avó o adorava.

Ela o havia adorado, de fato, a ponto de ser complacente com o seu único vício: uma preguiça que se tornou em pouco tempo monstruosa, devoradora. Para continuar alimentando esse câncer, o modesto emprego perdido, o patrimônio dilapidado, a infeliz – para usar essa palavra feroz, uma das mais belas do vocabulário burguês – começou a dar aulas particulares. Às súplicas da família respondia com a prodigiosa segurança dos seres sacrificiais: "Lucien está mais doente do que se imagina". Palavras terríveis às quais o infeliz, devorado pelo tédio, só opunha uma resistência impotente. Ele acabou morrendo, de fato, após uma interminável agonia, prolongada por meses em meio a impotências e sarcasmos dos próximos, uma morte tão lenta quanto sua vida. Michelle tinha, na época, oito anos. Ela se lembrará para sempre desse dezembro negro, com cheiro de chá e guaiacol, da chuva que bate nas janelas e desses silêncios aterrorizantes. A noite toda, sua mãe exausta vai e vem do quarto à cozinha, o assoalho range, a água assobia na chaleira, os copos tinem – a menina adormece com um sono ansioso até que a luz brilhe mais uma vez no corredor, espraie-se pelas fendas da porta. Precisa chamar?... Mas teme ainda mais ver surgir na entrada, lívido, o olhar ardente, impossível de afrontar, perdido num meio-sono que parece uma espécie de alucinação, aquela que a espera da infelicidade como que metamorfoseou, tornando-a quase estranha. O que pode contra esses dois seres ameaçadores ligados entre si por não se sabe que pacto, parceiros num jogo sinistro? Afunda a cabeça, então, no travesseiro, guarda suas forças infantis, esforça-se sem jeito para sorrir, em segredo, para si mesma. Suavidade, suavidade, suavidade... Um instinto seguro adverte-lhe que toda revolta, mesmo que para um breve alívio, só a submeteria ainda mais a seus dois companheiros, engajados numa pavorosa aventura. Trata-se apenas de fechar o coração, romper o contato – esse coraçãozinho rápido e insidioso, que ela escuta bater com o dedo na têmpora – sua vida, sua vidinha, sua vida a resguardar, a proteger! "Atenção ao coração! Repete o médico todas as tardes do fundo da antecâmara obscura, cuidado com o coração, ele pode fraquejar." Ela acreditou por dias que sua sorte estava ligada a esse coração debilitado, prestes a detestar o homem cinza, taciturno, que a puxava assim até a escuridão, a morte, porém acabou por compreender que não era nada, que uma vez imóvel o outro coração, o seu continuaria a funcionar, roendo como um rato. Só se habituou a vigiar o pequeno servidor fragilíssimo. Suavidade, suavidade... "Michelle é um anjo, exclama mamãe, pobre menina, parece entender tudo, entende tudo!" E é verdade que entende vagamente que o fim está próximo e – maravilha! eis que esse dia temível é como os outros, nem melhor nem pior – as cortinas semiabertas, a mesa posta, a toalha branca, as vozes cochichando, um doce silêncio... À noitinha, a mãe miserável, quase sem forças, jogou-se sobre a filha, inquieta, vermelha como na época da Candelária, quando faz saltar na frigideira os crepes fumegantes: "Minha querida!...". Felizmente recolocou-a no chão quase de imediato: "Não se deixe absorver por tudo isso, meu amor. Você me dá medo!". E ainda: "Você foi tão forte, tão paciente. Três meses que a deixei, meu Deus: Ah! Mimi, nunca mais ficaremos longe uma da outra".

Nunca mais ficaram, de fato. Mamãe morreu muito mais tarde, seis meses depois do casamento de Michelle, na casa de Philippe, em Béthune – um desses horríveis caixotes de tijolo, com um minúsculo alpendre. A multidão absurda dos domingos do Norte passa em frente às janelas, silenciosa, numa nuvem de poeira dourada. Os jornais da tarde anunciam a mobilização do exército russo. "Cuide dela, suspira uma última vez a moribunda no ouvido de seu genro. Ah! Sim, Philippe, cuide dela, compreenda-a!" Pena! Tarde demais. Esse rapaz de perfil duro pertence à raça inimiga, devoradora, que não mede seus impulsos, joga-se sobre a mulher amada como sobre uma presa. Num momento, ela viu Michelle fraquejar. Entre as poderosas mãos, a filha tão firme, tão sábia, pareceu de repente uma outra pessoa, irreconhecível sob o rosto cavo, doloroso, amuado, o riso agudo, discordante, que atravessa as paredes, balançando a velha senhora em sua cadeira: "Diríamos o grito de um ganso selvagem, na noite, quando o vento perde força". Durante algumas semanas, a casa de tijolos ressoou cenas furiosas, depois o eco acalmou-se aos poucos, o silêncio se fez em torno do homem ávido, a engenhosa suavidade recomeçou a fiar suas teias. "É um poeta, suspira Michelle, uma criança grande. Arranca você do chão e cinco minutos depois não sabe mais o que fazer, busca um canto escuro onde deixar o brinquedo." No dia 28 de dezembro de 1916, desapareceu durante um contra-ataque. "À parte as informações recolhidas aqui e ali, sobretudo o testemunho preciso do tenente Debouloy, é certo, infelizmente, que nenhum ferido pôde resistir na área entre Saint-Jean-du-Loup e na localização 193 por causa da espessa camada de gás que permaneceu nas propriedades e que tornava a posição ainda insustentável na manhã do dia 29."

Steeny é só um nome falso, um apelido tirado por Michelle de seu romance inglês favorito. Steeny se chama Philippe, como seu pai – o desaparecido, o tragado. Sem dúvida, não gosta muito do apelido, mas o nome verdadeiro lhe dá medo. Miss o chama assim às vezes, talvez para brincar – ou, então, por que motivo? Ousa apenas pronunciar, em geral de repente, aliás, as duas sílabas fúnebres, para ver Steeny estremecer. Papai!... O retrato do morto está na mesinha de trabalho, entre os dois velhos Quicherat;[1] está seguro de encontrá-lo ali todas as manhãs; mal o observa. Por vários anos, esse pai que nunca viu permaneceu para ele uma personagem lendária, quase indistinta de milhões de outros heróis, esses combatentes divertidos da Primeira Guerra, verbosos e sórdidos, cuja história era retraçada pelo *Diário da Juventude* – até o dia em que, esgueirando-se de quatro no fundo de um desses imensos armários do sótão que Michelle chama, não se sabe por quê, de Purgatório, e que serve de depósito de roupa, sentiu um cheiro estranho, estranhamente vivo, logo reconhecido – mas onde? mas quando? – tabaco, pimenta-do-reino, sândalo, o sândalo que Michelle detesta. Meu Deus! Subtraído de seu esconderijo por uma mão aparentemente furiosa, viu-se sentado no chão apertando contra o peito, maquinalmente, um casaco de veludo duro e frio, que logo arremessou na escuridão. Desde então, o nome Philippe lhe dá medo. Pobre Philippe! Vinte vezes, cem vezes, prometeu, jurou retornar – numa tarde como essa, quando tudo está dormindo. Ser surpreendido por Michelle seria ridículo. Pegaria a maior parte dessas relíquias ao acaso, aos montes, com os braços, como se transportasse em meio ao fogo o seu corpo sangrando... O cheiro fúnebre persistirá ainda até a noite, e Michelle dirá, inclinando a cabeça e com o nariz torcido: "Ah! Que horror!". Felizmente o butim já estará no armário, e a chave no bolso. "Steeny, você fumou, sim, você fumou, eu juro! Seu quarto está com cheiro de tabaco, é nojento!"

Mas hoje, como ontem, como sempre, é só um sonho: a empresa é temerária, quase insana, de introduzir um morto no centro de uma vida já tão plena. Há dez anos, com exceção das férias curtas, Philippe só viu do mundo a casa cercada de pinheiros, o jardim envelhecido, a horta, os caramanchões. Para além, o vilarejo minúsculo, a fina estrada

---

[1] Provável referência a Jules Quicherat (1814-1882), um dos fundadores da arqueologia francesa e autor dos cinco tomos do *Processo de Condenação e Reabilitação de Joana d'Arc*. (N. T.)

amarela, enrolada sobre si mesma como uma víbora, e que não leva a lugar algum. Michelle quis essa solidão. "Não queria fazer de Steeny um desses horríveis homenzinhos cheios de caretas, simiescos, infantis." Aliás, o único colégio razoável está em Boulogne – dos padres da diocese, antigos vigários que cheiram a sujeira e tinta. Encontrei o superior um dia – uma fofoqueira, uma verdadeira fofoqueira, mole e bochechuda, com ancas enormes. "Senhora, nós lhe tomamos a criança e devolvemos um homem. – Um homem, senhor! Eu sei o que é, ele tem um bom tempo para isso!" E, sem dúvida, ela ama apaixonadamente o filho, embora protelando o quanto pode a hora certa, a hora fatal em que verá aparecer uma vez mais, uma última vez, o inimigo de todo repouso, o tirano, um outro Philippe... Um outro Philippe?

– Ora ora, Steeny, sozinho?

É a castelã de Wambescourt, senhora de Néréis, que se esforça para sorrir, e só produz uma careta complicada, enquanto a pobre cabeça agita-se loucamente em todos os sentidos, busca no ar um apoio invisível.

– Mamãe está aí – responde com insolência Steeny. – Faz a sesta, acho. Você gostaria...

– Não, não, deixe para lá, meu querido! Fique aí...

Ela recolhe energicamente em torno de si as dobras do longo casaco negro, deixa cair a bolsa, pega-a no ar, lança discretamente às persianas fechadas um olhar receoso.

– Fique aí! Deixe Michelle dormir. É tão bom dormir, Steeny... Meu Deus!

Ela se estica ao sol com um estranho arrepio. A luz cava ainda mais o miserável rosto torturado onde a boca pintada brilha lugubremente.

– Steeny, você não me acompanharia até a carroça, meu anjo? Deixei-a na entrada do parque, por causa das moscas. Perto do riacho é impossível: achei que a égua fosse disparar.

– Disparar? Oh! Senhora!...

Philippe ergue os ombros com um ar entendido. Não tem medo de nenhum cavalo, essas histórias de éguas que disparam fazem-no rir.

– Você está brincando comigo, meu anjo...

Ela dá um grande passo à frente, hesitante, desigual, rude. Com o salto alto, suas botas escorregam sobre os espinhos dos pinheiros e, cada vez que dobra os joelhos, reergue-se, paira em torno dela um cheiro de éter e de âmbar.

– Sim! Você está brincando. Não diga que não, Steeny! É porque estou ridícula nessa espécie de vestido de seda apertado, com minhas pernas finas e longas? Pareço uma aranha negra com a cabeça branca. Você está rindo disso, Steeny?

– Eu? Não – responde tranquilamente Philippe. – Acho que você parece um personagem de romance.

Ela se deteve um instante, com a cabeça revirada para trás, as sobrancelhas levantadas, a boca furiosa. O que vai dizer? Mas o olhar que Steeny afronta com uma espécie de curiosidade ultrajante cede primeiro, desvia-se. Ela vira-lhe as costas, joga-se para frente, como para reequilibrar-se. Philippe imagina um gigantesco pássaro ferido que anda sobre as asas.

– Não pode, meu anjo. Personagens de romance, ora! E o que você faz com eles, você, Steeny?

– Ah! Nada! É por isso que gosto deles. Não servem para nada. Eu também não.

Ela se detém ainda, dirige os olhos de animal acossado à direita e à esquerda, retoma a caminhada dançante. Steeny fica ofegante ao segui-la. Não teria, sem dúvida, para dar cabo disso, que passar tranquilamente pelo bosque, mas prefere dizer que a sorte está lançada, que essa criatura absurda vai dispor dele provavelmente até o fim da tarde. Terá talvez que voltar no crepúsculo, afrontar o sorriso de Miss – e a voz suave de Michelle atrás da porta: "De onde ele vem? Jantar na casa de Ginette! Mas ele é louco!".

* * *

Pois Ginette só vem raramente a Fenouille, embora Michelle defenda-a ainda, por hábito ou talvez também com raiva das devotas rivais que lhe proibiram, mesmo a ela, rejeitada pouco a pouco, de forma traiçoeira, o acesso aos círculos felizes onde a sociedade bem pensante se dedica a seus jogos inocentes. A velha marquesa Destrées, cuja eterna saia negra exala um cheiro de couro e que é capaz de quebrar o pescoço de uma lebre num só estalo com sua mão cortante, disse de uma vez por todas: "Não proíbo formalmente a senhora Dorsel de vir à minha porta, mas Ginette é impossível". Acrescenta: "Meu pobre primo Anthelme ficou louco". Dizem, na verdade, que a casa está caindo aos pedaços – o teto destruído, a chuva descendo pelas escadas, em cascata, o corredor apodrecendo, cheio de uma água negra que a cada passo jorra pelas frestas do piso. Quarenta anos, o gentil Anthelme viveu aí tranquilo, comendo bem, bebendo melhor, com hálito de rosas, mijando direito. Dez anos não teriam bastado para gastar seus calções de veludo. Até esse outono augural em que, numa rua de Vittel, encontrou Ginette de Passamont, filha de um pobre farmacêutico lionês – Ginette de Passamont, que ele trará consigo alguns meses mais tarde, com seu cortejo de amigos recrutados ao acaso nas estações de trem e palácios, e que desapareceram com as primeiras geadas nos gramados desertos, deixando o gordo rapaz nas mãos de sua amiga, boquiaberto, tremendo em sua camisa de seda, no fino terno havana, com suas botas delicadas... Ia como antigamente, no campo, só, empurrando diante de si seus cachorros, sem ter ainda envelhecido e, todavia, irreconhecível, com o rosto banhado por uma luz estranha, suspeita. "Anthelme me dá nojo!", foi o grito de todas as mulheres. Algum tempo depois, antigos companheiros de caça, encontrados ao acaso, andaram de castelo em castelo contando histórias extravagantes, espalhando que esse acomodado, esse glutão, esse porco do Anthelme – maldito Anthelme! – passa o dia inteiro na parte detrás da livraria de Hudeville, preocupando-se com artistas, falando de patrocinar um poeta, um pensador, um teósofo, qualquer um, enfim, esses tipos formidáveis que a sociedade condena a morrer de fome; dá a entender que ele mesmo perdeu sua vida, gastou tempo correndo atrás dessas tontas como um grosseirão. Apesar disso, sempre teve gosto pela música, era capaz de guardar uma ária, de tocar com um dedo o piano. Além do mais, toca trompa. Assim, conta levar à frente a sua teoria, limpara orelha duas vezes por semana nos concertos de Boulogne... "Porque a literatura, primo, para se dedicar a ela na minha idade, é o diabo!" Assim que alguém pronuncia o nome de sua mulher, ele se atrapalha, balbucia, os lábios tremem. "Sim!... Sim!... contente sozinha... alguns amigos parisienses... vivemos sozinhos, absolutamente sozinhos..." Pôs em marcha, entretanto, seu projeto mais caro: acolheu um antigo professor de línguas vivas, um homem considerável, infelizmente devorado pela tuberculose, o senhor Ouine, que se corresponde com o ministro da Instrução Pública, é autor de um novo método de ensino. Aliás, a sociedade bem pensante só tem em alta conta esse hóspede correto que está sempre tirando o chapéu para todo mundo e sobre o qual o decano de Lescures declara: "Ele dá a impressão de um raro poder sobre si, de uma incalculável força psíquica". "Nunca pude obter de sua gentileza, ao longo de entrevistas brevíssimas, uma palavra a favor ou contra a religião; parece interessar-se apenas pelo problema moral."

Os maledicentes, que lhe atribuíam antes, de boa vontade, intenções amorosas, que se compadeciam desse pobre Anthelme, calaram-se um após o outro, e mais de uma castelã lamenta a escolha que fez esse *gentleman* por uma casa suspeita e a impossibilidade de recebê-lo. Nas recepções de final de ano, quando Michelle é tolerada, perguntam ainda, com um ar de falsa indiferença e distância: "Parece que é um conversador excepcional". Infelizmente faz dois anos que Michelle não põe os pés em Néréis. O senhor Anthelme está doente, talvez louco, Ouine invisível, Ginette corre pelas estradas atrás de sua enorme égua normanda, como se fosse perseguida por espectros. "Um fim de tarde do último inverno entrou em minha casa, desmaiou no sofá, foi embora como veio, sem abrir a boca."

* * *

Philippe desata a correia, deixa a carroça na parte baixa do talude. Mas Ginette já pega as rédeas; ele só tem tempo de sair de baixo das rodas, de saltar desesperado na caixa leve de nogueira envernizada que dança ridiculamente sobre as molas. "Puxa! Que brava!..." A grande égua marrom aperta o morso, faz um volteio na estrada com suas quatro ferraduras e um poderoso movimento das ancas, e o rangido do couro acompanha deliciosamente o cheiro almiscarado do pelo, da bela pelagem luzente manchada de suor. É a primeira vez que Steeny vê de perto esse animal famoso, e só tem olhos para a companhia bizarra que acaba de apoderar-se dele, de surpresa, leva-o num ritmo acelerado, selvagem, de um sonho provavelmente sem pé nem cabeça, do qual ignora tudo. Como seguiu, sem discutir, essa senhora de Néréis que os brincalhões chamam injuriosamente "Perna-de-lã"?[1] Normalmente a evita ou a observa com curiosidade, sem responder, para escândalo de Michelle, que atribui a Ginette "maneiras desconcertantes". E seguiu-a não por tédio, por indolência, assim como já fez tantas bobagens que permaneceram secretas: o ataque pérfido de Miss, a indiferença de Michelle, a partida das duas amigas, essas vozes lisonjeiras que se misturam tão estreitamente, esposam-se, o riso cúmplice, mal surpreendido, mas que cavou entre ele e seu mundo familiar um tal abismo de solidão – ah! esse riso íntimo, cúmplice! – e a aparição da estrangeira são apenas uma só e mesma história na ofuscante nudez desse dia tórrido. O que faz com que essas humildes conjunturas tão pouco distintas, em suma, de tantos

[1] Perna-de-lã, do francês *Jambe-de-laine*, pode significar perna mole, vacilante, ou pessoa preguiçosa, que se furta ao trabalho. (N. T.)

outros incidentes da existência cotidiana lhe pareçam pertencer a um sistema ignorado de sensações, de imagens, como que a um outro universo? Em que minuto, por que milagre rompeu-se o elo inflexível, saiu da infância, quase contra a vontade? Quem poderia dizê-lo? Mas basta que o prodígio seja realizado: amanhã, amanhã que até então era apenas a pálida imagem de ontem ainda abaixo do horizonte, o amanhã esperado com o coração tranquilo, reencontrado todas as manhãs sem surpresa, não existe mais. Ó maravilha! A vida acaba de escapar-se-lhe de repente, como a pedra de um estilingue!

– Abaixe um pouco, meu anjo.

Ela passa por um cruzamento a trotes largos. A ladeira ergue-se suavemente até o céu, reduz-se, em seguida acorre na direção deles a toda velocidade. As duas rodas saltam de lado na estrada com um estalido seco como um tiro de pistola. A carroça hesita um instante, inclina-se, em seguida a sebe passa rápido como uma flecha pelo flanco do animal impassível cuja garupa escureceu com um suor franjado de espuma.

– Você entende? Era para mudar a direção – disse ela com um tom de confidência e desculpa. – Você precisava abaixar um pouco mais, meu anjo.

O pobre rosto manchado de vermelho não se anima, o olhar cingido de azul, em plena luz, permite ver seu esmorecimento. Mas as mãos cruzadas sobre as rédeas não cederam. Onde Philippe viu mãos como essas? É porque as mangas revelam um punho tão fino? Como estão nuas!... Philippe observa, além disso, que a cera das rédeas escureceu-as um pouco, que parecem mãos de colegiais, manchadas de tinta. Uma unha quebrada ainda sangra. Estranhas mãos como que suspensas entre céu e terra, levadas por um voo silencioso, atrás do animal indomável! De onde vêm? Aonde vão? A que fatalidade? Imediatamente, Philippe pousa sobre elas os seus lábios.

Há um minuto a carroça corre na grama.

–Vamos entrar pela pastagem, Steeny, temos de fazê-lo. É preciso. Dia e noite, o senhor Ouine está na janela, observa tudo.

Ela pula no chão, acaricia o longo pescoço brilhante.

– Está vendo essa égua, Steeny? Pois bem, ela vai ficar aqui, não vai mexer nem a pata, só para espantar moscas. Nunca fica presa.

– Oh! – diz Philippe –, eu, você sabe, os animais adestrados, os prodígios – que chatice! Por que não um cavalo de circo? Será que ela sabe dançar?

O quarto do senhor Ouine está coberto com um papel rosa um tanto desbotado, mas limpo, e ele mesmo clareou o teto com cal. Infelizmente a sujeira secular reaparece sob a pintura, desenha nela cabos, golfos, ilhas, toda uma geografia misteriosa. A janela estreita só deixa passar uma luz fraca, ainda amortecida pela sombra dos pinheiros próximos, três árvores semimortas, com a copa negra, e cujo espesso esqueleto estala sem parar.

– É sorte... muita sorte... – repete o velho com uma voz doce. – Normalmente, cochilo alguns minutos, por volta das sete. Mas ouvi a porta do corredor batendo, meu sono é leve... De todo modo, é preferível que não falemos mais desse detestável mal-entendido.

Ouine estava sentado na beira da cama, com as pernas para fora, um chapéu-coco sobre os joelhos, o blusão de marujo abotoado até o pescoço, os grandes sapatos cuidadosamente engraxados. Teríamos visto tranquilamente uma espécie de contramestre, não fosse a extraordinária nobreza de um rosto de linhas tão simples, tão puras e cuja benevolência profunda, cuja expressão de calma e lúcida aceitação não se deixavam alterar nem pela idade, nem pelo sofrimento, nem mesmo por uma camada de gordura ruim.

– Ouça – disse pouco depois –, ouça... Escute os cem passos de nossa amiga no corredor, criatura infeliz! Ah! Philippe (é difícil para mim dar-lhe esse nome absurdo de Steeny), conheça a piedade antes que a experiência do desgosto lhe tenha envenenado a fonte!

Uma de suas mãos curtas acaricia suavemente o chapéu de feltro, enquanto a outra pousa no ombro de Steeny.

– Não se espante de encontrar-me aqui, Philippe, não lamente por mim. Eu adoro esta casa. Vivi momentos inesquecíveis aqui. Sim, dias e dias, este quarto que você vê tão simples com sua cama de empregada, sua bacia e sua lata, foi como um pequeno navio balançado pelo mar. Fui eu que quis esse despojamento, essa pobreza grosseira tão favorável a um cochilo, rico em sonhos. Quantas vezes tive de esfregar, encerar, polir esse piso vermelho para que desaparecesse esse cheiro de mofo e de água parada que sai das paredes, envenenando até o ar do jardim! Tive de limpar os cantos de cada azulejo, embebê-los em cloro como para pequenas feridas. Oh! Você não vai acreditar, rapaz: a lama em contato com o ácido, a lama de um século ou dois, extraída de sua longa secura, não parava de sair pouco a pouco em meus dedos, rebentando em grandes bolhas cinza. Eu ia me deitar exausto, todo suado, com esse estalido mole, horrível, na cabeça. O passado é tenaz como o diabo, meu jovem.

– Ora, eu não me preocuparia tanto, senhor Ouine. Para mim, o passado não conta. O presente tampouco, é como uma franja de sombra no limiar do futuro. O futuro!...

Virou a cabeça instintivamente para a janela, para o dia. É inútil. O olhar triste que sente pesar sobre si afasta-o já, pouco a pouco, como que por uma pressão misteriosa, leva-o até a cama cujo lençol pálido apaga-se na sombra.

– Sou seu amigo, Philippe – disse Ouine com simplicidade –, mas com uma autoridade notável.

Levantou bruscamente a cabeça e no tempo de um clarão – ó sonho absurdo! – Steeny acreditou reconhecer o companheiro predestinado de sua vida, o iniciador, o herói perseguido através de tantos livros. E, ao descobri-lo tão diferente do que imaginava, velho e doente, crê sentir o próprio peito exaurir-se no mesmo fogo traiçoeiro que o devora sob o pobre blusão de lã; e, para abafar um soluço derrisório, arremessa também a cabeça para trás, afronta não sabe que desafio trazido por essa casa e seus poderes secretos, servidores diligentes do mais secreto de todos, a Morte – a Morte operando tão perto deles, sob seus pés... Ouine continua acariciando o chapéu.

– Você é um rapaz forte, desculpe-me – disse o professor pouco depois. – Tenho vergonha de ter falado nesse tom de solicitude imbecil, paternal. Quisera Deus que eu fosse só um igual!

O olhar empalidece um pouco enquanto aperta discretamente, com os cinco dedos da mão livre, a parte de cima do peito, no início do pescoço. Nada, senão talvez a coloração apagada das faces, seu achatamento, pareceu assinalar essa debilidade, e, contudo, o instinto de Philippe, com uma força inaudita, adverte-o quanto a um perigo próximo, certo, horrível. Em seguida, tudo se apagou novamente.

– Sim, perdoe-me – retomou Ouine. – Tendo-o visto há pouco em companhia dessa mulher infeliz, só queria poupá-lo de um espetáculo evidentemente bem cruel para um rapaz de sua idade, aviltante. Mas, sem dúvida, você é mais capaz do que eu de suportar a humilhação.

– Que humilhação? – diz Philippe. – Por que me sentiria humilhado de ver o senhor Anthelme, morto ou vivo? E, aliás, o que lhe prova que a senhora de Néréis... O senhor acha que ela me encontrou por acaso... eu deveria ter saído com os cachorros...

– Sair com os cachorros! – exclama o professor de línguas. – Há mais cachorros aqui do que você poderia levar para passear, uma bela matilha!... Minha criança, retomou, depois de uma pausa, fiz pelo homem simples e bom que vai morrer o que não teria feito por nenhum outro. E não por compaixão, olhe bem, desconfio da piedade, senhor, ela desperta em mim sentimentos sobretudo vis, uma coceira de todas as chagas da alma, um horrível prazer. Não é menos verdade que o espetáculo de uma certa degradação é, com o tempo, intolerável. Protegi essas pessoas contra elas mesmas, ora se eu as conheço! Não há um canto desses quartos que não me faça lembrar de um esforço, de uma luta, ou de alguma deplorável mentira esmagada por acaso, como um inseto. Agora o trabalho está feito, ai de mim! – nada mais a matar. Os pobres segredos estão espalhados. Oh! Note bem, para eles é a mesma coisa, eles vão e vêm como antigamente, repetem indefinidamente as mesmas fábulas, esquecem que o esconderijo está vazio. No último grau de aviltamento, um homem perde sua verdade para sempre – esses passariam por cima sem reconhecê-la. É possível que nossa amiga o tenha encontrado por acaso, a ideia deve ter-lhe surgido ao vê-lo... Ah! De Fenouille a Néréis, a égua devia trotar!

– Trotar ela trota, isso é certo... Ouça, senhor Ouine...

– Diga apenas "senhor", Philippe.

– Não. Oh! Não. É senhor Ouine, ou nada. Ouça, senhor Ouine. Se o senhor achar necessário, passo agora no quarto do senhor Anthelme, por que não? Desde cedo – não se pode explicar isso – acontece-me algo de extraordinário. O jardineiro enchendo o cachimbo, uma carroça vazia que passa, parece que tudo me faz um sinal, me chama... Como isso se expandiu bruscamente em torno de mim! Como a vida é bela e profunda! Nunca a morte me deu menos medo do que esta noite.

– Vou ensiná-lo a amá-la – disse imediatamente Ouine, com voz baixa. – Ela é tão rica! O homem razoável recebe dela o que o temor e a vergonha impedem-no de pedir noutro lugar, e até a iniciação do prazer. Guarde isso, Philippe: você vai amá-la. Um dia mesmo você vai amar apenas ela, eu receio. Se meu quartinho modesto em sua nudez parece-lhe suave, é porque ela está presente nele: você se enroscou em sua sombra, sem saber.

Acabava de colocar junto aos pés o ridículo chapéu de feltro e suas duas mãos pálidas, um pouco inchadas, desenhavam uma árvore misteriosa, não se sabe que grandes folhas de palmeira invisíveis.

– Ora bem! – disse Steeny, como para acordá-lo. – O que vamos decidir, senhor Ouine?

Mas o olhar do velho fê-lo imediatamente baixar os olhos.

– Não voltarei para casa esta noite – continuou o garoto, com uma súbita cólera. – Tenho o coração cheio demais, pesado demais. Além disso, odeio a casa: hoje ou amanhã, que importa? Cedo ou tarde, vou precisar atravessar esse jardim ridículo pela última vez, as escadas vetustas, os caramanchões e os dois pastos queimados. Pela última vez verei a fachada estúpida e branca, esse caixote que nem o sol nem a chuva conseguem fundir – e queira Deus que eu encontre em seu lugar um charco de cal e argamassa!

Na entrada, Ouine faz um sinal amistoso, fecha cuidadosamente a porta. Mas é inútil a atenção que Philippe lhe presta. O maravilhoso silêncio do quartinho parece apenas abalar-se, virando suavemente em torno de um eixo invisível. Acreditava senti-lo deslizar em seu rosto, no peito, nas palmas das mãos como uma carícia da água. A que profundeza desceria, a que abismo de paz? Jamais, durante essa jornada capital, tinha-se sentido mais longe da infância, das alegrias e dos sofrimentos de ontem, de toda alegria, de todo sofrimento. Esse mundo, no qual não ousava acreditar, o mundo odiado por Michelle – "Você sonha, Steeny, que chatice!" – o mundo da preguiça e do sonho que havia outrora engolido o frágil avô, o horizonte fabuloso, os lagos do esquecimento, as vozes imensas – abrira-se-lhe bruscamente e ele se sentia forte o suficiente para viver aí entre tantos fantasmas, observado por milhares de olhos, até o supremo passo em falso. "Em nossa casa, sem chance de vencer, é preciso cair: mesmo o senhor Ouine cairá." Assim falavam todas as bocas da sombra. E para ele, Philippe, na verdade, que importa? Admira-se apenas de não poder oferecer um lugar ao novo mestre entre seus heróis favoritos. Que serenidade em torno desse homem gordo, de rosto lívido... "Será isso talvez que chamam de santo?", pensa Philippe com um terror cômico.

Não se pode dizer que o silêncio tenha sido quebrado, mas ele desaparece pouco a pouco, desce a ladeira. Atrás sobe um fremir quase imperceptível, que não é ainda um barulho, precede-o, anuncia-o... "Puxa! Exclama Philippe, Ginette chora."

É preciso, aliás, muita atenção para reconhecer esse lamento monótono acompanhado por um zumbido mais grave – a voz de Ouine, sem dúvida – e que se infla de repente, depois volta a cair. Silêncio.

– Ora bem! Senhor Ouine...

O professor de línguas ergueu os ombros com tristeza.

– Você gosta dos cheiros, meu jovem? Eu os odeio.

– Que cheiros?

– Não importa. Poucos espetáculos são capazes de perturbar os meus nervos; mas um certo fedor me assusta, confesso. Sim, meu jovem, o terror entra lentamente em mim pelos olhos.

Com as mãos juntas, farejava as unhas com receio, uma a uma.

– Nosso amigo não cheira bem – disse enfim, com um sorriso amarelo.

– Que amigo? O senhor Anthelme? Por quê?

– Gangrena diabética, acho – replicou o velho subitamente apaziguado. – Felizmente essa corrupção é indolor: julgue você mesmo. Nosso pobre doente ficou na cama seis dias. Como de praxe – pois a negligência desses camponeses é extrema – permaneceu de meias. Tivemos de arrancá-las ontem com um balde de água quente na esperança de facilitar o descolamento – ai de mim! fácil de prever – da derme. Mas ele não parou de fumar o seu cachimbo, rindo de nossas caretas ou imitando-as como um macaco... Oh! Era um rapaz vigoroso, cheio de força.

Ele falava tranquilamente, pausadamente, com uma voz quase inaudível, e, no entanto, Philippe acreditava sentir, não sem um vago pavor, o mesmo silêncio formar-se novamente em torno deles, silêncio que parece absorver apenas a parte mais grosseira do ruído, dando a ilusão de uma espécie de transparência sonora. Pois é, de fato, com a límpida magia da água, com o seu suave envolver, com o milagre eterno da água, que sonha Philippe...

– Que o gentil Anthelme vá embora sozinho, sem tambor nem trompete, acho isso até um tanto discreto. Tudo bem para os vizinhos que são uns animais; melhor, acho, morrer na borda de um fosso do que ver acorrer ao leito de morte a velha Destrées, por exemplo – que chatice! a velha com sua espingarda, a capa de chuva e as botas – meu primo aqui, meu primo acolá... é que fede a bolsa de caçador, a degoladora! Só, nem padre, nem médico, nem notário... brrr... Sim, sim, pode rir, senhor Ouine.

– Vejamos, Philippe, por que você não quer que chamemos nem médico, nem tabelião? É verdade que o segundo não terá muito o que fazer. Mas um doutor de Boulogne veio três vezes e vamos vê-lo ainda amanhã – visitas de pura formalidade, aliás. Faz bastante tempo que nosso amigo não é mais do que uma pobre carne em plena fermentação, saturada de açúcar e de álcool, um mosto. Tem até cheiro de mel. E quanto ao padre, olhe que eu tentei o impossível para que a senhora de Néréis não lhe proibisse a entrada na casa: supliquei, ameacei, manobrei, tudo em vão... Que homem recusaria a esse miserável, a esse derrotado, a oportunidade suprema que lhe resta de entrar nobremente na morte? Talvez mesmo eu, confesso, tivesse ficado resignado com o escândalo: o abade Doucedame não achou que devia correr o risco... Você honra a Deus, minha criança?

Estendeu imediatamente a mão, apoiou-a fortemente contra a boca de Philippe.

– Não, não, basta, não diga nada, você ia dizer uma bobagem, retomou sem parar de sorrir, embora os lábios tremessem de impaciência. Um rapaz da sua idade não responde de boa vontade a uma pergunta como essa.

Ele virou as costas bruscamente, deu alguns passos em direção à janela. Colocado de viés sobre o lençol, o chapéu de feltro deixava à mostra o forro, outrora grená, uma fina meia-lua rosa, à semelhança de uma boca delicada... "Será que ele dorme com isso?", pensa Steeny. E desata num riso nervoso, há tempos contido, irresistível. O ridículo globo negro salta do meio do travesseiro, hesita, desaparece, oscila, enfim, entre a cama e a parede, indo de um lado ao outro, como uma boia de cortiça balançada pela onda. "Deixe-me! Deixe-me!..." Mas seus braços se deixam arrastar, impotentes, como se a força do riso os tivesse partido. Curvado em dois, soluçando, esforça-se para recuperar o fôlego.

– Não gesticule – diz severamente Ouine. – Fique tranquilo, assim, a cabeça reta. Saiba que os nervos não podem grande coisa contra um homem de pé. E lembre-se: nem os meninos nem as mulheres deviam rir, há uma malícia no riso, um veneno. Com um pouco de bom senso, você se pouparia, diante de mim, da humilhação dessa estúpida fraqueza. Pegue um pouco de éter.

– Que fraqueza? – exclama Philippe, branco de raiva. – Engasguei rindo, só isso.

– Receio que você seja suscetível a males como esse, continuou Ouine, impassível; nossa origem é dupla, infelizmente! E o primeiro terço de nossa vida é o que basta para matar a mulher que existe em nós. Será que contei demais com as suas forças? Tornei-me um homem simples, bem simples, não calculo mais. Após um certo número de experiências inúteis – quem de nós não foi buscar a ovelha desgarrada, quem não carregou o cordeiro nos ombros?... – não vou mais antecipar-me a nada. Como essas águas-vivas, no fundo do mar, eu flutuo e absorvo. Vamos ensinar-lhe esse pobre segredo. Sim, você aprenderá comigo a deixar-se preencher pela hora que passa. Quantas vezes, no entorno do bosque de Frescheville, aonde eu ia reler antigas cartas – cartas de jovens que só destruí com pesar, tão injustas, tão orgulhosas –, vi você atravessando a estrada para subir até Hagron, matando melros! E ao primeiro olhar reconheci esse caminhar desigual, ora imperioso ora lento, e esses sobressaltos que você tem como de um apelo fatídico, essas paradas bruscas, absurdas, em pleno sol... ah! Era bem a imagem com que eu sonhava havia tantos anos, uma vida, uma vida humana jovem, toda ignorância e toda audácia, a parte realmente perecível do universo, única promessa que não se cumprirá, única maravilha! Pois não se deixe enganar, Philippe, uma verdadeira juventude é tão rara quanto o gênio, ou pode ser esse gênio mesmo, um desafio à ordem do mundo, a suas leis, uma blasfêmia. Uma blasfêmia. A Natureza que tira partido de tudo, como uma administradora horrível, protege-a com um ódio vigilante, entreabre amorosamente seus ossuários. Mas a juventude passa por cima, vai embora... Quando tudo se altera, corrompe-se, retornando à lama original, só a juventude pode morrer, conhece a morte. Ah! Philippe, cada passo que você dava à frente, sob a tempestade de fogo, cada passo que você dava à noite diante de sua sombra arrancava de mim um receio, um escrúpulo, alguma mentira guardada à revelia. Um dia as cartas que eu segurava nas mãos pareceram-me repulsivas e tristes; joguei-as fora, cobertas com um punhado de terra, não quis nem mesmo queimá-las. No entanto, era a única lembrança que guardava de alguns anos que gostaria que você conhecesse; mas você, com sua presença, a apagava.

A voz se tornou cada vez mais surda, um murmúrio quase indistinto que envolve o próprio silêncio, como que eterno... O crepúsculo parece ter vindo de propósito, para reter essas palavras tão preciosas no centro de suas nuvens cinza. Tudo o que a infância deixou em Steeny de malícia, de ironia, de crueldade, vem-lhe nesse instante do coração aos lábios, e a bela boca assume a curva brutal que Miss odeia, que apaga às vezes, distraidamente, com a ponta do dedo brilhante... Pode-se brincar com esse velho? Onde estará o seu ponto fraco, vulnerável, nesse pescoço tão grosso, papudo, no peito firme, nas coxas curtas apoiadas com displicência na beira da cama – nesse corpo, enfim, que vemos gordo e frágil, como o de uma mulher madura? Philippe queria rir, como riu um pouco antes, como sabe rir quando uma certa desolação que conhece ameaça tornar-se de repente intolerável, o riso que Michelle chama "seu riso de bebê, seu riso idiota". Deixa, então, o riso idiota... Tarde demais! Um outro sentimento já o invade, vindo do fundo mais obscuro, da parte semimorta e pútrida da alma, onde vela uma piedade disforme, elementar, tão voraz quanto o ódio. Que triunfo fácil valeria a alegria cortante, o abalo interior de uma vitória sobre o desgosto, a submissão voluntária a uma espécie de grandeza humilhada, irreconhecível, quase repulsiva? Ele pega a mão grande e mole, aperta-a suavemente contra o peito, depois contra os lábios, e cai em soluços.

– Meu garoto – repete duas vezes Ouine, sem erguer a voz, mas com uma força assustadora.

O antigo professor soltou imediatamente os dedos amigos, permanece um momento curvado ao chão com a atitude de um homem atingido por um golpe imprevisto e que só absorve lentamente a surpresa, o terror ou a alegria. Mas não deixa de terminar a frase começada, retoma com o mesmo tom:

– Eis o que você se tornou desde então para mim, Philippe. Aguardei-o, entretanto. Foi preciso essa conjuntura imprevista, a extravagância de um maníaco para que nos encontrássemos face a face, aqui mesmo, onde nunca esperaria vê-lo, nesse quarto que você não esquecerá jamais – que importa?... E agora, uma palavra ainda, a última: o que você pensa de mim, sim, neste instante?

– O senhor me dá medo – diz Steeny. – Eu o seguiria até o fim do mundo.

Balança a cabeça, e o olhar reluzindo de ironia, de audácia, com um orgulho jovem e selvagem:

– Amanhã – diz ele –, talvez o senhor me faça rir.

Mas Ouine já se apressa em torno da mesa de madeira branca, cobre-a com um guardanapo, arruma os talheres, abre um pote de geleia. O pão é justamente o de fôrma, que Philippe adora.

– Você vai beber esse velho vinho Madeira. Meu garoto, eu o deixei há pouco com a intenção de dar fim a esse mal-entendido absurdo. Enfim, pensava vencer tranquilamente os caprichos de minha pobre amiga, e achava que ela aceitaria levá-lo até a sua casa esta noite. Deixemos isso de lado. Para nosso azar, o único vizinho capaz de ajudar-nos, o senhor Malicorne, está em Boulogne. Fazer o quê? Minha saúde não me permitiria acompanhá-lo e estimo que seja tarde demais para deixá-lo percorrer sozinho três boas léguas.

– Ora! diz Philippe de boca cheia –, não dormirei esta noite.

– O jeito é você ficar aqui. Mas devemos antes tranquilizar sua mãe. O criado dos Malicorne que, no fim do dia, traz-nos leite, tinha antigamente uma bicicleta. Ele a vendeu. Apesar disso, acabei de enviá-lo a Fenouille, pelos atalhos. A que horas vocês jantam?

– Oito horas, oito e meia, senhor Ouine. Mas costumo ficar na tocaia dos pombos selvagens, na beira do bosque, sob os grandes carvalhos que costeiam a estrada. Só volto para casa às dez horas. E além disso...

Afasta as duas mãos, lança ao nada a imagem de uma Michelle lamentosa, suas censuras discretas, seus longos olhares.

– E, além disso, o quê? O que você quer dizer? Interroga o velho quase com raiva. Você está contando comigo para tirá-lo dos seus? Tenho cara de raptor de crianças? Ai de mim! Vocês todos se parecem: nunca tive um só aluno que não quisesse me seguir, como você diz, ao fim do mundo. Não existe fim do mundo, meu jovem.

Sua voz acalmou-se bruscamente, e Philippe acreditou ver correr como que uma água turva nos olhos que o leve movimento das pálpebras acabara de parcialmente cobrir.

– Mas cada um de nós pode ir até o fim de si mesmo.

Por um momento, ele permaneceu imóvel, o tronco inclinado para frente, o pescoço um pouco torcido inclinando a cabeça até o ombro numa postura incômoda, quase assustadora, como se as palavras que acabara de pronunciar o tivessem pregado ao chão.

– Você dormirá então aqui – retomou enfim –, no meu quarto. Não fique com pena de mim, posso deitar no sofá da biblioteca, como costumo fazer com frequência, gosto de lá. Talvez, aliás, eu vá procurar o criado, a noite será escura. Inútil inquietar-se com Anthelme: o desenlace não está tão próximo quanto eu pensava, o médico não espera nada antes da semana que vem; essas agonias são lentíssimas. Quanto à senhora de Néréis, suas insônias são imaginárias. É verdade que, até onde sei, ela só raramente tira a roupa: uma cadeira, um pedaço de tapete, um canto da parede lhe bastam, o sono que a surpreende é o de uma criança. Acrescento que é provável que você não a veja sair assim do seu andar: acho que ela preferiria tomar uma surra, você pode descansar tranquilo.

– Senhor Ouine... – começou Philippe.

Ele quase chorava de nervosismo, de impaciência, com uma espécie de ódio traiçoeiro tão próximo do riso quanto das lágrimas.

– O senhor está de brincadeira comigo, senhor Ouine. Obedeço ou não? Parece que o senhor nem mesmo se fez a pergunta, é incrível! Tanto mais porque sua programação não faz sentido, permita-me dizer. Ninguém teria a ideia de enviar a Fenouille esse menino, quando seria mais fácil, prevenindo-me uma hora antes, deixar-me ir tranquilamente sozinho; conheço o caminho melhor do que ele. Boa maneira de acalmar minha mãe, aliás! "Steeny na casa de Ginette, olhe isso, que horror!" Em sua boca, é verdade, horrível tem o sentido preciso de ridículo ou de insensato! Nada nunca assustou realmente a minha mãe, nada...

Sua voz irregular, áspera, tinha perdido toda a naturalidade, toda a seriedade, retomava contra a vontade o timbre infantil agora abominado, e observava com desespero as mãos tremerem.

– Aonde você quer chegar? – interrompeu Ouine. – Quem fala de constrangê-lo? Vá embora ou fique, você é livre para decidir.

– Não, não sou livre – urrou Philippe. – *Não quero* sê-lo. Gosto de representar um papel, não importa qual, um papel de verdade. E não pense que não o aceitaria de outro! Esperto aquele que descobrir se eu o amo ou se o detesto, senhor Ouine! Eu sou a minha ladeira, e só. Não há ladeiras na vida de um garoto. Com nossas pequenas alegrias, nossos pequenos sofrimentos, nossas pequenas revoltas, limpas e aparadas como um gramado, um caminho de veludo. Se perco o chão, é porque saí do berço!... Ah! Senhor Ouine, que sorte!

– Cuidado apenas para não se embriagar – observou o velho, impassível. – Você está no quinto ou sexto copo de vinho.

– Um escorregão, uma queda, o que dizer?... A rigor, bastaria um passo em falso. Sim, eu que não sou nem um pouco devoto – mamãe não gosta dos padres, isso todos sabem...

– Por quê, então? interrompeu Ouine com um tom ácido.

– E sabemos? Ela tem medo talvez, só isso.

– E você?

– Eu, eu desconfio. De uma forma ou de outra, senhor Ouine, desconfio de Deus – é o meu jeito de honrá-lo.

Passava as duas palmas das mãos no rosto inflamado, rindo.

– Vamos, Philippe – disse Ouine –, é hora de dormir.

– Bem, o senhor acha que estou bêbado... E por que não escondeu antes a garrafa, velho espertalhão? Está quase vazia agora. Mas para o que queremos não precisa entender muito, no fim das contas. E, além disso, não me interessa entender, as grandes massas de sombra não me dão medo. Miss diz que eu sou um espírito sintético... "Como essas águas-vivas no fundo do mar..." Ah! Ah! Senhor Ouine, há dias em que não importa o que aconteça, é certo que não vamos nos decepcionar, há dias visitados pelos deuses!

Batendo com o punho na mesa, surpreende-se ao ver a prancha nua. Diante dele queima uma vela num modesto castiçal de cobre. Um pouco mais distante, o corpo de Ouine, desmesuradamente aumentado, inclina-se em todas as direções, com uma agilidade sobre-humana.

– Perfeitamente – exclama-lhe Steeny, furioso –, sim, senhor. As últimas vontades de Anthelme, só rindo! O que tenho a ver com esse imbecil? E, se é verdade que ele quer tanto me ver antes de morrer, precisavam me raptar para isso? Mamãe me teria trazido ela mesma. Aliás, faz tempo que teríamos acabado com isso, ele e eu, se vocês não tivessem vindo literalmente arrancar-me dos braços dessa louca... Uma louca... pobre Ginette! Quando vi essa pobre mão, magríssima, longuíssima, cheia de tinta... Cheirando a madressilva ou a anis. Lembro-me ainda de uma grande abelha imóvel na altura de nosso rosto, levada pelo vento. Na curva, passa assobiando no meu ouvido como uma bala... Diga-me então, senhor Ouine...

Sob seus olhos a silhueta deformada balança ainda com a mesma fúria, e, contudo, a resposta lhe vem da outra extremidade do quarto. Ele se vira estupefato.

– Você acaba de fazer um discurso à minha sombra, observa tranquilamente o professor de línguas. É bem curioso.

Ele termina de dobrar as bordas do lençol, dá umas batidas no travesseiro.

– Suas observações não são igualmente absurdas. E, por exemplo, lamento que o estado do... Anthelme não tenha permitido há pouco... Infelizmente não conseguimos acordá-lo. Entenda, meu amigo, que eu desejava nunca ter de vê-lo nesta casa. Mas se o acaso tanto fez para trazê-lo...

* * *

A voz se acalma gradualmente, é só um ronronar vago, pontuado misteriosamente por cada breve sobressalto da vela, num halo de ouro. "Steeny, malvado Steeny!" É, portanto, Miss que, mais uma vez, envolve-o com os seus braços cruéis? Mas é em vão que tenta prestar atenção para ouvir a gargalhada selvagem, triunfal: uma mão prudente, desconhecida, afunda cuidadosamente o travesseiro em torno de sua nuca ardente. Como o tecido está fresco!... Não é? O quê? Voltar amanhã?...

* * *

– Escute, senhor Ouine, eu dormi?

Ele repete um bom tempo, baixinho, para si mesmo, a mesma pergunta, sem ousar abrir os olhos. O velho homem está longe agora, Deus sabe onde – em que canto desta casa morta? Prefere imaginá-lo mais longe ainda, nos campos, na estrada suave. A estrada!... A estrada?... Quem está falando de estrada? Não esta, não uma dessas estradas pálidas, mas a sua, a sua Estrada, a que tantas vezes viu em sonho, a estrada aberta, infinita, boca escancarada... A estrada! A estrada! E diante de não se sabe que brecha imensa, cheia de estrelas, adormece com os punhos fechados.

– Dei-lhe a minha palavra de honra – repete Steeny pela segunda vez.

A mesma chuva pesada, sem nenhuma brisa, caía em cheio no chão fumegante. Muito longe, a leste e como que à beira de outro mundo, o amanhecer tempestuoso formava lentamente suas nuvens, em meio a uma poeira de água.

– É bom, é bom, disse o manquinho Guillaume, entendi, mas não fale tão alto, Philippe; ele voltou de manhã coberto de lama, uma orelha arrancada, perdeu o fuzil. Os guardas o perseguiram de Dugny a Théroigne. Ah! Se você o tivesse visto esvaziar a lata de cerveja de uma vez, goela abaixo. Que sede! De tempos em tempos, sem fôlego, baixava um pouco a jarra, e eu o ouvia mordê-la, gemendo... Meu Deus, meu Deus, Philippe, será que um dia poderei amá-lo?

– Você faria bem em matá-lo – disse Steeny, sério. – E imediatamente começa a rir e pega a mão do amigo.

– Não ria! – suplica o aleijado. – Você me dá medo, de verdade, Philippe. Não tenho medo de ninguém, nem mesmo desse horrível bastardo, há dias que... parece que você me ataca com toda a força, eu vou cair, meu coração se esvazia.

– Ora! Deixe-me, meu velho, posso cair sozinho.

– Nunca – disse a criança com uma voz surda, nunca!

De quem, de que ancestral, de que senhor violento herdou ele esse rostinho bárbaro, com as maçãs mongóis, a depressão profunda das órbitas sob o duplo arco frontal, a boca imperiosa, quase selvagem, e esses cabelos negros? Porém mais estranho ainda, ou mais assustador, a paradoxal mobilidade de seus traços, o fremir perpétuo dos frágeis músculos sob a pele trigueira, o apelo incessante do olhar como uma chama surpreendida pelo vento.

Mesmo o velho, o avô de ombros gigantes, o estrangeiro vindo quarenta anos antes às planícies de Flandres, nunca suportou o desafio inconsciente desses olhos tão diferentes dos seus, de outra espécie: desvia pouco, só o suficiente, o rosto avermelhado e imberbe. O que responder a esses olhos? O filho está morto, a nora também e ele permitiu, no fundo, que sua filha se casasse com esse mau rapaz, esse bêbado. Além disso, a negligência do médico de Fenouille fez seu neto ficar manco. Um manco! Queira Deus que o outro não se aventure a engravidar a mulher, o grosseirão! Mas é preciso devorar a vergonha em silêncio, sentar-se à mesa todos os dias, ereto, cabeça erguida, lutando às escondidas contra os rins, a nuca, as articulações que queimam, a horrível velhice. Aliás, o velho faz convenientemente a sua parte das tarefas, da sopa, da aguardente e tem na sua caixinha com o que pagar o pároco, o doutor, comprar o caixão, reembolsar a filha pelos lençóis estragados, pelo sudário. Ninguém sabe mais do que ele sangrar um cavalo, desinflar com golpes de trocarte o animal empanturrado de trevos frescos, ou, com o braço nu enfiado até o ombro, ajudar uma bezerra em seus primeiros trabalhos. Na época das más colheitas, antigamente, pagavam-no com um "obrigado, senhor Devandomme", a mão na boina alta de seda negra, pois, apesar de seu casamento com Zeleda, poucos se aventuravam a tratá-lo como primo, e ele tinha o seu lugar reservado na igreja. Mas aceita agora o seu salário, amontoa as notas de dez francos, de vinte francos, desdobradas com o polegar, uma por uma, amarrando-as com um velho laço. Todo primeiro dia do mês, põe o maço sobre a mesa, sem dizer nada, retira do bolso a mão enorme cheia de moedas: "Aqui, pequena, diz com a voz rouca, para os livros". A filha enche um grande copo com genebra.

Tal como sua falecida mãe, Helena quase não gosta do pai, esse camponês orgulhoso; ela o teme com uma nuance de zombaria obscura, inconfessada, profunda. A família paterna lhe permanece desconhecida, tão fabulosa quanto uma tribo da África – o velho não tem nem irmão nem irmã e faz quarenta anos que não escreve a ninguém... Então o quê? Ela pertence inteiramente às pessoas daqui, a esses bebedores de café com aguardente, a esses fanfarrões com suas belas camisas frescas de domingo sobre a pele morena, com as boinas claras sobre as orelhas, a bela boca canalha sempre úmida e essa fala grosseira aprendida nos bailes de Etaples. É verdade, o pai não teria permitido que ela dançasse outrora nas festas públicas, e é muito pouco, para uma moça, o alívio de ver-se espiada a cada domingo na saída da missa, através das janelas do botequim, e depois ter de bordar calmamente as toalhas da igreja na sala do presbitério de cheiro azedo! Assim, que golpe surdo no peito, que explosão em todo o seu sangue jovem, quando há dois meses viu num fim de tarde, a dois passos, atrás da sebe, com o cachimbo curto no canto dos lábios e com um riso brincalhão, Eugène, o belo Eugène, Eugène Demenou, que havia chegado seis meses antes com a sua equipe de lenhadores, carroças e cavalos, para explorar a floresta de Gardanne, à custa do sindicato judeu de Ardenne... Ah! Ah! Já no segundo dia, a cabeça apertada contra o casaco de lã cheirando a urzes e musgo, mordeu-lhe o pescoço branco!

Para dupla surpresa o velho respondeu: "Tudo bem, faremos as núpcias em agosto", exatamente como teria dito: "Chegou o tempo das maçãs", voltando o olhar para o quadro dourado onde a gorda dama continua sorrindo com um sorriso morto há quinze anos, plácido, imperturbável sob a sujeira e os excrementos de mosca.

Na noite mesma das núpcias, o aleijado escondido na relva, na parte alta do pasto, viu o velho vir até ele com o passo pesado. O choupo balança um pouco, uma vaca atenta mostra o interior de seu focinho rosa. Rapidamente a criança pegou suas bengalas, ergueu-se sobre as mãos e os joelhos. Mas o velho já a capturou, envolvendo-a em seus braços duros, erguendo-a do chão, apertando-a contra o velho peito, sinuoso como um tronco de macieira. "Menino, diz, menino, fomos humilhados."

A família Devandomme não é originária de Erighem, embora quatro gerações dos seus tenham vivido aí, nem de outra cidade flamenga. De Ardenne talvez ou da Meuse – que importa? Há pouco mais de cem anos, os burgueses de Wormhoudt, de Steinword, de Cassel responderam à saudação desses bons gigantes cheios de cóleras repentinas, prestativos, conhecidos por adestrar os melhores cães de contrabando, porém leais nos negócios e que davam os filhos à Igreja. Até o dia em que...

Isso permaneceu como um segredo do misterioso tenente de meias cor de laranja com detalhes dourados, de túnica verde maçã, que acabara de acompanhar Carlos X de Rambouillet a Cherbourg, depois até a Escócia. Um veleiro do porto de Douvres havia-o desembarcado em Dunquerque; ele alcançou a Lorena no dorso de um rocim tosco, despreocupado com os policiais orleanistas, levando como provocação a cruz de São Luís num inverossímil uniforme da época da emigração. O cansaço da viagem, ou mais provavelmente o sorriso da bela anciã encontrada perto da fonte e seus braços redondos o retiveram três dias, dormindo tarde, acordando cedo, escovando o rocim desde a aurora na fonte, assobiando como um pássaro. A boa gente se divertia com o flamengo nasalado, aprendido na cavalaria do regimento de Cassel, e, mais ainda, com sua constituição fina, as panturrilhas avantajadas, as ancas belas, o passo dançante. Desde que tinha ouvido esse nome de Vandomme: "Vandomme. Ê, lá! Vandomme... Caramba, Vandomme!... Senhor, seu avô não se chamava Anthenor? Anthenor de Vandomme? – Sim, senhor. – Caramba! Algum de vocês o conheceu? – Não, senhor. Sabemos que era um homem forte, pouco respeitoso com os padres, e, não querendo ser indiscreto, belamente libertino. Na minha juventude os velhos lembravam-se ainda de tê-lo visto chegar numa noite, como o senhor, num cavalo tosco, com suas roupas velhas num cabide... mas preocupava-se com as pessoas! De Hazembrouck a Gravelines, os bandos dominavam os campos, era só pilhagem; víamos queimarem os vilarejos até Furnes, sobre as colinas de Bamberque, a vinte léguas. Enfim, ele comprou esta terra onde estamos, e menos de um ano depois casou-se com uma filha dos Vanhouette, em Herschell. Depois morreu, quando meu pai era só um menino".

Devandomme não pôde alongar a história desta vez, pois o homenzinho verde, fora de si, esfregava já as bochechas, com o nariz longo manchado de lágrimas e tabaco: "Marquês de Vandomme, sou vosso servidor! Nossos avós foram como Niso e Euríalo, Castor e Pólux, Aquiles e Pátroclo. A guerra, o jogo, as moças e talvez um problema com o tráfico na África romperam uma amizade tão próxima: seu avô desapareceu, deixando o meu em lágrimas. Bendita seja a divindade que nos reúne! Não preciso de mais provas! Quem pode se gabar de ter encontrado um Vandomme deste lado da Lys? E quem algum dia carregou o nome troiano de Anthenor?". Confessava, além disso, que um negócio como esse era importante, prometendo levá-lo até o fim, estabelecer a filiação com documentos autênticos, tirados de seu próprio arquivo. "Roubaram-no, senhor, dividiram os seus despojos. E o que pensar de uma Casa tão medíocre quanto aquela de Crescent-Vandomme, que retomou o seu nome, suas armas, até o título de marquês – bando de desgraçados! Posso falar com experiência, meu caro; separamo-nos a partir de um problema de herança em 1780, e sem Robespierre e Bonaparte eu os teria posto nus como São João. Mas graças ao senhor agora, compadre, estamos acertados!"

A forte brisa de Flandres soprava atrás das persianas fechadas com um estrondo marinho. De Rosendaël a Poperinghe, sobre as colinas anãs, entre os moinhos exaustos, ouvia-se, de um a outro, um grito lancinante. A intervalos, uma nuvem de gelo, vinda das profundezas da banquisa infinita, fendia o ar com seu golpe de machado, caía assobiando na planície, e produzia através da estrada gelada, dura como uma bigorna, como que um estalido de dez mil tamancos, numa fuga imensa... Bendito homenzinho verde! Falava ainda que se ouviu tocar o Ângelus e que até o pai, com os cotovelos na mesa, teve esse arrepio doloroso, pueril, de alguém que dorme e é acordado de repente... Que história admirável! Os Vandomme rivais da Casa de Lorena, não menos antigos e quase tão poderosos quanto ela, embora desencorajando pouco a pouco a sorte com estranhos excessos, perdendo e ganhando vinte vezes a herança deles até a hora em que esse senhor fez esse negócio na África... "Ah! Meus amigos, cuidado com esse sangue generoso que nem a provação nem o tempo esfriaram, eu temo que... Continuem fortes quando a Providência, por meus cuidados, devolver-lhes, por falta dos bens de seus ancestrais, o nome justamente honrado! Quanto a mim, juro fazer o que devo para a memória do melhor dos avôs, que foi um amigo tão fiel."

O antigo emigrante partiu uma noite, tendo trocado seu rocim por uma excelente égua bolonhesa, sobre a qual teve de ser içado como um macaco verde, pois estava totalmente bêbado. Infelizmente, ninguém em Erighem nunca mais teve notícias desse maravilhoso homenzinho, pois dois dias depois seu cadáver foi encontrado escalpado pelos lobos, no meio da floresta de Lambercke, à beira de um tanque congelado.

* * *

– Conte-me, conte-me – suplicou o aleijado. – E, para começar, você entendeu tudo direito?

– Sim e não... Por um momento ele não abriu os olhos, nem mexeu os dedos que eu apertava com a mão, mas sua voz era alta e forte, soava como uma trombeta.

– Uma trombeta? E por que você me disse agora há pouco que precisava colar o ouvido perto de sua boca?

– Enfim, acreditei que... Mas sim, Guillaume, com certeza, soava como uma trombeta. É verdade que eu estava um pouco bêbado. Perna-de-lã arranhou um bom tempo a porta, pobre louca! – não estava segura de que o outro tinha partido; ouvia-me gemer enquanto eu dormia, como o senhor Ouine. Pois ele geme sempre, acredite, e mesmo acordado, com os olhos bem abertos, de repente – dez segundos, vinte segundos talvez – assim: ô... ô... que horror!

– Então?

– Então? Veja bem. Acho que o pobre coitado está morto agora.

– Você não tem outra coisa a dizer, Philippe? Não? Oh! Steeny, meu pequeno Steeny, eu vi você noutra noite, em sonho, pregado no meio do peito a uma rocha árida, espécie de muralha ardente, um muro de sal e, antes que tivesse podido pronunciar uma palavra, você me gritou: "Não, não, fique aí, não se mexa, deixe-me", como se já tivesse sido condenado.

– Você enche a minha paciência. Essas histórias estão nos livros escolares. E, aliás, você conhece nossas convenções, eu ando rápido, sempre. Se a vida é apenas um obstáculo a romper, eu rompo; sairei do outro lado coberto de espuma, e de sangue. E você, você me segue, mas de longe, vamos ver você arrancar por sua vez, levando o peso de meus pecados. Enfim, você é a minha alma, deixe-me em paz, nossa salvação é tarefa sua... Escute, Guillaume...

A pobre casa, cercada de asfalto, com o reboco descorado, as minúsculas janelas, continuava a lentamente adentrar o dia, empurrava lentamente para fora da noite, como uma simples carena, os velhos flancos banhados de sombra. Uma nuvem que passava envolveu a silhueta vertiginosa, prosseguiu de colina em colina seu curso desmesurado, desvaneceu.

– Escute, Guillaume... faltei com a minha palavra, faltei com a minha palavra no mesmo dia em que senti de verdade uma palavra, o primeiro dia de minha vida de homem. Nada jamais poderá apagá-lo, não é?

A mão do pequeno aleijado tinha pousado na sua e ele a sentia contra a sua palma, rígida, fria como uma mão morta.

– O erro é meu, Philippe. Quando você bateu, reconheci-o de imediato através da janela, deveria ter-lhe dado tempo de respirar. Sim, você falava com uma voz de sonâmbulo, seus olhos moviam-se como lamparinas.

Ele tentou cruzar sobre o peito as duas bengalas que estalaram uma contra a outra, lugubremente. Mas Philippe, de barriga para baixo, não parava de espiar o rostinho resoluto, pouco a pouco envolvido pelo amanhecer, perto da grama. O dia insidioso acusava-lhe ainda a mobilidade excessiva, patética. Via o arco doloroso da boca esticar-se, as duplas covinhas lívidas, a busca ansiosa e, em seguida, a brusca concentração do olhar, todo esse drama familiar, cujo rito secreto conhecia havia tempos.

– Pior assim – murmura a voz num sopro, só para eles – como se a velha casa pudesse ouvir –, não se preocupe com isso, Philippe, nunca olhe para trás, só pense no amanhã. E, além disso, apressemo-nos! Apressemo-nos em fazer grandes coisas juntos, tenho medo demais de não poder acompanhá-lo até o final, você terá me consumido antes.

Passa as duas mãos na nuca e o dia ilumina em cheio o rosto novamente irreconhecível, com seu doce sorriso sem idade.

– Responda-me, Steeny, não banque o teimoso. Ou, então, me leve para mais longe, até os estábulos; eles vão se levantar nos próximos minutos.

– Não vale a pena – disse Philippe –, não será demorado. Meu Deus! Por que lhe contei essa história? É verdade que não tinha dormido bem, a tempestade ressoava na minha cabeça, nunca desejei tanto vê-lo, tocar sua mão, ouvi-lo! Pense então! Tentava procurar do alto da montanha as luzes da estação de Plantier, não dava, a noite me empurrava pelas costas... Eles terão encontrado a cama vazia de manhã, meu chapéu ainda na mesa, e, ao abrir a porta tateando, devo ter quebrado alguma coisa, um quadro, um vaso, não sei o que estalava sob minhas botas... No fim das contas, é só uma frase tão obscura, a imaginação de um bêbado agonizante, uma lição decorada talvez?... Quem poderia dizer? Para começar, acredite, ele nem quis virar os olhos na minha direção. Ginette havia tirado o seu braço para fora dos cobertores, sacudia-o: "Anthelme, Anthelme! Olhe Philippe... Philippe, o pequeno Philippe para quem você sempre tem algo a dizer. (Sim, meu amor, não o apressemos muito, dê-lhe tempo, acho que é sobre seu pai, meu amor!...) Anthelme! Vamos, Anthelme...". O outro bufava, resfolegava ou gemia repetidamente, fazendo um "não!" com a cabeça; era como se fosse uma ama com o seu pequeno! Enfim, ele parou de choramingar. Perna-de-lã me empurrou imediatamente até a cama, com as suas duas mãos no peito, a cabeça contra o meu rosto: "Ele vai falar, meu anjo, escute! Escute! Alivie um pouco sua pobre alma!". Foi então que ele me disse isso... essa história...

– O quê, precisamente? Tente lembrar. Repita-me palavra por palavra.

– Será que me lembro? Falou de meu tio François, que eu nunca vi, que ficou bravo com minha mãe – de meu pai, que era colega dele no liceu de Étouy – seu amigo, seu verdadeiro amigo! – acrescentando todas as vezes outras palavras incompreensíveis. As mãos longas de Ginette passavam debaixo de meu nariz, acho que ela beliscava as suas costas, ele fazia hi! hi! com uma careta. Não se esqueça que fedia a álcool, o cheiro do álcool envolvia tudo... Enfim gritou – mas eu menti, não era uma voz de trombeta – repetiu duas vezes, o mais forte que pôde: "Philippe não morreu, rapaz. O seu pai continua vivo!". Depois disso, tendo abanado seriamente o queixo como um camponês que acaba de fazer um bom negócio – de vender uma vaca estufada, por exemplo, ou um cavalo cornudo – pôs-se novamente a choramingar ainda mais forte, enquanto as lágrimas de Perna-de-lã escorriam em meu pescoço. "Guarde isso com você, Steeny. Ele quis assim, devemos respeitar sua vontade, a vontade de um moribundo, não é, meu anjo?" Em seguida, ela me fez prometer que ia esperar, que não diria nada a ninguém sem permissão. "Não conte nada, sobretudo a nosso amigo!"... Nosso amigo é o senhor Ouine. Eu prometi, naturalmente. Dei minha palavra... Uma palavra de honra a Perna-de-lã, eu queria saber o que pensa disso o senhor Ouine!

– Você vai trazê-lo até mim – sim, o senhor Ouine! Você vai trazê-lo! Eu quero. Promete trazê-lo? Amanhã mesmo.

– Amanhã? Por que não agora? Será que saberei onde ele estará amanhã? Meu velho, veja bem, ele mesmo me serviu a janta – pão de forma, geleia – uma janta de freira, ora, em sua triste mesinha de madeira branca. E, depois, bebi como nunca havia bebido, meu caro. Foi então que ele teve de levar-me para a cama. Talvez eu o tenha visto depois, um pouco mais tarde, com sua boina, num paletó de couro muito engraçado, e suas ridículas polainas, sabe, dessas que se vendem nos bazares. Talvez eu o tenha visto, talvez não, talvez fosse um sonho? Quando acordei de fato, ele tinha ido embora.

– Ido embora? Ido embora para onde?

– E eu lá sei!

– Mas assim, no meio da noite, com aquele aguaceiro? Veja, os pastos embaixo estão alagados, o rio subiu até o caminho de Langle.

– O que você quer que eu diga? Ele não estava mais no quarto, só isso. Você pode imaginar que ele foi apenas dormir noutro lugar, no andar de cima, por exemplo. O surpreendente é que podemos imaginá-lo em qualquer outra circunstância verdadeira ou falsa, vulgar ou extraordinária, trágica ou cômica, absurda – ele se presta a tudo, presta-se a todos os sonhos. Eu, ao contrário, imagino-o muito bem sob esse "aguaceiro", na noite escura, a caminho de algum destino que só ele conhece, do seu destino.

– Tenho de vê-lo – respondeu o aleijado, pensativo. – Como você ousa falar dele desse jeito, quando ontem mesmo você não o conhecia mais do que eu?... Que homem será esse, então? Ah!, Steeny, tenho medo por você.

– Idiota!

– Mas não, Philippe, vejo mais coisas do que se imagina, daqui, deste canto, com esta cidade suja sob meus olhos todos os dias. Esperei tanto que você me tirasse daqui, meu amigo! E agora, parece-me... Sim, você se esforça em vão para rir! Sei mais do que você agora, mais do que qualquer um deles, sofri demais. Sofrer, veja bem, aprende-se. No começo é como um pequeno murmúrio no fundo de si, dia e noite. Dia e noite, dormindo ou acordado, pouco importa! Às vezes, você chega a acreditar não mais ouvi-lo, mas é só prestar atenção: a coisa está sempre aí, falando em sua língua, uma língua desconhecida. Semanas e semanas passarão ainda, e, de repente, bruscamente, eis que você começa a entender! Oh! Sem dúvida, há compreender e compreender! Naturalmente, não são palavras, frases que possamos repetir e, no entanto, a conversa está estabelecida, você não está mais só, nunca mais ficará só. Mesmo quando você se sentir bem oco, bem vazio, o sofrimento faz a pergunta e dá a resposta, pensa por você. É só deixá-lo trabalhar. Quando penso no que eu era no ano passado, olhe, Philippe, tenho vergonha! Tão desajeitado, tão grosseiro! Não lhe serviria para nada.

– E agora?

– Agora não tento mais entendê-lo, não preciso mais: parece-me que todos os seus sofrimentos passam por mim.

Ele desvia os olhos. O belo rosto de Steeny acaba de enrijecer-se, os lábios tremem.

– Eu o proíbo – diz ele.

Mas sua voz exprime menos ódio do que um temor incontrolável, irracional.

– Não são sofrimentos, aliás – prossegue, balançando a cabeça. – Proíbo-o de chamar isso de sofrimento. Olhe que faz um bom tempo que não tenho mais casa – uma jaula de tijolos com dois belos animais dentro, isso não é uma casa.

– Philippe!

– E, ora bolas, se a palavra o incomoda, pense nas rolinhas, nos pombos. Não ultrapasso as fronteiras da licença poética. Aliás, a comparação só vale para uma delas. Não podemos ver mamãe sem pensar de imediato numa jaula dourada. Mas a outra... Vejo-a mais com um açaimo de aço no seu focinho pérfido, como furões e doninhas. Não importa! Veja, Guillaume, as pessoas falam sempre da casa paterna. Mesmo sendo um pouco batido, um pouco sentimental, é verdade que não há casa materna.

– Então?

– Então, nunca me senti tão livre, meu velho. Leve como uma abelha. Farei meu mel em tudo quanto é canto.

– Você não está pensando no que diz, Philippe. Por que mentir? Você me disse cem vezes: o que odeio mais no mundo é a facilidade. A facilidade lhe dá nojo.

– E daí? Quando penso no tempo que perdemos buscando heróis em nossos livros, tenho vontade de lutar, Guillaume. Cada geração deveria ter os seus próprios heróis, heróis conforme o seu coração. Talvez não nos tenham julgado dignos de ter heróis novos, passam-nos aqueles que já serviram. Que serviram desde 1789, com um leve eclipse em 1880, a favor dos heróis da ciência, outro soldado-cidadão, outro libertador dos povos, outro campeão da democracia e do direito, ora bolas! O mais cômico, meu velho, é que em 1914, forçados a justificar as definições dos manuais escolares, a fábrica de imagens de Épinal quase não conseguiu dar conta das encomendas. Três, cinco, seis milhões de heróis de uma vez. Tantos heróis quanto moedas de dois xelins! Você não gosta dos homens de bronze. Viva o herói feito de creme de amêndoas!

– E, no entanto, Philippe, você é duro. Nada poderá mudar isso.

– Duro? Eu diria ávido. Ah! Sim! Ávido. Você não acha que eles todos parecem ver a vida de longe, de baixo para cima, chapéu na mão, como um monumento? Você entende o que quero dizer? Palácio, catedral, museu – ou simplesmente polícia, banco de empréstimo, conforme o gosto de cada um. A vida para nós não deve ser um fim, mas uma presa. E não só uma, milhares e milhares de presas, tantas quanto as horas. Não se deve perder nenhuma, antes da última, a última das últimas, a que sempre nos escapa – ih! Uma coisa que se mexe, e você pula em cima. Uma vez que você se apodera do animal, que importa se é pela esperteza ou pela força? Você pode persegui-lo ou esperá-lo, espreitá-lo, puxá-lo pousado ou pendurado, tirá-lo da toca. Ou ainda abocanhá-lo ao passar por ele, como uma truta, a contracorrente, que engole os filhotes. "Eu lhe ensinarei, disse-me, a deixar preencher-se pela hora que passa!..."

– Quem, ele? Oh! Não precisa responder, vamos! Escute, Philippe, é horrível; tenho certeza de que você acabou de falar como ele, com a mesma voz.

– Verdade! Não zombe dele, Guillaume. Em pleno dia, com os olhos meio fechados, as bochechas sem barba, ele parece com qualquer coisa, com um guarda de trânsito, um padre ruim. É no seu quartinho de Néréis que é preciso vê-lo – você diria "um quarto de empregada" – entre as quatro paredes nuas. Você sabe, entre tanta gente que se parece, cuja semelhança é ridícula, odiosa, obscena – todos iguais, que ignomínia! – encontramos às vezes uns sujeitos, pensamos: "Esse é Rastignac, ou Marsay, ou Julien Sorel" – mas nos damos conta imediatamente de que não é verdade, de que estamos brincando com nós mesmos, com nossos sonhos, do mesmo modo que um gato com seu rabo. Ao passo que o senhor Ouine... Veja, essa palavra "herói" – quando ele fixa em você o olhar dormente, o olhar que parece pairar na superfície de uma água cinza – você não poderia pronunciá-la sem rir. E, no entanto... Pois nossos heróis, eles também, o que você quer?, eles se parecem! Ele é particular, é único.

– Cale a boca – diz Guillaume – você não o ama.

– Não preciso amá-lo.

– Você se serve dele contra si mesmo, ele vinga você. Meu Deus, Philippe, ninguém nunca vai deter você!

– Do que você está reclamando? Está nas nossas convenções, meu irmão. Seguir em frente, sempre. Quando o primeiro passo está dado, é só manter o equilíbrio, a descida puxa sozinha. Assim, pergunto-me por que vim à sua casa nesta manhã. Faltei com a palavra e morro de frio com esta roupa molhada. Belo resultado!

– Aproxime-se, disse suavemente o pequeno aleijado, aproxime-se para que eu segure as suas mãos... aqui... assim... Meu Deus, Philippe, você vai me deixar só, talvez não o veja nunca mais. Como exprimir num minuto o que levei tanto tempo para entender? E olhe que isso teria saltado aos olhos de qualquer um. Philippe, vocês guardaram durante muito tempo em sua casa o lugar de um morto.

– E daí?

– Não me interrompa. Ou não conseguirei mais, vou perder o fio. Há mortos e mortos. Os mortos da guerra são mortos à parte, não como os outros. Os esgotados, os resignados, aqueles cuja doença, febre, suores fazem com que sintam aversão pelo corpo, acabando por odiá-lo – eu conheci isso, eu, Philippe – ou esses surpreendidos pela catástrofe, que entraram na noite com os olhos arregalados, tais quais, com suas pobres preocupações cotidianas

– uma carta a escrever, uma visita, um encontro, um aperitivo, sei lá... ao passo que...

– Você é idiota! A chaminé que desaba, o ônibus que passa por cima, uma bala no meio da cara, que diferença?

– Enorme, Steeny! A morte pode pegá-los de improviso, ela não os surpreende. Abatidos em plena vida, em plena força e quase sempre no mesmo minuto, você entende?, quando gastavam as últimas reservas de energia, as últimas reservas da alma. Como você quer que sejam mortos como os outros, que aceitem, que se resignem? Sim! Sim! Escute, escute até o fim. Agora essa ideia não me deixa, nem de dia nem de noite. De noite sobretudo. Perto das duas ou três da manhã, quando a febre cai, forma-se em torno de mim, em mim, sobretudo em mim, um silêncio tão profundo – você não pode compreender! – tão profundo que me afiguro... Meu Deus, temos que acreditar que nada – nada passa de um mundo ao outro, nunca, nada? Um murmúrio, um rumor, sei lá? Nunca aconteceu de você andar numa tarde de outubro para o lado de Brinqueville, no planalto, quando a brisa vem do noroeste? Com o ouvido colado no chão, segurando a respiração, ouve-se uma espécie de estrondo surdo que não se parece com nenhum dos barulhos da planície, que vibra no meio do peito, que aperta o coração: é a grande maré do equinócio na direção de Roulers ou de Briville lá longe... Talvez você tenha posto o ouvido no ponto certo, no lugar mesmo onde começa a tornar-se perceptível – não mais forte do que uma roda de charrete – a imensa detonação das ondas que vai repercutindo por milhas e milhas de mar, em outros céus que não o nosso – não mais forte do que uma roda de charrete, você se dá conta? Ora bem...

– Vejo aonde você quer chegar... Mas fique tranquilo, meu velho, os mortos estão mortos.

– Não esses! Não como você pensa!

– Bobagens! Pelo contrário, eles foram imediatamente esquecidos, os seus mortos. Eram muitos.

– Esquecê-los... esquecê-los... Você quer dizer que a gente finge, Philippe. Eles estão ainda muito perto, perto demais, ainda não deixaram o mundo, agarram-se a ele. Vamos, Steeny, um morto que as pessoas veneram, esse está bem morto. A veneração fará dele um modelo, um exemplo, um símbolo – uma abstração. Eles ainda não estão alimentando-se de incenso, de fumaças. Dizem que foram renegados, isso me faz rir. Os derrotados, eles! E se fossem tiranos, justamente – nossos mestres, nossos verdadeiros mestres? "Não teriam pensado, não teriam querido..." Sabe-se lá o que eles pensam, o que querem? A desordem universal, se seriam eles sua causa? Eu os vejo muito bem na fronteira que cruzaram cedo demais, a contragosto, e que se esforçam para cruzar novamente – os golpes que dão põem o mundo em marcha. Uma, duas, três gerações talvez, que serão desperdiçadas por não ser possível fabricar uma à sua imagem – sua verdadeira imagem, autêntica – não aquela dos aniversários e das comemorações –, sua semelhança, à semelhança de seu último olhar, do último grito, quando, com toda a vida escapando de uma só vez, arranhavam e mordiam a terra. Mas você verá que eles conseguirão, Philippe, não continuarão a errar o golpe. Vão terminar por obtê-la, a geração deles, e Deus sabe o que será. Sua própria geração, corpo e alma. Nada de parecido, certamente, com o combatente da praça da prefeitura e seu grande bigode de zinco! Aliás, não acho que vamos esperá-los por muito tempo, meu velho, os herdeiros, os legítimos. Estão a caminho. E você, por exemplo, Philippe...

– Eu!

– Você! Sua avidez, sua dureza, sua paixão pela revanche – essa raiva em contradizer-se, em renegar-se, como se já tivesse realizado grandes coisas, coisas memoráveis, e que o tivessem decepcionado... Olhe, sua admiração pelo senhor Ouine, sua ideia de heroísmo às avessas... Ai de mim! Philippe, quando você estiver cansado das lutas contra si mesmo será tarde demais, eu estarei morto.

Seu rosto, nesse minuto, brilhando de inteligência e de vontade, afrontava a paisagem tão nua sob a bruma, pobre e nua.

– Pensei várias vezes nisso – diz Steeny com uma voz velada. – Você acha que sou tão idiota a ponto de não ter entendido há muito tempo que não é apenas de mim que elas têm medo lá longe? Mas o que me importa, agora, o que me importa, sobretudo, se meu pai está vivo?

– Meu Deus, Philippe, você é capaz de acreditar que uma notícia dessas é possível, e de falar dela como se fosse algo sem importância? Você não acha que é possível?

– Se ele está vivo, também está morto para mim, morto de verdade, totalmente morto: não vou perdoá-lo nunca.

– Você não acredita que é possível?

– Você me enche! Você acredita no marquês de Vandomme, você? Em toda a história da Ardenne ou da Lorena, sem rastro de Vandomme, não há mais Vandomme do que em minha mão, você me disse vinte vezes – o homenzinho verde zombava de nós. Ora! Estamos na mesma situação, você e eu, sem ancestrais, o mundo começa. Prefiro assim.

Pôs-se de pé, com o casaco molhado de chuva, e bem na altura dos ombros Guillaume vê fugir a linha imensa das colinas num céu turvo, cor de salmoura.

– Vá embora, disse o aleijado, suavemente, vá! Quero dizer, afaste-se um pouco, vire-me as costas, tenho certeza de que você vai chorar.

– Opa! Steeny... por aqui, Steeny, meu anjinho...

Do canto onde tinham se encolhido, a sebe de espinhos era um obstáculo intransponível. Mesmo de pé, Steeny quase não distinguia, no fundo ainda escuro, a crista eriçada, os brotos da última primavera. Mas de repente, no silêncio, a ferradura de um cavalo invisível soou numa pedra, e quase imediatamente, contra a barreira, a dois passos, Ginette apareceu.

– Aqui, por aqui, Steeny, meu querido?...

Via-se remexer, entre as tábuas cinza, o seu rosto pintado, envernizado da ponta afundada do queixo até as altas sobrancelhas castanhas – essa imagem violenta, inexplicável, nessa hora, nesse lugar, entre essas coisas tranquilas, tão lúgubre quanto uma cabeça cortada. A grande égua tossiu no nevoeiro.

– Você quer me prestar um grande serviço, Steeny? (Ela passava os dedos entre a camisa e o pescoço, atraía-o docemente até si.) Volte para casa, pegue sua bicicleta e corra para informar ao senhor Ouine que não pode parar em Fenouille. Vou mais longe, muito mais longe. Você faz assim, meu amor?

– Talvez – disse maldosamente Steeny. – Antes vou tomar banho.

– Você fará – começou ela virando as costas, com sua voz pueril...

Mas no mesmo segundo o tórax da égua chocou-se contra o seu peito, ela tentou agarrar-se ao eixo e rolou contra o talude.

– Philippe!

Num instante, a besta espantada procurou seu morso, balançando com raiva as trelas flutuantes, e já as pequenas mãos da criança puxavam as duas hastes de aço, esmagavam a boca delicada. Admirável impulso do ser, maravilha de esquecimento! Ele sentia sob seus dedos, continha inteiramente com suas palmas a pujança dessas ancas enormes, da garupa dominada contra o chão, dessas coxas gigantes, trêmulas de dor, brancas de espuma, entre dois jatos de lama. Agora, com a resistência contida, ela fugia diante dele, recuando, cada vez mais rápido.

– Atenção! – Gritou o aleijado, do outro lado da sebe. – Cuidado, Steeny!

Cuidado com o quê? A grande égua cai de joelhos.

– Animal estúpido.

Ele largou de propósito as rédeas, secou o rosto cheio de lama. O que dizer? Nada mais triste do que um caminho destruído pela tempestade, a dupla enxurrada de argila onde o esterco se espalha em poças oleosas, imenso gorgolejo das terras saturadas. Que importa! Ele só vê o animal derrotado, só escuta a respiração rude, precipitada, num ritmo de horror, o rangido dos couros molhados de suor, aspira furiosamente, a plenos pulmões, um cheiro tão quente, tão vivo que parece de sangue. Tudo o que nele normalmente julga, raciocina, aceita ou rejeita se cala. Deus sabe quantas vezes, durante as últimas semanas, acreditou que ia romper-se um elo a cada dia mais frágil, surgir o monstro... "Como está bravo! Dizia Miss com seu sorriso ambíguo, olha, senhora: é como se fosse um tourinho." Cóleras precoces, na maior parte fingidas, apesar das lágrimas, vãos simulacros impotentes em libertar o deus prisioneiro! A mentira delas não parava de envenenar-lhe o peito. Enquanto hoje...

– Devolva-me esse pacote, Philippe...

O vestido da senhora de Néréis está rasgado na cintura, revela uma pobre combinação de jérsei; um pedaço de seda se arrasta na água amarela. Ginette teria medo? Sua boca esboça uma expressão dolorosa e o batom escorreu até o pescoço.

– Na sua mão... aí... vamos, Philippe!

Tome! É verdade que um solavanco lançou fora da carroça uma coisa informe, que ele pegou no ar... "Philippe! Philippe!..." Como ela insiste! E, no entanto, o olhar não implora mais. As duas mãos cobertas de argila, com suas dez garras pintadas, desenham no ar, à revelia, não se sabe que ameaça, o gesto desajeitado de um desses terrores de criança, pronta para matar.

– Abaixe as patas! – Grita Steeny, furioso. – Você não poderia pedir educadamente, ao menos, sua porca?

Ele pulou para trás e virou o pacote pela ponta do laço. Para segui-lo, o olhar enlouquecido de Ginette vai e vem como a agulha de um tecelão. Desgraça! Eis que se abre o jornal encharcado de chuva, tudo se espalha, e Steeny se abaixa para retirar de um buraco um pequeno paletó de veludo marrom... "O que é isso?... ri nervoso. Mas não tem tempo de concluir, nem mesmo de levantar a cabeça, e dá sem querer um salto inútil. Ginette deixou-se cair sobre ele, gemendo. Quando ele se ergue de novo, suas mãos estão vazias, e a grande égua, agora acalmada, afasta-se lentamente, depois trota.

– Diabos! Que desgraça!

– Venha até em casa, Philippe – diz o aleijado com voz séria. – Você pode subir por aí, pegue a minha bengala. Olhe, é curioso, seu pulso está sangrando.

– A idiota me mordeu, acho – constata Philippe. Sim, olhe, todos os dentes marcados na minha pele. Oh! Oh! Guillaume, eis que ela já está na curva em Roches, lá longe, é como se galopasse!... Sim, dou minha palavra, ela galopa! Aonde diabos pode ir tão cedo?... E, além do mais, não dê de ombros assim, meu velho, você me irrita...

– Não estou erguendo os ombros – diz o aleijado –, é que você me dá pena, Philippe.

Ele envolveu o amigo com um olhar rápido e continuou com um tom extraordinariamente nobre, a voz tão séria, tão pura que pareceu apagar, num segundo, até a lembrança do inexplicável, da lúgubre aparição:

– Medo e pena...

– Adeus, Guillaume! gritou Philippe, e desapareceu.

Eles carregaram o pequeno cadáver até a sala da prefeitura, na mesa rapidamente despojada de sua toalha verde. À direita o guarda campestre dispôs os sapatos estranhamente, um contra o outro, como se acenassem entre si com as solas torcidas. Mais nada. Um carroceiro dos Croules, um bêbado, encontrou-o de manhã ao acaso perto do lago, debaixo dos espinheiros, nu. "A correnteza tirou a roupa dele, com certeza, uma correnteza enorme! A água transbordava ao redor como espuma de cerveja." Mas na primeira olhada reconheceu o criado dos Malicorne, um rapaz bem honesto, sem vícios. Deus do céu! A pobre cabeça era só uma bola de lama e de pedaços de pedra. "Achei que estivesse decapitado, pobre menino!", diz ele.

O prefeito acaba de enfiar a calça. A bigorna do ferreiro já tine no fundo da rua silenciosa, a imensa rua silenciosa, lavada pelo ar fresco, surpreendida pela aurora, cheia ainda de formas e rumores da véspera. Em dado momento surge mais clara, mais dourada e como que límpida, tão fresca que um moribundo poderia pousar aí a sua face, tão próxima que parece estar na mesma altura das grandes baías vazias, lança o seu reflexo nas nuvens baixas... Mas já a sombra toma-a de viés, depois galopa de um lado a outro, até a última crista visível, a subida de Trablois, cuja fina lasca de ouro salta por sua vez. O céu cinza se precipita de todos os lados rugindo, depois apazigua-se igualmente rápido: uma chuva leve começa a cair, o Ângelus soa.

– Teremos água ainda – diz o prefeito. – Ruim para as verificações.

Os grandes olhos destilam uma lágrima suspeita contida na beira dos cílios, que escorre sem parar. Será preciso que ele a esmague esta tarde, antes de adormecer, e a noite formará novamente uma outra. Brincalhão! Seu nariz coberto pela herpes com sua rede de veias azuis, sua redondeza elástica, sua excessiva mobilidade, aterroriza a sua mulher. Para dizer a verdade, no meio dessa face gasta irrompe uma vida assustadora, trocista. "É meu amuleto", dizia ele outrora às moças. E mais de uma quis tocar esse nariz monstruoso, pois o antigo cervejeiro não esconde o seu gosto pelas mocinhas. "Sim, minha pequena, você acredita?, eu senti bater o seu coração bem na ponta, é como se você segurasse um animal de verdade". O homenzinho não está longe de pensar como elas, mas guarda agora o seu segredo. A pretexto de uma confidência, feita por bravata, o doutor Malépine, em plena reunião com os representantes cantonais, fez-lhe perguntas absurdas, falou de hiperestesia dos centros nervosos do bulbo, e finalmente o tratou de grande olfativo. "Caro amigo, a Ciência chama as coisas por seu nome: o apêndice nasal é em você um dos órgãos do prazer. Notem bem, senhores, que a observação não é nova: Duriez cita o exemplo de um doente que ficava excitado até o espasmo com o menor rastro de iodo. O nariz se tingia bruscamente e até se puderam observar – incrível – fenômenos de ereção." Infeliz olfativo! Riu de início como os outros, sem entender direito, e não era pouco o orgulho que sentia ao ver-se comparado com Émile Zola. Precisou de dias e dias de ócio, dias e dias passados sob o caramanchão, de frente para o estreito caminho de saibro, ao longe – os tetos rosa de sua antiga cervejaria, do reino perdido –, dias e dias de tédio, para que germinasse o ínfimo grão da dúvida, a primeira dúvida. E é verdade que nunca foi um rapaz normal, antes que o curso caprichoso da cevada e do lúpulo tivesse conferido um sentido a cada hora, a cada minuto de sua vida... Meu Deus! É verdade que inalou, farejou, fungou mais do que ninguém, possuiu sua juventude pelas narinas, e a velhice que começa também tem o seu cheiro... Sua verdadeira memória está aí, entre os dois olhos, no fundo dessas criptas obscuras. Uma lufada de vento pela estrada, a carroça que passa, morna sob a cobertura, o lenço novo dobrado, menos ainda – eis o traço fulgurante da lembrança, tal olhar, tal rosto, tal sinal voluptuoso: a penumbra de um quarto, uma cama de ferro, ou a moenda hospitaleira, crivada de sol ao meio-dia... e, imediatamente, que suor gelado no meio das mãos! Infelizmente cada um desses golpes atinge-o no mesmo ponto da nuca e o seu olhar custa a rasgar a teia de aranha que a brusca pressão do sangue vem tecer nas pupilas. Pelos deuses! Precisa descobrir com sessenta anos que não é como os outros, escândalo dos escândalos, horrível danação dos imbecis? Ele, que nenhuma mulher viu empalidecer, descobre-se agora, com esse nariz disforme, impuro, inexplicável, numa espécie de pudor cômico. Inútil defesa! A ideia traiçoeira embrenhou-se na parte mais espessa de seu cérebro e todas as pinças do belo doutor de barba loira não a desalojariam daí. "Não como os outros" – ele, o magistrado municipal, um prefeito... "Olhe, Malvina, diz à sua mulher surpresa, eu gostaria também de ser pároco!" Que fazer? O imprudente Malépine, falando de neurastenia, só piorou a dor. O quê, então? Ela está aí, em algum lugar, sob o crânio, a imperceptível ferida herdada de um ancestral desconhecido, o recanto inflamado onde o terror súbito pôs o seu ovo, como uma mosca azul! Louco que era, pobre louco, de pavonear-se outrora de seu faro vergonhoso! Ainda na semana passada, caçando uma raposa do lado da propriedade Goubaud, os colegas passaram por cima de uma velha armadilha enferrujada, marcada com sangue fresco na ponta da corrente: "Vamos, Arsène!". Nenhum deles ignora que no tempo de sua juventude era conhecido por ser capaz de descobrir, de manhãzinha, a toca ainda morna sob as folhagens úmidas... "Vamos, Arsène!" Mas deu de ombros, digníssimo, embora com cara de aflição. "Idiotas! Caçoei tanto assim de vocês antigamente, imbecis?" E os risos. Infelizmente, a atenção que ele presta desde então à sua bizarra mania o atormenta demais, em vez de apaziguá-lo. Nunca, nunca suas narinas malditas provaram, saborearam, filtraram através de cílios invisíveis, de trilhões de terminações nervosas, um ar tão rico, tão denso, carregado de odores que deslizam uns sobre os outros, ou se penetram sem confundir-se até o coração do dia, quando a força do meio-dia os estende em uma só toalha espessa, toda fervente sob o sol como essas águas gordurosas, cheias de bolhas. Então, protegido pelo muro, o chapéu caído nos olhos, sente uma espécie de descanso na saturação dos cinco sentidos, o repouso negro da embriaguez. Ninguém desconfia de que o desgosto, ou mesmo o remorso dos prazeres, desde então sem volta, assumiu no pobre homem vicioso, totalmente envolvido pelo pressentimento da morte, a forma desse delírio cômico. "Olhe, Malvina, exclamou numa noite, no fundo não passo de um porco! – Imbecil, vão ouvi-lo!" E tomando o céu como testemunho com os dois braços magros cobertos de pelos sedosos com a crise da idade madura: "Isso queria ser conselheiro geral, e nem mesmo se respeita!". Não importa! O grito não aliviou o seu peito. Às vezes, sonha em continuar a confidência com o travesseiro, em plena noite, em libertar-se de uma vez por todas, mesmo com risco de a velha morrer de raiva ou rir na sua cara. Enquanto aguarda, lava-se todas as manhãs e todas as noites com muita água, todo nu diante do balde, esfrega-se com frenesi como se, declara Malvina, quisesse gastar sua pele velha. Pior para Malvina! A hora que segue é boa, sem sonhos, quase branca. Respondendo ao doutor que o felicita, em sua linguagem, por cobrar "do tratamento hidroterapêutico, mesmo sumário, os alívios que alguns ingênuos esperam de práticas supersticiosas", diz com essa frase profunda, cortante: "O difícil, veja você, é ter piedade de si mesmo".

* * *

– Antoine, comporte-se, que diabo! Respeite o morto.

O velho guarda ronca com o braço dobrado sobre a mesa, a cabeça aninhada entre os dois cotovelos. Da manga direita aflora a pequena mão exangue, aberta como uma flor.

– E o Ministério Público que não chega! Mais uma hora, não se pode fazer mais nada. Começo a leitura eu mesmo. Onde está a testemunha?

– Que testemunha?

– O homem que encontrou o cadáver.

– Ele está bêbado, diz o guarda. Totalmente bêbado. Mandou abrir o botequim. Parece que bebe lá dentro, sozinho, sentado em duas cadeiras, como um capitão.

O prefeito não vacila, mas suas bochechas um pouco moles tremeram, depois coraram. Infelizmente, há semanas que a pavorosa solicitude do doutor Malépine tece em torno dele os seus fios mágicos. Uma palavra que fingimos guardar para mais tarde, um sorriso, um silêncio ou o brusco desvio do olhar, e essa maneira que os doutores têm de seguir através do espaço uma espécie de trajetória invisível, um destino conhecido só por eles; precisa mais para arruinar o crédito de um magistrado municipal, para abatê-lo? Entre a esposa dolente, o professor confidencial, os empregados levemente irônicos, o antigo cervejeiro, no entardecer de uma vida de notável comerciante, cheio de realizações triunfais, vê-se assim tão desarmado quanto antigamente, quando, ao abrigo do pátio da escola, no inverno, sob o único bico de gás que cospe e assobia no vento, enchia de biscoitinhos os bolsos das meninas – sim, mesmo laço no cachecol tricolor, ainda o gordo rapaz ávido e receoso, como um moleque gigante.

– Dispenso suas reflexões... não é para brincadeira... responsável por tudo... Você faria melhor em manter distância...

Pela porta entreaberta sobe o cheiro de café quente. Rapidamente, esvaziaram as cinzas do velho aquecedor do térreo, abarrotaram-no com madeira seca, e Malvina, com um avental amarrado a seu vestido de sarja, enche aos poucos a cafeteira para esses senhores. Seu olhar negro e dançante salta de um lado para o outro do imenso cômodo, perscruta cada polegada das paredes nuas. “Nosso primeiro crime!”, pensa ela. Pois acredita no crime. Agora há pouco, enquanto Arsène, fora de si, girava a maçaneta da janela no sentido inverso, golpeava as persianas, ela se aproximou do pequeno cadáver, virou-o com as mãos silenciosas, experientes, pois não tem medo dos mortos... E, além disso, ora! O que ela viu não diz respeito a ninguém.

– Escute, Arsène... Vamos, ora, está amarelo, ele acha que o morto se mexe.

A chuva ressoa nas janelas. A cada soluço da pia, uma goteira responde, distante, com uma espécie de grito doloroso, parecido com o chamado de um sapo. Será, de fato, a goteira, ou o cata-vento, ou alguma gralha-preta pensativa, eriçada, caída do céu? Lá fora, a imensa pulsação da tempestade cobre tudo.

– Andemos, seu animal. Suba rápido.

Ele é tão feio, galgando a escada de quatro em quatro, com a garrafa de genebra esquecida na mão, que ela grita:

– Antoine deve ter deixado a porta da administração aberta. É o doutor, com certeza. Largue a garrafa.

– Tome, tome a sua garrafa.

Ele joga a garrafa com força, furioso, por uma janela entreaberta.

– Ora bem, doutor!

Mas desde a entrada, mais uma vez, infelizmente, o peito lhe aperta. O doutor Malépine lança até a porta um olhar vivo e sua boca ensaia um sorriso ameaçador, como o de uma ama a seu bebê.

– Ora! Ora! Ainda essa história de forçar o regimento! O administrador lhe faz uma homenagem e o doutor se insurge. Contradição desgraçada!

Sua mão vermelha, com o punho envolvido em ouro, acaricia distraidamente o peito cinza do morto, agora duro como pedra.

– Impossível vir mais cedo, que tempo! Diga-me, caro amigo, o assunto é bem simples. Houve crime.

– Tem certeza?

– Vamos ver!

Com o indicador move o queixo do cadáver, descobre no pescoço estriado uma linha mais profunda, um pequeno inchaço, cor de berinjela.

– Estrangulado... Digo estrangulado com a ajuda de uma corda bem fina, ou talvez de um fio de latão. Veja bem: o corte está claro... Não é? O quê? Isso perturba tanto assim, essa pequena encenação? Desculpe-me, falei sem cuidado, como a um colega. Vamos! Vamos! Não olhe, só isso.

– Doutor, disse imediatamente o pobre homem com uma seriedade cômica, eles querem a minha insígnia. Eles querem a minha insígnia, eles a terão. Passei por momentos difíceis. Sete anos depois de ter adquirido nossa propriedade, você não vai acreditar, doutor, eu colocava minhas notas ainda numa bexiga de porco: a velha me pagou minha primeira carteira em 1895. Uma carteira cheia, redonda, cheia a ponto de descosturar, eis o que aquece o coração de um homem. Eu a carregava sob a camisa, verão e inverno, adquiriu meu calor, era minha como a minha pele. Deus do céu! E eis que perco a confiança; eu, um cara que não deve nada a ninguém, um cara que conhece a vida! Moleque miserável!

Ergue os ombros com desgosto.

– Chamamos isso de vítima. Num certo sentido, doutor, acho isso talvez mais repugnante de ver do que o culpado. Um culpado é como você, vai e vem, respira, está vivo. Inteligente quem decifrar sua figura. Olhe: supondo que você o encontre amanhã, em Montreuil, em Boulogne, você poderia brindar com ele sem saber. O crime dele! O que resta dele, de seu crime? O que são um ou dois minutos na vida de um homem? Ao passo que esses macabeus, eles têm o crime nas entranhas, os porcos, eles transpiram crime. Não critico a infelicidade deles, bem entendido. Antes, lamento por eles, respeito-os. Mas, uma vez dado o golpe, quando a lei não pode mais nada por eles, penso que a malícia parece escapar por todos os poros, lançam a desonra numa região, comprometem todo o mundo, ridicularizam a sociedade. Você me dirá que devemos punir os assassinos. Concordo. Só que a coisa devia se arranjar entre os policiais para evitar o escândalo, e conforme a situação da vítima. Pois, entre nós, há sentido em submeter toda a magistratura às ordens de um infeliz vaqueiro morto, como se fosse um príncipe da ciência, por exemplo, ou um ministro? Esse aí vai me custar a insígnia, tanto é verdade quanto eu me chamo Arsène; podemos enterrá-la com ele. Olhe-o. Está aí tranquilo, sorridente, você pensa que é um filho de família, mesmo a mãe não o reconheceria. Deus do céu! Quando eu o via passar de pés descalços atrás do seu gado, será que podia suspeitar um dia de que... Miséria miserável... Tanto mais que não sabemos nada desses moleques, não fazem como os outros, têm artimanhas como se fossem selvagens. Uma crítica um pouco forte, um bom tapa, e eis que se arruínam só para contrariar o patrão, por vício. Ou a correnteza talvez o tenha arrastado toda a noite para fora do leito do rio, perto dos arbustos, e a armadilha de um caçador o tenha prendido quando passava... Vejamos... Vejamos... Não é melhor dar um jeito na coisa em vez de arriscar ver as pessoas indo de um lado para o outro, perturbando toda a municipalidade? Uma municipalidade tão tranquila, o centro, o núcleo da região! Vaqueiro miserável!

– Diga então, caro amigo, você vai contar isso ao médico legista, ao meu colega. De minha parte!

Com a ponta dos dedos, ele tamborila distraidamente sobre a bochecha do antigo cervejeiro, com esse mesmo gesto familiar com que encoraja a confidência de uma filha grávida sob o olhar impassível do Esculápio em mármore negro que reina sobre a chaminé.

– Você é uma criança, meu caro. Não core assim! Todos os nervosos são crianças, verdadeiros bebês. De onde diabo você tirou que um assunto banal como esse possa custar a sua insígnia? Como? Por quê?... Hein? O que você diz?

– Pres... Pressentimento... – balbucia o homem escarlate.

– Pressentimentos? Poupe-me de seus pressentimentos. Olhe, num destes dias, vou acabar talvez enviando-o à confissão – sim, palavra de honra! Você tem escrúpulos, meu caro, como vários pecadores velhos que passam dos sessenta anos. Enfim, há algo aí que não vai bem, aí, no epigástrio, não é? Um pouco mais embaixo, se você quiser, no plexo, na sede da alma... Uma porção de imagens malcriadas, difíceis de eliminar desde então, não como antigamente, hein! Seu brincalhão! E sonhamos com a inocência, a pureza, a redenção – sei lá! com bobagens. Um vicioso é sempre idealista, guarde isso, meu senhor...

Pegou distraidamente sobre a mesa o punho crispado do morto e o apertou suavemente, com as duas mãos, como que para abri-lo.

– Observe que você tem todo o direito de não acreditar numa palavra do que digo. Quando um atrevido corre atrás de mocinhas toda a vida, não é fácil meter-lhe na cabeça que ele está recomeçando, às avessas, a crise da adolescência... Não fique vermelho, ora, que diabo! Estamos entre nós, pelo amor de Deus!

– Nada a me repreender... absolutamente nada... Bobagens como todo o mundo... Andar de cabeça erguida, doutor... Olhar na cara os... os...

– Por Deus! É justamente o que lhe peço, eu, olhar as pessoas na cara, tranquilamente, nos olhos. Os melhores não valem nada.

Tendo posto sobre os joelhos a mãozinha ainda fechada, esforçava-se para desenlaçar os dedos, um por um, sem violência, com a extremidade de uma régua delicadamente introduzida sob a palma.

– Veja você, Arsène – prosseguiu, mas desta vez quase em voz baixa –, você faria bem em prestar atenção no que diz... O dever de um magistrado é ajudar a Justiça, não confundi-la... Aliás, a hipótese do suicídio não se sustenta.

– Vou encontrar a armadilha, Deus meu! Gritou de repente o prefeito com voz forte. Sim, desceremos o curso do rio com os senhores do Ministério Público – há deslizamentos ao longo de toda a margem, um tolo quis talvez pôr armadilhas para lontras, as pessoas são tão estúpidas! E que diabo teria matado esse menino, para começar? Suponhamos que seja um ladrão, um vagabundo, a rua é de todo mundo, não é? Nesse caso, poderíamos dizer que o assunto não diz respeito à municipalidade. Ao passo que... Ao passo que...

Ele virou duas vezes, lenta, solenemente, da direta à esquerda, a gorda cabeça púrpura de olhar vago, como que leitoso, parecido com o de criancinhas.

– Prefiro me matar, disse ele.

– Espere o fim, replicou o doutor, com uma voz exageradamente calma; o fim promete ser apaixonante, meu caro...

Quase tocando o chão, a mãozinha vazia, desde então sem segredo, oscilava imperceptível, alternadamente escondendo e revelando o côncavo escurecido da palma. O belo doutor apoiou-a bruscamente na mesa:

– Uma carroça? Já? Que coisa! Esses senhores do Ministério Público hoje se levantaram cedo.

– Não é o Ministério Público – diz o prefeito na janela. – É a louca da Néréis, Perna-de-lã, com sua égua... O senhor Anthelme deve ter morrido.

– Um minuto, Arsène, um minuto! Segure-a lá embaixo, meu rapaz. Ela é bem capaz de ter farejado nosso morto de lá, de seu poleiro, como uma gralha-preta.

– Puseram-no aqui, pobre anjo – diz a castelã de Néréis, de pé na entrada.

O homem gordo nem mesmo se virou. Ombros baixos, nuca dobrada, braços pendidos, oferecia ao dia pálido riscado de chuva o seu rosto triste numa espécie de abandono total. Num segundo, o olhar do belo doutor, tão vivo atrás dos óculos, envolveu como um feixe de luz essa face que se tornou de repente ininteligível – simples e como que apagada pela vergonha, o remorso, uma piedade desesperada por si mesmo – o remorso sem causa e sem nome.

– Seria melhor que a senhora fosse embora agora – observou com surpreendente brandura. – Nada a fazer por aqui.

Ela já avançava com seu passo magnífico. O tombo deixara em sua anca uma enorme mancha de lama, e havia ainda lama na parte de dentro do braço nu, rasgado pelos espinhos, e no rosto inflamado, onde sem dúvida tinha passado as mãos. Era um milagre que conseguisse ficar de pé nesses ridículos sapatos de veludo encharcados, e devia afastar com o pé, ao caminhar, com um gesto de irritação pueril, o pedaço de tecido rasgado de sua longa saia. Sentou-se.

– Quanto sofrimento, quanto embaraço... A égua me cortou as mãos – sim, doutor, dê uma olhada – que louca! Lá em cima, na planície, acredite, a ventania do oeste nos pegou de lado; ela começou a gritar de medo, sim, senhor, achei que não fosse conseguir segurá-la, que fosse me levar com ela...

– O que diabos faz com esse pacote? – diz o médico de Fenouille. – A senhora o recolheu no caminho, no riacho, não é?

Ela ri.

– Não é? São essas crianças, Steeny sobretudo, pequeno demônio! Ele lutou com a égua, rasgou meu vestido, vi-o de quatro na lama, furioso – um amor... Mas deixe de conversa, doutor, vim aqui por um dever, queria falar agora com o senhor juiz.

– Bobagem! Se se trata de uma missão a cumprir, inútil esperar, vamos ver isso entre nós. E, para começar, Arsène, abra a janela. Se a natureza não foi generosa comigo tanto quanto com você com relação ao olfato, distingo todavia os bons odores dos maus. E a senhora cheira mal como o diabo, sem crítica, minha senhora!

– De verdade? Deus, estou irritada – diz ela. – O senhor não acha que... que isso pode vir...

Ela tocou o braço do prefeito com sua longa mão ainda tão pura sob a lama e a graxa.

– Ora, ora! – retomou grosseiramente o doutor. – Conhecemos a senhora, conheço seu ninho de ratos. E, além do mais, olhe, Arsène, dê-me as pinças, pode ser? Só tocarei nesse pacote com um par de pinças.

– Ele não está tão sujo, juro – protestou ela com um sorriso assustador. – É terra, só um pouco de terra... Além disso, senhor, permita-me, vou desamarrar eu mesma.

O magnífico olhar, humilhado, o olhar mágico que havia devorado toda a vida de um homem, ia de um lado ao outro entre seus dois carrascos, como um animal inocente.

– Não na mesa! – urrou o doutor. – No chão, está ouvindo? No chão, pelo amor de Deus!

– Bom, bom – disse ela. – Não fique irritado, que importa? Olhe, eis a camiseta, as calças, os suspensórios. Só achei um sapato. Talvez a correnteza tenha levado o outro?

Ela espalhava pouco a pouco cada coisa no chão com a ponta de sua botina furada.

– Que jeito é esse de desembalar? Onde encontrou isso, minha filha?

Malvina contemplava a cena da entrada do cômodo, em silêncio, com as duas mãos no avental.

– Vá embora, senhora! – implorou a infeliz toda trêmula.

– Estou na minha casa – saiu a esposa do prefeito balançando a cabeça, com uma seriedade irônica.

– Bem, senhora. Então, só falarei diante do juiz.

– Ora! Não, você falará imediatamente, minha querida – conclui indiferente o médico de Fenouille. – Papel, Arsène. Dê-me a caneta, meu caro. Estou ouvindo, minha filha.

– Não escreva! Não, senhor, não escreva nada – gemeu ela. – Tudo isso é entre nós, jure para mim. Sim, sim, doutor, diga: "Eu juro". Não digo nenhuma palavra se o senhor não jurar, nenhuma. E que ele não saiba de nada, nunca, nunca – tenho a sua palavra, senhor prefeito? Nunca. Ele me mataria como um rato.

– Ah! Ah! Estamos vendo aonde quer chegar, minha bela – disse o doutor chorando de rir. – Vê aonde ela quer chegar, Arsène? Claro, trata-se de seu hóspede. Escute – retomou ele – faça rápido, conclua logo essa pequena formalidade. Há um ano – não falemos das cartas anônimas que o procurador da República costuma jogar no lixo – você o acusou de não sei quantas gentilezas que vão desde a simples fraude até a tentativa de assassinato de sua preciosa pessoa ou de seu marido, acusações ridículas que desmoronaram com a primeira testemunha ouvida. Grande castelo de Néréis, grandes castelãs! O fogo, ouve, minha bela, vai precisar de fogo para livrarmo-nos desse ninho de mentiras e de intrigas. Um belo incêndio, digo a você, por Deus! E a castelã, com uma camisa de enxofre como no tempo dos monges – sim, uma bela camiseta de enxofre, bem dura e bem rude, uma verdadeira guarita, com uma boina de cornos.

– Que brincadeira! – diz ela, esforçando-se para sorrir. – Como o senhor ousa falar assim diante de um morto... Meu Deus, meu

Deus, veja como ele é belo, como escuta... Ora, ora! Sim, doutor; acuso formalmente...

Ela lançou de novo um olhar assustado à esposa do prefeito.

– Senhores – retomou com a voz baixa –, encontrei essas roupas no meu quarto... não, não exatamente no quarto dele, sejamos justos. Os senhores sabem que a porta do quarto dá para uma espécie de corredor...

– Bem, bem – diz friamente o médico de Fenouille –, por favor, dê-nos detalhes. Em suma, você acusa formalmente o seu hóspede, o senhor Ouine, do assassinato desse jovem. Muito bem. Caro amigo, peça que sua mulher traga alguns jornais velhos, e um barbante. Não vamos deixar essa sujeira por muito tempo no chão, não é?

A senhora de Néréis ergueu suavemente os ombros e começou a recolher as roupas uma a uma, com lentidão, estendendo-as sucessivamente no centro de sua pobre saia. Uma lágrima pesada caiu em suas mãos.

– E o que diz disso, prefeito? – exclamou de repente o galante doutor com uma cólera fingida. – Temos o culpado, sim ou não? Há dez minutos, vejo que você tem o olhar fixo nessa interessante auxiliar de justiça, como se quisesse devorá-la. Deus do céu! Eu também tenho contas a acertar com a senhora, e não estou bravo de ter a oportunidade, ora bolas! Não é, minha bela? Faz tempo que a senhora zanza pelas estradas, ao passo que uma administração um pouco cuidadosa com a sanidade moral desta municipalidade tê-la-ia trancado já no primeiro dia. Sim, trancado, internado! Lá longe, atrás do seu jardim, ou atrás do traseiro de sua égua endiabrada, a senhora é uma dama. Aqui, na minha frente, é só um caso, e banal, não é nada. Entende, Arsène? Essa pessoa interessante provavelmente destruiu um homem e, sem dúvida, atacou outro: ora bem! Fora de ação – sob minha supervisão, suponho – em alguma boa clínica, eu faria dela, eu mesmo, um animal inofensivo, tão dócil quanto um cãozinho. Olhe, veja você mesmo... Questão de tato, de sangue-frio, de autoridade, de autoridade sobretudo... Fui colaborador de Duriez, basta dizer. Um colaborador bem modesto, meu caro, um aprendiz, um simples aprendiz, mas que não ficava só atrás dele, era esperto, um verdadeiro estudante de Medicina... O espírito de estudante se perde, meu amigo; substituem-nos por esses sujeitos de óculos, esquadrinhadores, físicos, químicos... Ah! Ah! A profissão médica é a primeira de todas, mas exige caráter...

O prefeito de Fenouille balançava a cabeça, aprovava com seu rosto enorme, feito para rir, e, no entanto, de uma tristeza indizível, espectral. As palavras ressoavam em seus ouvidos com uma espécie de gorjeio incessante, sem começo nem fim, ao qual os gestos e as expressões do orador acrescentavam como que uma extravagância sobrenatural. Pois era sobre ele, sobre sua própria fraqueza que a grosseria do homenzinho exercia agora o seu poder. Assim, o animal espia no rosto misterioso do mestre os signos sagrados de onde vão nascer seu sofrimento ou seu prazer.

– Diga então – gritou da entrada a esposa do prefeito – vocês vão levar todo o meu barbante? Empreste-lhe a faca, Arsène.

– Basta de barbante! – diz o doutor. – Ponha o pacote sobre a chaminé. Bem. Desculpe-me ter falado com tanta franqueza, bela senhora. Você está doente, eu sou o médico, uma doente me interessa diferentemente de um morto. Vamos! Se há ainda algum segredinho nessa cabeça, revele-o agora em vez de ao juiz... É melhor para você – eu insisto – é melhor para você, minha querida...

A voz tinha perdido algo de sua segurança burlesca, enquanto as mãos sobre os joelhos esboçavam uma espécie de carícia tímida, envolvente, um gesto de caçador de passarinho. E era na direção dessas mãos, de fato, que ela baixava irresistivelmente o olhar indomável, perdido de vergonha, de terror, e, no entanto, cheio da malícia, da paciência imensa, inexorável do animal cativo. Num segundo, cobertos pelos longos cílios fechados, os olhos moveram-se em direção à janela aberta, ao horizonte, às colinas em fuga, à linha arrebitada do bosque de Vernoul, a uma nuvem rasgada pelo vento, ao espaço.

– Assim, então – entendi direito? –, seu hóspede seria o autor do assassinato?

– Sim, doutor – disse ela. – Eu juro.

– Deixe seus juramentos para mais tarde. Suas provas, para começar.

– Eu... eu o vi.

– Bem! Senhor prefeito, escreva que ela foi testemunha do assassinato.

– Espere! Não... não do assassinato, vejamos. Meu Deus! Quero dizer que velei, que velamos esta noite, esta noite como as outras. O senhor de Néréis morreu às cinco da manhã.

– Hein? O quê? Anthelme está morto?

– Sim, senhor, disse ela com o mesmo sorriso. – Às cinco horas. Ele sofreu bastante, senhor.

– A senhora deve pensar na declaração de óbito – diz o prefeito –, a senhora não está acima da lei.

– Nosso amigo deve ter saído perto da meia-noite. Voltou duas horas depois. E encontrei isto, eu juro, no fundo do armário, debaixo de um grande saco de batatas, sim.

– É só?

– Sim, senhores, é só.

– É só – repetiu o doutor com uma voz estridente, inclinando a cabeça sobre o ombro esquerdo, como ela. – Você chama isso de testemunho, você? Mas há ainda a carta anônima, com certeza. Aposto que vamos encontrar uma carta anônima hoje na caixa de correio do procurador da República, hein, minha beleza? Sem dúvida que o honorável professor Ouine estará amanhã onde você desejar colocá-lo, graciosa Nêmesis... E com relação às sujeiras que estão nesse jornal...

Pegou o relógio.

– Vamos descobrir num momento a que nos atermos. Convoquei os Malicorne para nove horas. Senhora! Senhora!

– Estão subindo – diz a voz da esposa do prefeito na escada.

– Um minuto! Um minuto! Não se entra aqui como num moinho, Deus meu! Há um morto, que diabo!

Virando as costas para a mesa, tentava encobrir o cadáver, esbanjando aos visitantes ainda invisíveis expressões cúmplices, olhares aflitos, transbordando de simpatia e unção profissional.

– Com licença, doutor – balbuciou o recém-chegado, mais inquieto do que tranquilo com essa pantomima, para ele, incompreensível. – É meu empregado, tenho o direito... Pode entrar, Alida, não se preocupe, não ofende ninguém... Na prefeitura estamos todos em casa, não é, Arsène? – concluiu evitando o olhar do prefeito, e com um tom falsamente cordial.

– Vai você, replicou a velha atrás da porta. Fico mal só de vê-lo.

O velho ergue os ombros com desprezo, aproxima-se da mesa, e colocando pesadamente a mão sobre o peito do morto:

– Ele só nos deu preocupação – diz – um pobre menino sem malícia, mas muito irritante. Você devia ver, Alida, parece que está vivo, que vai falar.

– Não insista, meu amigo – intervém o médico de Fenouille com grande delicadeza. – O juiz decidirá se é necessário ou não colocar a senhora em presença da vítima. Acredite em mim: espetáculos como esse não convêm a todo mundo. Mas, uma vez que o primeiro magistrado dessa municipalidade julgou melhor receber inicialmente o seu testemunho, deixe-me fazer uma pergunta, uma só. O senhor responde ou não, como quiser.

– Depende – replicou a outra, perplexa. – Vem aqui, Alida, eu lhe peço, pelo amor de Deus! Veja, doutor, ela é capaz de pesar os prós e os contras, ela se lembra de tudo.

A velha entrou de costas, o rosto virado para a parede.

– A senhora reconhece essas roupas? – perguntou o antigo aprendiz com um tom solene. – Não se deixe perturbar, minha senhora, pense bem.

– Já pensei em tudo – diz ela. – Com certeza eu as reconheço, certeza!

– Ah! Ah!

Eles se aproximaram todos da janela, em desordem, inclinados sobre os pobres despojos. O odor desagradável de lama e água parada fazia-os piscar.

– Pese suas palavras, senhora. A senhora afirma que a vítima vestia essas roupas na noite do assassinato?

– Que nada, que nada! – diz ela. – Uma capa, vejam bem! Ele deixou isso nos primeiros dias frios. Tenho de dizer que, perto do Dia de Todos os Santos, o senhor Anthelme o contratou por dez dias a cem xelins, para as batatas. Ele voltou com umas roupas de veludo, todas novas, não é, Jules? E os cinquenta francos estou esperando ainda, sem reclamar.

– Senhora de Néréis – começou triunfante o doutor de Fenouille...

Mas eles procuraram em vão, com os olhos, a mulher extraordinária. A rua deserta, resplandecente, brilhava sob o sol como um espelho. E com a respiração suspensa, acreditaram ouvir duas vezes, bem longe, do lado de Saint-Vaast – depois, ainda uma vez – a grande égua relinchar em meio ao vento oeste.

"No fundo", pensa Philippe, "a natureza delas me aborrece. Sempre gostei das estradas. A estrada, ela, sabe o que quer. Não amanhã: hoje. Hoje mesmo."

– Hoje... – repete ele apressando o passo, como que embriagado. – Hoje mesmo!

A bela estrada! A querida estrada! Vertiginosa amiga, promessa imensa! O homem que a fez com as mãos, polegada por polegada, escavada até o coração, até o seu coração de pedra, depois, enfim, polida, acariciada, não a reconhece mais, acredita nela. A grande oportunidade, a oportunidade suprema, a oportunidade única de sua vida está aí, sob seus olhos, sob seus passos, brecha fabulosa, desenrolar infinito, milagre de solidão e de evasão, arco sublime lançado ao azul. Ele a fez, deu a si mesmo esse brinquedo magnífico e, tão logo escavado o caminho cor de âmbar, esquece que, com seu próprio cálculo, traçou anteriormente o itinerário inflexível. Com o primeiro passo sobre o chão mágico arrancado por sua arte à esmagadora, hedionda, fertilidade da terra, nu e estéril, arredondado como uma couraça, o mais desamparado readquire paciência e coragem, sonha que há talvez uma outra saída que não a morte, para sua alma miserável... Quem não viu a estrada ao amanhecer, entre duas fileiras de árvores, toda fresca, toda viva, não sabe o que é a esperança.

– Hoje – repete ainda Philippe – hoje mesmo...

"Por que não amanhã? Amanhã será tarde demais. A oportunidade perdida não se encontra novamente. Em 24 horas quase", diz com embriaguez, "perde-se a vida." E certa voz carinhosa nunca ouvida, tão terrível na manhã clara quanto a imagem da volúpia no rosto de uma criança, suspira indefinidamente: "Perca-a! Perca-a!". Certa frase, lida em algum lugar (não sabe onde, infelizmente), vai e vem em sua memória com a regularidade da batida de um relógio. "Quem quer salvar sua alma a perderá... quem quer salvar sua alma... quem quer salvar..." Que chatice!

A embriaguez da véspera, a insônia, o contato das roupas ainda úmidas nutriam em suas veias uma ligeira febre, uma espécie de angústia física à flor da pele, de onde podia extrair a ilusão de uma lucidez soberana. Hora mágica em que a primeira juventude sobe pouco a pouco das profundezas aonde nunca mais retornará, jorra como de uma grande flor venenosa à superfície da consciência, sobe ao cérebro, como um veneno. Hora mágica, de fato, em que o pequeno animal humano dá um nome inteligível à sua força, à sua alegria, à sua graça, e elas já não existem mais. Não importa!... "Por algumas semanas ainda", dizia a si próprio, "por alguns dias apenas, talvez, disponho de mim mesmo..." A estrada estava tão fresca, tão pura, rajada de sombra, tão parecida com a ideia que ele fazia nesse momento de si mesmo, que gostaria de ter banhado nela as mãos e a cabeça, ter-se rolado nela como se fosse uma água límpida. Pois ocorria-lhe a todo instante o pensamento de uma vida toda nova, toda brilhante, intacta – intacta, imaculada –, milagrosamente restituída às suas mãos, a seu prazer, e que a mais leve carícia, o menor toque mancharia para sempre, até que a imagem da morte, de uma morte tão diferente quanto possível da que outrora sonhara, a imagem radiante da morte irrompesse de si mesma, no auge da alegria.

– Cuidado – disse de repente – a égua!

As quatro ferraduras erguiam-se e abaixavam-se, ao longe, sem nenhum ruído sobre o solo úmido. Ao menos não as ouvia. E não distinguia tampouco a garupa saltitante. A espécie de alucinação em que havia mergulhado fechava sobre ele o círculo de uma proteção misteriosa: acreditava senti-la deslocar-se consigo, luz palpável, semelhante a um casulo de seda onde amadurece a crisálida. No tempo de um clarão, a paisagem não foi mais do que um nevoeiro estranhamente colorido, uma palpitação de formas e de cores, de onde se destacou de repente, com uma precisão cruel, a égua vibrante, só e nua, de cabeça erguida. Uma sombra azul voava sob seus passos.

– Ô! Ô!

Não foi o medo que o pregou ao chão, mas um arrebatamento sem limites, ou, por assim dizer, uma curiosidade estúpida, mais forte do que o medo. "O quê? O que se passa com ele?"

A dez metros, a égua virou firmemente à esquerda, vindo como um raio em sua direção. E quase no mesmo segundo, com um gesto absurdo, ele tentou repelir com as duas mãos o tórax enorme, pegajoso de suor. Mas viu-se já deitado no fundo do fosso, com o peito resfolegando. Uma roda da carroça revirada girava ainda a toda velocidade sobre ele, num silêncio solene.

"Por um fio", pensou. "A carroça virou no ar a tempo."

A ideia de que acabara de escapar não de um acidente banal, mas, sem dúvida, de uma verdadeira tentativa de assassinato o exaltava. Não! Não falaria com ninguém, nem mesmo com o... senhor Ouine talvez?... E, bruscamente, com essa dúvida horrível percorrendo-o de um lado a outro:

– Posso me levantar, andar?

Antes de terminar a pergunta, estava de pé, vacilante, deslumbrado pelo dia, como depois de um bom sono. A vinte passos dali, a égua apaziguada comia a grama do talude, arrastando atrás de si a barra de madeira quebrada. A perder de vista, a estrada vazia.

– Por onde diabos ela conseguiu passar?... Ginette, diz quase sem erguer a voz, não banque a idiota, apareça, sua estúpida.

A carroça, como um inseto gigante, mostrava sua barriga de verniz negro, ferro e graxa. Uma correia foi parar na grama, perto do chicote nitidamente partido. Para ver melhor, ele escalou de quatro o talude.

– Isso, por exemplo!

Nesse momento preciso, percebeu-a.

A última virada tinha-a lançado do outro lado da estrada como a pedra de um estilingue. O vestido em farrapos, estranhamente enrolado em suas longas pernas, os braços dobrados contra o peito, o rosto no chão, ela se arrastava lentamente até a sombra, como um animal ferido. Durante um longo momento, mudo de terror, de repulsa, de outro sentimento dúbio, viu-a remexer-se na poeira. Os movimentos desordenados de seus ombros e de suas ancas, a atroz rigidez do pescoço, a imobilidade frouxa das pernas lembravam a agonia de Kim, o velho *spaniel*[1] encontrado outrora no mesmo lugar, com os rins machucados pelo cajado de um vagabundo. Aliás, ela andava precisamente de lado, como um cachorro ferido, imperceptivelmente, com bruscas sacudidas, e Philippe não parava de olhar o sulco um tanto sangrento deixado pelo rosto invisível, no chão. O que fazer? O que via aí parecia menos uma criatura ainda viva do que um monstruoso brinquedo desconjuntado.

– Belo trabalho, meu rapaz! – diz uma voz.

O homem não se apressava para descer do talude, girando de todos os lados, com vivacidade, a cabecinha aparada e negra.

– Não toque em nada, rapaz! Atenção! É melhor fazer o reconhecimento, é a lei. Você pedirá ao primeiro que passar, a estrada está

---

[1] Raça de cães originária da Espanha. (N. T.)

desimpedida. Meu Deus! A carroça veio em cheio pela esquerda, a barra de madeira está afundada um pé na terra – com absoluta certeza, ela o visava, meu jovem!

– Meta-se com a sua vida – resmungou Philippe. – Deixe de histórias. Para começar, de onde você saiu, espertalhão?

– De onde eu saí? De onde eu saí! Ora, bem! Vou lhe explicar, meu rapaz. Eu saí da sebe que está aí, no fundo da residência de Fontan. Da grande nogueira, podemos ver a estrada até Mersault, meu jovem. Vi tudo.

É um antigo lenhador da floresta de Saint-Vaast, vindo da Alsácia com seu bando. A velha floresta vendida, revendida, vendida de novo, passando de mão em mão por cartórios sórdidos e, de repente, com o destino traçado, demolida em vinte semanas, destruída, esmagada, cortada aos pedaços dia e noite, até o último comboio triunfal através do vilarejo, a música, as bandeiras, depois o silêncio que cai sobre os jovens arvoredos estripados, todos nus, tremendo com o vento do inverno... Mas ele ficou na região, esse trigueiro, por causa de uma perna quebrada.

– Ela está tranquila agora – diz ele. – Enfim, tranquila. Parou de se contorcer, meu rapaz. Certeza absoluta de que sairá desta: as loucas são piores do que as bêbadas, ninguém tem mais sorte, meu jovem. E olhe a égua que passeia! Mastiga a grama calmamente, com seu olhar de lado, veja só, ah desgraça! Com o golpe deve ter cortado as pernas... Vou tentar alcançá-la ainda.

Ele fechou de novo, cuidadosamente, o cinto de couro.

– Sem lhe dar ordens, rapaz, você poderia talvez me ajudar...

– Ora – diz Philippe –, primeiro a égua? Puxa! Meu velho, você é cara de pau!

– Cara de pau? Quê? – replicou o homenzinho com uma careta horrível. – E onde você quer que a metamos, a sua prometida? Onde, ora? Ela se arrastou sozinha até a sombra, fora da passagem, esperta, dissimulada, discretamente, veja! E agora você não conseguiria mover--lhe uma pata. Com essa paciência, rapaz, ela superaria um inseto. Um inseto, isso é o que ela é. Mas as pessoas daqui são muito estúpidas, os jovens fecham o bico, os velhos fingem não ver nada. Acham que é conversa do professor. Mesmo os pequenos não ousam falar mais de Perna-de-lã, a propósito dos bordéis. No que se mete, esse fracote! Será que sabe o que é um inseto? Um inseto grande como uma mulher, será que sabe? Não tem nada pior, meu caro. Não existe animal feroz que valha isso. Nenhum estrago, nenhuma miséria, nada de aparente, nada que acione a polícia, o comissário, os juízes e toda a cólera divina, nada. Só uma picada de nada, você se coça e esquece. Oh! Oh! Dia e noite, ouvem-na zumbir de um canto a outro da região como uma mosca enorme. Senhora de Néréis aqui, senhora de Néréis acolá. Ela traça tranquilamente seu itinerário debaixo do nariz deles, sob suas barbas, os imbecis. E os sujeitos que se gabam de terem ido para a cama com ela, meu jovem, ah! ah!, precisa vê-los corar quando ela os fita assim, direto nos olhos, toda pintada, com o seu sorriso de cadáver. Não, mas digamos! Eles não são muito ousados, os irmãos! É que ela conhece a força e a fraqueza de cada um, a bandida! Há anos e anos, você percebe?

Sem parar de falar, ele avançava obliquamente até a égua ocupada em comer a grama curta do talude. Depois ultrapassou-a por alguns passos e bruscamente pulou sobre a correia caída. Quase não teve tempo de jogar-se de lado, sem largá-la. O animal, num instante encolhido sob a violência do choque, acabara de levantar-se gemendo. Um dos cascos assobiou na orelha do lenhador.

– Você vai fazer isso de novo – disse Steeny. – Bela maneira de pegar um cavalo, juro por Deus. Por que não com um laço?

– Ela é muito esperta, égua ruim – respondeu o outro calmamente. – Fique de lado, porcaria! Vou prendê-la alto, para evitar os coices. Ela dá uns bons coices com as dianteiras, hein?

Deslizou para trás, sem hesitar, apoiando as costas no talude, com os braços curtos incomodamente cruzados sobre o peito.

– Ninguém – diz ele –, nem um gato. Estrada curiosa!

E piscando para Steeny:

– Vamos?

Mas é em vão que o jovem tenta sustentar de forma insolente o olhar fixo sobre si. Algo como um sopro, um ar frio passa pelo rostinho crispado, alterando-lhe dolorosamente toda a expressão. E sentiu com furor, depois com desespero, que sua boca reencontrava a dobra da infância, contraía-se para um soluço.

– Eu... eu tenho... eu tenho medo de que ela esteja morta... – disse ele. – Não ousaria jamais tocá-la. Vá embora! Sim, vá embora! Repetiu batendo com o pé, se mande daqui! Você acha que preciso de você para fazer parar a primeira carroça que aparecer? Você está proibido de ficar aí, zombando, como um bufão, está ouvindo? Minha história não lhe interessa – gritou com uma voz estridente. – Aceite e se mande!

– Às vezes... – murmurou o outro, zombeteiro.

Seus olhos moveram-se de Philippe para o corpo estendido, depois detiveram-se na nota que ele amarrotava com os dedos, e seu rosto assumiu imediatamente um ar de seriedade cômica.

– Cuidado, meu rapaz – disse. – Ela tem veneno.

Subindo com um pulo o declive, deu alguns passos ainda e, de repente, com a cabeça redonda e negra aparecendo e desaparecendo alternadamente, até o alto do talude:

– Idiota! – urrou. Estúpido! Ela mirou em você, estou lhe dizendo, visou-o como uma perdiz.

A estrada começou a agitar-se levemente, levemente sob ele, como um animal dourado. Percebeu-a entre seus joelhos, fulva, fugitiva, furtiva, e tão logo tenta erguer a cabeça, manter as pálpebras abertas, ela incha e vai de um horizonte ao outro, até o céu. Então, ele fecha os olhos. Porém, sente-a agora sob seus joelhos, sob suas palmas – que estrada! – erguer-se com um movimento lento, regular, parecido com um flanco delicado. Um segundo antes, o medo o pusera de quatro, e tudo o que pode fazer, meu Deus, é manter o equilíbrio, manter em equilíbrio sobre os ombros a cabeça vazia. De quatro? Vamos! De pé! De pé! Tenta descolar uma das mãos do chão, depois outra, sente violentamente um buraco nos rins, joga-se para trás. Inútil! É toda a paisagem agora que corre até o oco da onda, põe-se de pernas para o ar. E a planície que vem surgindo, verde e cinza, infla sob a imensa cúpula azul, bate cada vez mais rápido, como a garganta de um sapo.

– Philippe! Vamos, de pé, Philippe!

Voz profunda, tão firme, tão grave. Quando ela se quebra numa sílaba dura demais, crê ainda ouvi-la prolongar-se numa espécie de lamento incontrolável, carícia ou ameaça, quase inumana, que vibra em seu próprio peito, abraça cada fibra de seu ser, eriça-o com uma espécie de curiosidade mais forte do que o medo, como diante da visão e do cheiro de sangue. Por que não percebeu antes? Não seria essa voz aí que ele ama? Amada ou odiada, que importa! Experimenta-lhe a força com uma injúria, ela fere violentamente o seu orgulho... Feliz a criança que pôs de pé, ofegante de surpresa ou de cólera, prestes a encará-lo, o primeiro ultraje do desejo.

– Philippe, meu pequeno, de pé!

Ele desperta. A cabeça sem dúvida rolou no chão e ela a mantém apertada entre seus longos dedos duros, tenta sem jeito erguê-la até os joelhos.

O rosto inclinado sobre o seu não é, aliás, aquele da senhora de Néréis. Ao menos a expressão lhe é absolutamente desconhecida. O que arde nos olhos negros – num só dos olhos negros, o outro está fechado, coberto pelo sangue coagulado, pela poeira – não parece com nada que tenha visto. A dor, a vergonha, nenhuma piedade conseguiria diminuir, mesmo num segundo, essa chama alta e fixa.

– Deixe-me! – diz ele.

– Não, não, Philippe, levante, meu anjo, levante rápido, agora mesmo. Eu estou melhor, estou mesmo muito melhor, acabou. Queria apenas que você me puxasse um pouco para trás, aí, aqui mesmo, as costas bem apoiadas contra o talude.

Ele se ergue gemendo. A estrada está vazia.

– Não me puxe assim pelos braços, Philippe. Passe sua mão por cima de meus ombros... Assim... Oh! Oh!

Ela respira com cautela, mas a cabeça permanece erguida. E que impaciência em suas mãos, que conserva com esforço cruzadas sobre o peito!

– Ficou com medo de mim, hein? Rapaz engraçado. Será que você me detesta de verdade, Steeny?

– Eu queria que você se machucasse, é assim que eu amo você.

– Mentiroso! Há pouco eu o espiava caminhando na estrada. Ao abrir os olhos, vi sua sombra imóvel bem perto de mim. Depois a sua cabeça girou, suponho... É que achei que estava morta, eu também, imagine. Foi como um grande grito, um grito enorme, mas que não me entrava pelos ouvidos, você entende? Um único grito vindo não se sabe de onde, da alma talvez?... Certamente a morte, a verdadeira morte, é esse grito que sobe, sobe, sobe, até que esmague – vapt! – a última parcela diminuta de silêncio. Não há silêncio no outro mundo, é o que eu acho, hein, Philippe? Deus! Nunca senti meu corpo tão frágil, uma membrana, uma simples membrana de pele – deve dar para ver através dela – uma membrana de pele que um espinho faria estourar – pluf! E então o grito entrava em mim de todos os lados, rugindo, eu afundava no ruído como um navio a pique.

Cada traço de seu rosto guarda uma extraordinária fixidez. Será que está sonhando? Delirando? Mas as mãos que cruza e descruza com uma ansiedade crescente falam, à sua maneira, uma outra linguagem. Essa mobilidade traiçoeira exaspera Steeny.

– Sim, você se fingia de morta – diz ele –, você ouvia tudo. O sujeito tinha razão, é impressionante como você se parece com um animal, de verdade – um grande inseto. Coisas asquerosas de antenas, de carapaça, com mandíbulas e pinças. E, além disso, se minha cabeça revirava, não era por seus belos olhos, minha cara. Você não tentou, aliás, me matar cinco minutos atrás ou coisa que o valha, hein? Tá, tá, tá, não diga não. Senti que você me visava com a grande égua, como com a mira de um fuzil; você errou por um fio de cabelo; eu devia estar agora do outro lado da estrada, com a barra de madeira atravessada na barriga, "coitado do Steeny, pobre anjo!...". Oh! Não mexa tanto as pernas assim, fique tranquila, eu não estou com raiva de você. Você corria também o seu risco, no fim das contas.

– Meu Deus, como você é estúpido! – disse ela. – Se um dia acontecer de você quebrar o eixo direito, o que vai impedi-lo de ir direto à esquerda? Mas falemos seriamente, meu anjo.

Ela acaba de virar-se de lado, dobra lentamente os joelhos, com um gemido. Durante um minuto permanece imóvel, com as pálpebras fechadas uma contra a outra, os lábios tão pálidos que formam apenas uma fina linha de sombra na face lívida. E, de repente, está de pé, no meio da estrada ofuscante.

O braço passa sob o de Steeny, mas mal consegue apoiar-se. E, todavia, cada um de seus gestos tem algo de vago, de inútil e inacabado como o de um nadador exausto que afunda.

– Nós o salvaremos – repete com uma seriedade súbita. – Nós o salvaremos. Ele não se salvará sem nós, Philippe. Nada o sensibiliza agora. Ah! Se você o tivesse visto voltando de manhãzinha, molhado de chuva, sempre calmo. Nenhuma mancha de lama na calça, na camisa, e as belas mãos limpas, mãos que fazem indiferentemente o bem e o mal, como as de um deus... Ouça!

O trem berra no fundo do vale.

Ela vacila, firma-se novamente, vacila ainda. De raiva, deixa o braço de Philippe, e o garoto a observa agora meio assustado. Certamente, ferida ou não, a estranha criatura que está diante de seus olhos não precisa mais de nenhuma ajuda: a ideia que se apoderou pouco a pouco de sua alma é momentaneamente essa alma mesma, incendeia cada célula nervosa, regula cada jorro de sangue nas artérias, como um outro coração indomável. Steeny pensa na grande égua arremessada a toda velocidade contra o talude. "Ela também, nada vai detê-la", diz para si mesmo. Ela é capaz de arremeter contra uma parede. Mas por quem? Por quê?

– Escute, Philippe, é um automóvel que acaba de fazer a curva de Bernoville, ele estará aqui num minuto. Passando pelas Aigues, ele pode nos deixar a cem metros de Wambescourt, assim eles retomam em Plansier a estrada de Boulogne. Rápido! Rápido! É urgente, meu anjo!

Pouco depois, eles seguem até a casa tenebrosa. Como isso tudo parece um sonho! "É um fio que se desenrola", pensa Philippe, "é como se fosse partir-se, e não se partirá jamais... Vai partir-se? Irá até o fim do novelo? Aliás, tem um fim?"

Virando bruscamente a cabeça, viu o olhar da senhora de Néréis fixo sobre o seu. Mas ela fechou imediatamente as pálpebras sorrindo.

* * *

O quarto de Anthelme está vazio, e Philippe não o reconhece mais. À luz do abajur, pareceu-lhe enorme, com as placas do piso reluzindo, e as paredes altas e nuas com a cornija invisível. Em suma, ele não é muito maior do que o seu, em Fenouille, e perfeitamente inofensivo, mesmo banal. É só sujo. E, mesmo assim, a sujeira de tantos anos não lhe causa mais nojo. Tem esse caráter de necessidade, esse vigor intenso da corrosão vegetal. Longe de destruí-la, parece que a água só faria inchar a semente, profundamente enfiada sob a pedra. Com os muros destruídos, ela reinaria ainda bastante tempo sobre as ruínas, antes que a cobertura vegetal e as trepadeiras acabassem por absorver os sucos poderosos.

Ginette desceu só e sem vacilar a longa avenida rasgada de rodeiras. Galgou sozinha a escada com esse passo leve, um pouco selvagem, perigosamente articulado, que faz pensar numa dança de guerra. Mas essa leveza tem hoje algo de violento e frágil, e o olhar trai a mesma teimosia obscura, extenuada, de um animal preso ao ferro e que – Philippe o sabe –, depois de uma noite, um dia e ainda uma noite de esforços imensos, arrastando atrás de si a armadilha e a corrente, face ao segundo amanhecer, ainda fatal, agoniza de pé.

Um pêndulo, bem longe, soa nove golpes breves. Nove horas. O que devem estar pensando lá longe Miss e mamãe, as duas amigas?... Mesmo correndo, numa noite tão escura, o pequeno pastor só chegou a Fenouille bem tarde, obviamente. Miss veio abrir-lhe a porta dando de ombros, e bocejando, com a grande capa branca jogada sobre o pijama. Talvez só tenha avisado mamãe esta manhã? “Ele dormiu lá, na casa da louca! Melhor irmos buscá-lo imediatamente. Vou dizer hoje a Ginette o que penso disso!”

Mas os momentos de cólera de Michelle são breves. Ela própria parece sofrer com isso, como um espectador indiferente. Sem dúvida que terminará chorando no ombro de Miss, junto da nuca fresca e secreta, sob uma nuvem de cabelos dourados. E, como que para apagar mais rápido essa imagem, ele passa duas vezes as mãos sobre os olhos.

Como está longe dele agora a casa com seus caramanchões! Ontem ainda, hoje de manhã talvez, pensava odiá-la. Agora, retornaria sem pesar, viveria mesmo aí, passageiro sempre prestes a partir, dono de seu segredo, seguro de sua solidão. O que esperava aconteceu. Havia semanas e semanas, semanas muito mais longas do que os anos da idade madura, que, já livre, embora contra a vontade, continuava a traçar por hábito, em torno da casa sem alma, o mesmo círculo cada dia maior. Para rompê-lo, bastou o sinal de uma mão estrangeira, e, sem dúvida, teria bastado até menos ainda. Que importa a mão, que importa o sinal, uma vez que o espera em algum lugar uma aventura sob medida para ele, e um mestre? Pois era a libertação que imaginava chamar com toda a força de sua alma, mas libertação é apenas uma palavra vazia. Nenhuma vida encontra em si mesma o instrumento da própria liberação. Não a libertação – mas um mestre.

Caro senhor Ouine! Com o primeiro olhar desse homem simples, a revolta se apaziguou no coração selvagem de Philippe. Desde o primeiro olhar, já que de tantas palavras a criança só reteve o acento monótono de uma doçura tão pungente e, contudo, de uma firmeza, de uma exigência soberanas. "Se eu tivesse de ser enforcado, pensa, queria que fosse ele a pessoa a ler a minha sentença." E é verdade que esse olhar extraordinário, bondoso demais, carregado demais de conhecimento e de bondade, pesado demais, como que repeliu na noite, apagou até a lembrança dessas duas tiranas femininas, com suas ternuras irritantes. Bastou um momento para recompor numa só imagem odiosa, desesperada, todas as imagens de ontem: o quarto de cretone fresco, o pequeno budoar com ramagens e pompons e sua lareira de colunas finas, as tulipas violentas e cruas num canto escuro. As manhãs pueris, o meio-dia azul perfeito, o entardecer que baixa de porta em porta, envolvido pelas luzes, e que acaba por deitar-se sob a mesa como um animal doméstico. A ruminação sem fim das horas vazias, as palavras vãs e doces, a falsa jovialidade que repugna, o esfregar das saias, o brilho selvagem dos anéis, os risinhos sempre cúmplices, os perfumes. Tudo isso faz pensar numa jaula dourada – decorada se possível com uma grande fita de tafetá rosa – uma jaula dourada com quatro lados erguidos em forma de templo, uma jaula e nada dentro, nada. Enquanto...

É verdade, a sobrenatural insolência de Philippe exalta-se diante da lembrança do semideus barrigudo, com seu absurdo chapéu sobre os joelhos. "Pode apostar que dou um chute aí dentro!" Mas ele sabe que perderá a aposta. Cada coisa tem o seu lugar na maravilhosa aventura e o lugar é o que teria escolhido, o minúsculo quartinho, tão perfeitamente parecido com um quarto de empregada com sua cama de ferro, sua luz escassa, a sombra do pinheiro na parede. Foi nesse quarto de empregada que sentiu quebrar-se sua vida, ou o que chamava ingenuamente com esse nome – pois sabe agora que o passado era só um abrigo provisório, parecido com a casca de um ovo, onde amadurecia a sua alegria. Que alegria? Ele a prova, possui, absorve, esgota-a sem nomeá-la. "Você não suportará nenhuma sujeição, observa tristemente Michelle, sobretudo a da felicidade." E é verdade que há vários anos a palavra "felicidade" – sua primeira sílaba pesada, a outra inacabada, escancarada – lhe parece estúpida.[2] "Alegria" embriaga-o por algo de breve, de fulgurante, de irreparável. Quando a pronuncia em voz baixa, parece-lhe que a batida ritmada de seu coração não tem mais do que uma só vibração profunda, tão profunda que destrói num momento o prazer, deixa-o numa espécie de estupor indomável, a comoção de um grande risco aceito, a certeza inebriante de jogar para si mesmo um jogo de azar, uma partida que já perdeu de saída, talvez?... Pois não gosta tampouco da palavra "vitória", enorme, hilariante, que acaba com um bocejo. Mas, apesar de sua autoridade misteriosa, o personagem do senhor Ouine não lembra absolutamente nada parecido com uma "vitória". E, num piscar de olhos, Philippe entrevê que ele corresponde maravilhosamente ao que menos conhece em si mesmo, uma parte de si tão secreta que não conseguiria ainda dizer se é força ou fraqueza, princípio de vida ou princípio de morte. Ao menos sente

---

[2] Em francês, *bonheur*, que o narrador comparará com *joie*, alegria, e *victoire*, vitória. (N. T.)

confusamente que ela o distingue dos outros homens, que faz dele um solitário. E justamente o senhor Ouine é o primeiro que talvez tenha entrado nessa solidão sem quebrá-la.

Deixa o quarto, a passos leves. A escada já o tomou em sua espiral de sombra, a parede onde apoia maquinalmente a mão desliza sob sua palma, gordurosa e gelada... "Onde está ela?"

Ela está diante dele, de pé na rampa, empertigada. Uma luz frágil cai do andar superior sobre a sua nuca e os seus ombros, e ele não vê nem os olhos nem a boca. Uma de suas mãos está como que suspensa no ar, na altura do peito, e bruscamente ele sente o calor de seus lábios.

– Fale baixo – diz ela. – Mandei trazerem o pobre Anthelme aqui, ao seu quarto de antigamente, seu quarto de menino. Você quer vê-lo? Ele está bem bonito.

– Mas não, francamente. E o que você fazia lá em cima há uma hora? Você me espionava, suponho?

– Sim – disse ela. – Com você nunca se sabe. Você é um rapaz estranho.

Ela o fixou detidamente, com o mesmo olhar indefinível, recuando com calma até a parede. Num instante seu rosto se viu exatamente no centro do halo de luz pálida e, antes que ela tivesse fechado as pálpebras, Philippe viu que esse olhar tinha perdido toda a transparência.

"Talvez ela se tenha deixado abalar mais do que eu imaginava", pensa ele, cínico... No mesmo momento ela lhe fez sinal para subir a escada, para segui-la.

A porta de Ouine está aberta. A corrente de ar faz ranger sobre as barras as pequenas cortinas vermelhas e brancas. Ela não consegue conter o riso com as mãos.

– Faz um bom tempo, querido, que Anthelme fez uma chave. Nós entramos aqui quando queremos. Uma vez o vimos dormir.

Ela passa pela cama, encolhe-se num canto da parede com os braços cruzados sobre os joelhos dobrados. Uma corrente de ar ainda perturba Philippe. Com um chute, ele fecha a porta.

Escute, Philippe...! Basta, Philippe!

Ela balança o braço com toda força, mas a mão de Steeny pegou-a por cima do cotovelo, aperta firme.

– Diga-me – sim! sim! você vai dizer –, que homem é esse senhor Ouine? O que ele faz por aqui, o senhor Ouine?

Com o dedo, ela mostra, chorando, o ombro nu que acaba de brotar para fora do penhoar, inchado, lívido. Explica que deve ter batido na roda, quando a carroça capotou.

– E por que você jogou a égua em cima de mim, bicho ruim? Você tinha mais chance de se matar do que a mim.

– Shhh! – fez ela – Você estava tão pequeno, tão magrinho... A gente tem piedade de uma mosca? E agora, veja você, tudo isso não tem muita importância, meu anjo.

Ela conseguiu soltar-se; empurra suavemente Philippe com o braço esticado.

– Por que lhe faria mal, coração? Mas eu desconfio de você, você se parece com ele.

– Com quem?

– Com nosso amigo – diz ela rindo. – Ora, ele não disse para você? Não?... Meu Deus, como ele parece estúpido, como é engraçado, que amor! Olhe, vou-lhe mostrar a foto dele.

Ela pula no chão, cheia de prazer. Será a mesma mulher que de manhã rastejava na estrada com o rosto na poeira?

O retrato está tão amarrotado, tão amarelado, que mal se distingue um colegial com mangas e calças curtas e já bem gordo. Que diabo Philippe pode ter em comum com esse rapaz ridículo? O olhar, sem dúvida... E, de repente, como através do papel desbotado, uma dupla sombra vermelha recua, recua ainda, encolhe até o tamanho de duas pupilas imperceptíveis, quase apagadas, dois pontos pálidos que fixam Steeny com uma espécie de tristeza imperiosa... Meus olhos! Pensa ele, são mesmo os meus olhos!

A castelã de Wambescourt põe um dedo na boca.

– Devolva-a, coração!...

Mas já é tarde demais, os pedaços voam pelo quarto.

– O que você fez? – pergunta ela. – O senhor Ouine cuida tanto de seus pequenos tesouros. Oh! Oh!

Ela desliza em direção aos pés de Steeny, enrosca-se com a cabeça jogada para trás e, numa dobra do pescoço forte e fino, Phillipe vê o batimento acelerado da artéria.

– Falamos muito de você – como ele gosta de você! A primeira vez que o encontrou, olhe que faz tempo – anos talvez... (os anos passam rápido aqui), enfim, meu Deus, sim, foi numa tarde de setembro lamacenta e triste. "Eu acabo de ver-me a mim mesmo", diz ele, "como um morto que observa o passado... O rapazinho que eu era, eu o vi, poderia tê-lo tocado, ouvi-lo..." Oh! é verdade que o senhor Ouine não é habitualmente alegre, mas acredite, meu anjo, depois desse dia nunca mais o vimos rir.

– Isso, ora! E por quê?

– Sabe-se lá!

As longas mãos se fecham sobre as de Philippe.

– Eu o odeio, diz ela sem deixar de sorrir. Nós o odiamos aqui como a morte. Infelizmente, ele tem tanta necessidade de ser protegido, de ser servido: sua ingenuidade é extraordinária, ultrapassa toda medida. Não faz nada por si mesmo, tão desarmado quanto uma criança. Servido, eis a palavra. Cegamente servido – honrado, servido igual a um deus. Seu capricho dispõe de nós. Pois, quanto a sua vontade, não falemos disso. Ele não tem mais vontade do que uma criança.

– Histórias – suspira Philippe com desdém. – Se você o odeia, por que servi-lo? Você o ama à sua maneira, só isso.

– Amá-lo!

Ela se põe de joelhos, estupefata.

– Amá-lo! Ele é gordo, obeso, pegajoso, suas mãos escorregam, ora! Você sabe que ele está doente? A voz velha vibra como se falasse dentro de um tambor. Deus! Amá-lo! Mas, meu anjo, quem quer que se aproxime dele não tem exatamente necessidade de amar; que paz, que silêncio! Amá-lo? Vou-lhe dizer, meu coração: do mesmo modo que outros irradiam, aquecem, nosso amigo absorve toda irradiação, todo calor. O gênio do senhor Ouine, veja você, é o frio. Nesse frio a alma descansa.

– Ora, ora... a alma descansa... a alma descansa... Então como ela faz para odiar, a sua alma que descansa? O ódio, para mim, é algo que se move, move-se até demais, o ódio!

Ela dá de ombros com piedade.

– Se você fosse um homem e não um menino respondão, saberia precisamente que não se move. Uma água limpa e gelada, eis o que é o ódio. Ao menos, eu o vejo assim, meu coração. Mas você, seguramente, você o vê como um animal enfurecido – o diabo, ora bolas! Hein, Steeny?

– Não criemos caso com essas palavras. Odiar ou amar, em sua língua, é a mesma coisa.

– Como? O que você está dizendo? Quem pode se ver com clareza? E, por exemplo, quem ama o mal? E, no entanto, qual dentre nós, se pudesse, ousaria expulsá-lo do mundo?

Ela apoia o queixo na mão e Philippe vê agora, debaixo para cima, os olhos admiráveis onde a luz perde novamente toda cor, empalidece, apaga-se.

– Eu também, eu quis agradar, antigamente... Para que serve agradar? O que importa encontrar o prazer no prazer alheio? O que me importa receber algo cujo pagamento quitei antecipadamente? Mas isso... isso que ninguém oferece de boa vontade, que cedemos contrariados, gemendo e chorando, isso, só isso...

A frase conclui-se com uma espécie de murmúrio, que ela abafa entre os joelhos de Philippe. Nesse abafamento, ele sente a respiração longa e poderosa, ritmada como a de um animal que descansa. Será que ela dorme? Ele se arrasta calmamente até a sombra, mal respira, tão imóvel como quando espreita seus pombos selvagens, à beira do bosque de Fenouille.

– Elogios, é o que elas dizem... Deus! Será que não arranquei de um homem mais do que alguma delas obteve de dez, de cem amantes talvez?... Você vê, meu anjo, há num só homem substância suficiente para nutrir toda uma vida – e que vida pode se gabar de ter consumido uma outra até o fim, até o fundo, até a última gota?

Ela lança de repente na direção de Steeny um olhar cheio de desconfiança, mas que se ilumina quase imediatamente; sorri.

– O que preciso lhe ensinar dessas coisas tão simples, meu coração? Você as conhece, você é dos nossos. Basta ver, ver em seus olhos, tocar suas mãos, ouvi-lo. E, aliás, ele o sabe, ele. Nada lhe escapa.

Ela cai na gargalhada.

– Olhe, você pergunta se o amamos. Ora bem! Nós o amamos e odiamos ao mesmo tempo. Eu, eu o odeio como aprendi a odiar o que eles chamavam “minha beleza”, antigamente. Detesto-o tanto quanto meu próprio corpo, eis a verdade. Olhe: eu o cubro com velhos farrapos ridículos, não cuido nem um pouco dele, meu prazer é humilhá-lo. Ele me serve ainda mais. O que é um desejo que não superou o desgosto, forçou a natureza, assegurou seu controle sobre o remorso e a vergonha?

Ela inclina a cabeça, revela através da cabeleira cheia de sombra um perfil de inacreditável pureza. Cada traço de seu rosto se relaxou, descansa, e a boca infantil parece abrir-se a uma água misteriosa.

– Ouça – diz ela pouco depois –, é preciso que salvemos nosso amigo...

– Salvá-lo? Como assim, salvá-lo?

– É um homem imprudente, veja você, cheio de audácia...

– De audácia? Ele, o senhor Ouine?

– Cale-se – responde ela severamente. – E você acha que audaciosos são só esses estúpidos com motores e piruetas? Nosso amigo faz o que lhe agrada, nada o detém, e sempre na hora que escolhe. É mais fácil impedir Deus de trovejar.

Ela ri de novo.

– Ele desconfia de mim, você acredita?... Pois ele também é cheio de desconfiança. Como sabe disfarçar o passo pesado! De noite, ouço sua respiração através da parede. Não se parece com nenhuma outra, revela até o menor movimento de sua alma, torna inúteis todas as suas astúcias. Sei aonde ele vai, de onde vem... Eu sei... Mas ninguém saberá além de nós, exclama de repente, lívida. Você precisa antes me jurar, Steeny. Você deve jurar para mim. É preciso, absolutamente. Você acredita em Deus?

– Depende... sim, talvez. E por que preciso acreditar em Deus? Uma palavra é uma palavra. Além disso, nunca minto.

Ele se levanta tão brutalmente que, para não escorregar, Ginette precisa pôr as duas mãos no chão. Ele está de pé, a cabeça vazia. O que lhe restava de ironia e insolência acaba de se dissipar num piscar de olhos e ele esgota agora sua reserva de teimosia cega, o último recurso nos casos desesperadores. É verdade, ele não teme nada de Perna-de-lã, o que receia está em si, quase insensível, uma espécie de desaceleração, como a de um freio misterioso. Alguns segundos ainda, talvez, e o delicado mecanismo terá deixado de girar, será só um bloco, uma só massa pesada, arrastada por seu próprio peso como uma pedra. Há tempos a experiência o advertiu contra o que Miss chama gentilmente de seu capricho, a besta interior a quem a razão só opõe armadilhas derrisórias ou ridículas esquivas, e cujo ímpeto nada conseguiria deter.

– Juro por tudo o que você quiser – diz ele. – Você acha que eu sou um dedo-duro?

Ginete se ergue de novo, apoia-se em seu ombro. Nesse instante, ele a acha feia, quase repulsiva. E é justamente porque não hesita mais. Em momentos como esse, fecha todas as saídas de si, luta contra si mesmo com uma clarividência horrível. Passará assim a vida a sonhar com admiráveis loucuras até a saciedade, até a repugnância, para aceitar, no limite das forças, por puro desafio, um risco sem grandeza, cujo caráter absurdo o embriaga.

– Olhe – disse ela – nosso amigo saiu esta noite... Ela põe-lhe um dedo na boca.

– Ora bem! Você precisa me jurar que não vai dizer nada para ninguém, jamais.

O velho Devandomme tomou a sua sopa, como de hábito, em silêncio, mas a filha nem mesmo ousou encher seu copo; está sentada no canto do aquecedor, na sombra, faz de conta que recose o blusão de domingo, com a cabeça baixa, o ar de animal traiçoeiro e sua bizarra careta nos lábios, essa dobra amarga da boca, marcada pelo primeiro beijo de Eugène – ah! como está morta esta noite!

O prato acaba de tilintar contra a cumbuca de sidra e seu coração salta no peito, mas nem mesmo ergueu as pálpebras. O olhar desliza entre os cílios. Os joelhos tremem sob a saia. Há uma semana, desde essa primeira visita do prefeito e da viagem misteriosa de Eugène a Montreuil, não dormiu, quase não come, engole dia e noite canecas cheias de café preto com um torrão de açúcar entre os dentes, como as pessoas daqui. Então, sua cabeça fica leve, leve como uma bolha de sabão. As menores tarefas, que antes realizava maquinalmente, esgotam-na, seu pensamento anda sempre mais rápido do que os membros, e deixa-a de repente com o gesto inacabado, toda vermelha. Sim, as mais simples tarefas desanimam-na, mas está prestes a fazer o pior, é o que precisa, vai encarar o pior. A espécie de aperto que sente no peito, nenhuma força do mundo o aliviará. Seu amor está perdido, que seja, mas ela o fará pagar caro.

O velho foi sentar-se junto ao aquecedor. Ufa!... Se tivesse vindo na direção dela?... Virá cedo ou tarde; ela o espera, está certa. Que importa! Não lhe faltará força para ouvi-lo, e ele não lhe arrancará nada. Se, por acaso, o coração falhar, pior, ela fará o que nunca fez diante de ninguém, vai chorar. Tudo vale mais do que falar. Vai chorar, vai soluçar, mesmo morrendo de vergonha. – Deus queira que ela se livre assim da imprudência de sua confissão!

Maldita noite! Ela tinha ficado acordada, mais uma vez, até o amanhecer, sem tédio, sem cansaço, pois faz um bom tempo que quase não dorme mais. Depois pegou no sono, de manhãzinha. Acordou triste, com o barulho da chuva nas janelas e essa vaga angústia na língua que dá à saliva um gosto enjoativo e meloso. Na primeira olhada à parte baixa da escada, viu a cafeteira ainda cheia e, lá do outro lado do pátio esfumaçado com a enorme tempestade, a porta aberta da granja, onde, normalmente, ele vai cochilar uma ou duas horas, enrolado no casaco... Então começou rapidamente seus afazeres, com ânimo; a saia dobrada, os grandes baldes de água limpa no chão, como para desencorajar o azar, o pressentimento, a infelicidade... Perto do meio-dia, a chuva se interrompe, e sobe ao céu um sol pálido que se apaga imediatamente. A tempestade redobra até o entardecer, enquanto ela cose atrás do aquecedor. Ele só voltou com a noite fechada. Assobiou levemente, escondido pela porta, invisível. É com enorme prazer que ela se junta assim a ele, em segredo, como antigamente; e ele lhe preparou um engenhoso ninho de palha, na parte de cima do estábulo, num canto do sótão aonde ninguém nunca vai. "Enquanto o velho me desprezar, diz ele, não posso encontrá-la sob o seu teto; já é muito comer-lhe o pão!" Então ela o abraça soluçando, e o belo ombro lustrado, como o de uma mulher, sempre adquire em sua boca esse movimento que ela adora, que a enlouquece, essa ondulação de réptil. E muitas vezes também, várias vezes, infelizmente, a preciosa pele que cheira a mato, lago, folha morta, guarda ainda outro cheiro, nunca o mesmo, o perfume favorito das moças que ele encontra em Montreuil ou em Etaples e que enchem seus bolsos de cigarros amarelos e de cartões-postais decorados com lantejoulas coloridas. Ela não tem ciúme dessas moças, não tem mais ciúme delas do que desses furões que dormem, cheios de sangue, no fundo da bolsa de couro... Mas nessa noite, nessa noite maldita, foi ele que a empurrou calmamente até a porta – calmamente, embora com o rosto duro. Os cabelos anelados, reluzentes de água, estavam tão cheios de terra; e sua boca, sua querida boca, sobretudo, lhe causara tanta pena, torcida de cansaço, trêmula... "O Floupe subiu", disse ele, "desgraça de rio! Nessa hora, a correnteza está levando a metade das minhas engenhocas, Deus sabe aonde! Andei por lá quatro horas, com água até a barriga. Depois o guarda do marquês me perseguiu até de manhãzinha pelo bosque de Arbellot. No fim das contas, deixei-lhe minha boina, minha boina nova, sortudo!" "Ele precisa estar exausto para me dizer tudo!", pensou ela. Também quando chegou, na manhã seguinte, aquele sujeito engraçado de barbicha, que o pai recebeu inicialmente tão mal, ela acreditou – pobre moça! – que era um amigo de Eugène, um desses revendedores que lhe pagam em dinheiro pela caça; ela lhe respondeu de boa vontade, apenas preocupada com que o velho não ouvisse nada... E só. Eugène não lhe fez, aliás, nenhuma reprimenda. Ele riu. "Você falou com um cara da polícia, sua bobinha", disse ele.

Deus! Como ela está sozinha, sozinha com seu amor selvagem, mais selvagem do que qualquer animal do bosque – esse desejo que a angústia exaspera em vez de apaziguar. Mesmo nessa hora de espera mortal, enquanto luta para não ir logo jogando a cabeça nos braços do velho homem silencioso, escondendo a cabeça em seu ombro, como antigamente – pois a doce infância é a primeira a emergir das profundezas de toda agonia –, mesmo nessa hora em que falta esperança, as imagens que passam e repassam sob suas pálpebras caídas fazem-na corar de vergonha e de prazer.... O quê? Nada além da morte apaziguará o fogo de suas entranhas! Como é gentil! Como é alegre esse rapagão insolente com seus súbitos escrúpulos, suas delicadezas imprevisíveis, que todas as vezes a deixam ingenuamente perdida de surpresa e de ternura. Queira Deus que ela morra antes dele!

Do risco que ele está correndo ela não tem, aliás, nenhuma ideia clara. O que podem contra um tal homem policiais ou militares? Competir em malícia com uma lebre fora da toca é o mesmo que pôr um grão de sal no rabo de um martim-pescador! Desde a sua juventude, ela menosprezou a tagarelice das meninas, mas só com Eugène foi aprender certo silêncio macho, obstinado, que a faz ter piedade do resto do mundo. Agora, noite e dia, nada mais do que esse silêncio em que descansa, encolhe-se, doce animal paciente – esse único silêncio. Fora dele, tudo é desinteresse ou debilidade. É certo que não vão dar cabo disso os advogados! Até o chefe da guarda do marquês de Mirandol, que teve de retratar-se diante dos juízes de Montreuil... Não! Esses tagarelas não metem medo... Só resta o pai.

Ela inclina mais fortemente a cabeça sobre o seu trabalho, os olhos ardem, que frio em seu peito! A cada movimento brusco do velho durante a noite, esse frio vai de uma axila à outra, e o aperto é tão doloroso que ela passa às vezes a mão sob a blusa, surpreende-se ao acariciar uma pele morna e lisa, viva. Há dois anos, o pai só fala raramente com ela, embora sem raiva, como fala com estranhos. Mas eis que agora sua voz treme um pouco às vezes, fica enternecida. Quando ela vira a cabeça, acontece de encontrar-lhe o olhar, que é como um olhar de piedade. Meu Deus! O desprezo seria menos duro! Nenhuma dúvida de que a decisão está tomada, a prisão já decretada e seu destino – o destino de seu pobre amor – nessas velhas mãos... seu amor, pois, quanto ao resto, não há nada. O relógio dá doze badaladas.

– Dê-me o gorro, filha, diz ele.

A voz acordou-a num sobressalto, como de um sono profundo sem sonhos. Ela se põe de pé. O chão oscila sob seus pés, enquanto ergue as mãos ao acaso no corredor escuro; pega o gorro. A luz do abajur atinge-a ao voltar, em pleno rosto, e o esforço que faz para não piscar os olhos, para sorrir, é um desses que causam, como que na raiz mesma da vida, uma ferida irreparável – que não recomeçamos duas vezes. Um minuto, que tenha apenas um minuto ainda, nesse turbilhão frenético, atravessado por feixes de luz – um breve minuto, e que ela role depois no chão e permaneça aí – ah! como seria doce a morte!

O velho foi até os pastos onde estão os animais, compridas vacas flamengas de olhos tristes, que vêm comer aveia na palma de sua mão, às vezes roncando de prazer. Nenhuma ergueu sequer a cabeça, nenhuma delas, perdidas em seus sonhos. Mas a humilde presença delas é justamente do que precisa, e ele também pouco as observa! Escuta-lhes a respiração tranquila, e ao redor de seus grandes corpos deitados na grama tudo é morno e doce, com um vago cheiro de leite.

Diabo de homenzinho verde! A lembrança tinha quase se apagado, por falta de uso. Eis que ele reaparece na infelicidade, mais vivo do que nunca; crê vê-lo rir, cantar, esvaziar o copo, e essas palavras que disse numa noite memorável – um século antes essas palavras que aqueceram corações, elas surgem do silêncio e das trevas... Sim, verdadeiramente, crê sentir sobre si, por cem anos, o olhar zombador, insolente... Então balança os ombros enormes, como um cavalo picado por mutucas. "Eu o teria pegado pela pele do pescoço, pensa, tão malandro que era... mas não podemos nada contra os mortos..."

Os mortos. Nesses ele também quase não pensa, mas, assim que a fatalidade nos surpreende, eles acorrem de todos os lados, juntos, como num voo de gralhas-pretas. O sofrimento dos vivos será talvez o alimento dos mortos? Oh! Ele não tem medo daqueles que conheceu, que amou; enquanto viver, eles não estarão totalmente mortos.

Restam os outros. E, certamente, não é de sua natureza recusar um acerto de contas, mas quem poderá jamais se gabar de estar em dia com os personagens fabulosos cujos nomes nem sabemos mais? Além disso, eles não pedem nada, ou nada que um homem honesto lhes possa dar. Tentamos em vão expulsá-los um milhão de vezes; mesmo assim, retornam – piores do que ratos. O avô de Vandomme, por exemplo, como era disposto! Sempre empapuçado de cerveja, até as tampas, até o gorro de lã, embora prestativo para com a gente simples – ninguém fazia um som como ele para alegrar os rapazes que batucavam uma cançãozinha –, e vivo com as moças, por mais velho que fosse... No bordel em Etaples, com setenta e cinco anos ou mais, quando erguia de um salto seu corpanzil, as mãos gigantes na mesa, com o olhar cinza, bêbado, perambulando de um canto a outro, não havia ninguém com coragem de encostar no seu copo, enquanto não se deixasse cair novamente na banqueta, com um enorme riso. Nunca seus filhos, contudo, ouviram um palavrão de sua boca, uma grosseria; e, no dia seguinte a essas farras, ele tinha um jeito de sorrir, quando tomava a sua sopa, que lhes congelava o sangue nas veias. Palavra de honra! Talvez tivessem se deixado matar por ele, nesses dias, Deus do céu!... O mal o pegou de pé, tal qual, atrás de seus cavalos, em plena brisa de inverno, à beira da lavoura adubada. Colocaram-no na charrete em cima de um monte de palha e levaram-no até a cama, com suas botas enlameadas em cima do belo cobertor novo, e ele abriu os olhos, uma vez, duas vezes, olhos um pouco surpresos, tranquilos. Nenhuma palavra até o jantar, nada: só escutavam a respiração alta. E eis que os camaradas chegaram em grupos, pelos pastos; sujeitos que a velha nunca tinha visto, entrando com o chapéu na cabeça, sem limpar os pés, os cachimbos na boca, indo sacudi-los junto às cinzas da lareira. "Vamos, Thierry, era o que diziam, que é isso, Thierry?" E eis que ele abriu de novo os olhos, sempre tranquilo, com um sorriso engraçado, que ia até as sobrancelhas, e falou como quem dava ordens a animais:

"Basta com isso, saiam todos!". O último a sair foi Manerville, um colega do regimento, do 12º couraçado. O velho fez-lhe um sinal com a mão. Depois retomou o fôlego, pausadamente. O outro permanecia de pé, esticado em sua roupa de veludo, todo vermelho. "Não estou bravo com eles, disse, mas há tempo para tudo, entende? Um tempo para rir, outro para morrer, não é verdade? Quanto a mim, que me chamo Vandomme, não quero que ofendam as crianças." E falou-lhe ainda perto do ouvido. Imediatamente, Manerville correu até a entrada, chamou os caras, que voltaram numa confusão enorme, os chapéus na mão, sem orgulho. "Vandomme...", ele começa. Foi então que se ouviu a voz do velho, tão tranquila quanto o seu olhar, mais tranquila ainda talvez: "Você poderia dizer senhor de Vandomme, Louis?". "O senhor de Vandomme" – retomou o velho – "não quer ficar devendo nada a ninguém. Quando vocês não estiverem de acordo, é preciso que falem claro". Eles resmungaram um pouco, não muito contentes, e o filho Mirouette quis responder na lata: "Eita, que frases...". E, então, ouviu-se de novo a voz, cada vez mais tranquila: "Saia daqui, Mirouette! Mande-o embora, Louis! Ele acha que, por ter bebido comigo, tem o direito de cuspir na minha sopa?". Nesse momento, eles saíram. E o velho não disse mais nada até o jantar. Cada vez que a mãe apontava o nariz na porta, ele fazia sinal para que ela saísse, que tudo estava bem, como se tivesse medo de interromper por um só segundo esse grande suspiro que não queria morrer. Depois cochilou um pouco, a pele das faces ficou cinza e os filhos foram sentar-se na cabeceira, na escuridão. Mas o moribundo os espiava disfarçadamente, entre as pálpebras meio fechadas. Foi justamente nesse momento que se pôs a arfar suavemente, de uma maneira tão natural que diríamos que tossia um pouco para limpar a voz, como antigamente, antes de começar a cantarolar. "Vandomme, foi o que disse aos rapazes, ouçam bem. Eu acho que levei uma vida desregrada demais, não importa, não queiram julgar o seu pai. E se fui um pouco duro com nossos amigos, agora há pouco, não é porque os menosprezo, não. Mas, na condição em que estou, é melhor cada um ficar na sua. Não quero decepcionar meu pai, nem os pais de meu pai. No fim das contas, parece que fomos senhores, nós outros, antigamente." Em seguida, beijou a mãe em sua velha boca, de forma singela, e morreu em silêncio, muito mais tarde, sozinho, com a porta escancarada para a cozinha, onde o fogo crepita e faz dançar no teto sua língua avermelhada.

Malditos fantasmas! O velho está há quarenta anos debaixo da terra e é ele, Martial, por sua vez, o velho... Ei-los que o cercam com seus voos negros, os corvos! Ele tenta em vão odiá-los – será que alguma vez acreditou nessas histórias de condes, de barões? – é, no entanto, ao encontro deles que vai, precisa encontrá-los esta noite, custe o que custar. Não tem como privar-se deles nesta noite! Agora que conhece a própria infelicidade, o único receio é mensurar a sua extensão. Não! Que ela entre de uma vez por todas, a infelicidade! Que cave, que escave, que entre até o fundo de sua vida, bem no fundo! Não importa o que seria preferível ao sentimento vago e indeterminado que tem agora de sua vergonha, ao horrível cansaço da alma. O que não daria para sentir ainda, como no primeiro minuto, diante da primeira confidência do prefeito, esse golpe agudo entre os ombros, que é o do pavor! Pois a imagem mesma do genro assassino, ainda presente, não desperta nele nenhuma revolta, nenhum desprezo – talvez sinta mesmo por ela uma obscura, uma inconfessável simpatia, como a de um cúmplice. E, no entanto, é preciso que a coisa se faça; ela se fará. O rapaz não tem nada mais a destruir, está claro. Deve ser bastante saber apresentar-lhe a coisa, encontrar as palavras certas. Será que conseguirá encontrá-las no momento oportuno? Pois as frases repetidas tantas vezes ingenuamente parecem ter perdido sua significação secreta, mortal – sua força –, e lhe acontece de substituí-las, contra a vontade, por dez outras, vinte outras, cada vez menos eficazes; além disso, tão complicadas, tão obscuras que se desfazem na boca como cinza. Ah! A coisa não é, como imaginou, dessas que realizamos com o coração inflamado, mas, sem dúvida, com cansaço e desgosto, como um carrasco livra-se, com as mãos vermelhas, do último paciente.

Ele foi mais longe, até a estrada de Desvres, pelos pastos. Por um longo momento ainda, seguiu com o olhar desconfiado a franja vagamente iluminada, recoberta pouco a pouco pela noite. Ela reapareceria mais alta, furtiva, traidora, vinda de todos os lados, perseguida de cume em cume pelas vertiginosas massas de sombra, sem jamais deter-se, nem mesmo diminuir a velocidade de sua fuga oblíqua... O vilarejo está em algum lugar aí, enfiado entre as tílias e os castanheiros, com suas choupanas de tijolos ou de argamassa jogadas ao acaso, tão tristes sob a chuva de dezembro. E, atrás de cada uma dessas portas baixas, cuidadosamente fechadas, um desses homens que ele despreza – esses bastardos de espanhóis, negros como moscas, e que transpiram café por todos os poros. Se ousasse, iria sentar-se na pracinha deserta, no ápice da noite, perto da fonte. Mas, no momento de saltar a sebe, o coração aperta. Para quê? Não há aí inimigo a desafiar, nada além desses leitores de gazetas, conversadores de boteco, esses tagarelas mais vaidosos do que moças, inocentemente cruéis, como crianças. E, aliás, é bem a hora de desafiá-los! Pois nunca mais verá a região onde tanto desejara morrer, não cederá o seu lugar, não virará as costas à sua vergonha. O que quer que aconteça, essas pessoas aí não irão se gabar de tê-lo feito baixar os olhos e o enterrarão um dia, queiram ou não, com o chapéu baixo. Ele até deixará o dinheiro necessário para uma bela pedra, uma bela peça de granito da Ardenne, com seu nome escrito em letras maiúsculas, seu nome com partícula,[1] no fim das contas, um nome de senhor.

---

[1] Do francês *à particule*, preposição que precede o nome de família, e que poderia indicar uma ascendência nobre. (N. T.)

Seus pés tropeçam numa raiz de macieira, ele cai de joelhos, ergue-se, sonda a escuridão. Uma luz turva percorre o vilarejo, uma espécie de bruma no flanco ruivo que o amanhecer dissipa todos os dias, que se forma novamente toda tarde, lá longe, atrás dos bosques de Saint-Venant e Lamarre, sob a chuva do inverno, mais abaixo das lagoas sem cor. Em seguida, apaga-se. É a hora da noite que nenhum homem conhece perfeitamente, que jamais possuiu por inteiro, que paralisa todos os sentidos, quando a sombra cada vez mais densa preenche o céu e a terra saturada parece suar uma tinta ainda mais negra. O vento foge para algum lugar, não se sabe onde, erra no fundo dos imensos desertos, das solidões altíssimas aonde vieram, um após outro, morrer os ecos de seus galopes selvagens. Uma brisa, um sopro, um murmúrio, um enxame de coisas invisíveis paira a trinta pés do chão, como que flutuando na espessura da noite. E o velho, prestando atenção, ouve assobiar suavemente a parte mais alta dos choupos.

Ele andou bastante tempo ainda, a passos largos e pesados e, por vezes, com um gesto desajeitado de seu braço estendido. Como sente frio! As mãos tateiam o nevoeiro recém-formado que se vai adensar até o amanhecer, e cada inspiração enche o seu peito de um vapor sutil com cheiro de fumaça. Da ladeira onde está, a imensa colina da floresta de Merlimont aparece vagamente, com outro negrume que não o do céu, noite na noite. O genro deve estar em algum lugar por aí, animal da sombra – por aí, com seu passo mole, que lembra a caminhada oblíqua da raposa, não menos ágil, não menos incansável, não menos prudente sob um ar de indiferença dissimulada, do que os animais que persegue. A menos que...

Ele sobe lentamente a ladeira da casa, atento para não fazer ranger os sílex do pátio com seus sapatos de solado de ferro. Silêncio. O imperceptível reflexo do charco deixa na vidraça uma marca lívida, o balde está no canto da entrada, e o pano que a filha passa toda tarde no piso da sala depois de jantar... Ele apura o ouvido uma última vez, empurra a porta. O ar morno o toca imediatamente com uma carícia tão familiar, tão doce que parece ser seu próprio corpo, o envelope sutil de seu próprio corpo, uma outra pele. A brasa da lareira está ainda vermelha na cinza, e eis que os dedos do velho encontram com surpresa não a madeira da mesa, mas uma toalha de mesa nova, uma das belas toalhas de mesa de Damasco, novíssima, ainda engomada. Não é para ele, com certeza, que Hélène preparou o prato decorado com flores, a garrafa de sidra e, sobre a chapa de estanho, o pedaço de toucinho curado, cor de carvalho velho... E com certeza ele nem mesmo voltará, seu belo vadio de olhos pálidos, sempre calmo, sem dúvida ela vai encontrar amanhã cada coisa em seu lugar, pobre moça, na aurora lívida... Amanhã.

Ele foi até a lareira, pisou na brasa com seus sapatos cheios de lama, partiu novamente com fome e sede. E assim que transpôs a barreira do cercado, sua velhice o alcançou tão bruscamente quanto um golpe de vento do norte quando se detém, todo suado, atrás dos cavalos, na colina do campo dos Presles – ela se apoderou dele e ele não sabe o que é, gira nos calcanhares, recua, exibe os músculos de seus ombros fortes como que diante de um adversário, ergue na altura do rosto os punhos, esses mesmos punhos que puseram de joelhos tantos touros jovens. Em seguida, deixa-se deslizar pela grama pegajosa, com o olhar sempre fixo na área de sombra invisível para qualquer outra pessoa, a casa, a casa com seu calor.

– Você terminou de esfregar a pele, Arsène? Há algum sentido para um homem do seu nível escovar-se como um jumento? E no nosso pátio, além disso!

O torso fumegante do prefeito de Fenouille apareceu um instante na entrada do telheiro cheio de sombra. Com as duas mãos, cuidadosamente, torce uma vez, duas vezes, a toalha encharcada, estende-a ao sol sobre a porta baixa; em seguida, imerge novamente na sombra. Grandes poças brilham no chão de terra batida, onde põe prudentemente, um após o outro, os pés calejados.

– E seu secretário, que espera a assinatura desde cedo. A correspondência nem foi aberta, infeliz! Lembre-se de que o doutor...

A voz lamuriosa pareceu sair da parede.

– O doutor... Será que ele vai agora me encher a paciência com essa história de higiene, ele, o doutor?

Ele apareceu na entrada, com um calção de algodão listrado de malva.

– Você poderia ao menos terminar de se vestir no telheiro, nojento! Parece um selvagem, e vermelho como um tomate, além de tudo!

– Ora, quê! Malvina, um homem é um homem. Já vai fazer dois mil anos que o pudor impede as pessoas de despirem os calções, a religião mantém este país na farsa, na asfixia, o que dá no mesmo. Pois a pele respira, minha amiga, todo mundo sabe, todo mundo!

– Passe ao menos pela cozinha, você vai sujar meu linóleo com essa terra suja. Pus o penhoar no aquecedor. Pegue o seu café bem quente, seu tonto! Mas ele empurrou de leve a mulher e fechou de novo a porta.

– Um minuto – diz. – Malvina, tenho de falar com você, minha filha.

– Começou – exclamou ela, desencorajada. – Escute antes, Arsène. Faz dois meses que você não para de repetir essas histórias sujas; você não me poupa uma. E o que você quer que eu faça, eu, com as suas histórias? Posso fazê-las minhas, não? Então?

– É para confessar – disse o homem gordo, envergonhado. – Só para confessar; isso me deixa tranquilo, me alivia.

– Mas eu juro que o perdoo, inocente! Ora, a gente não faz sempre o que quer, há momentos de lazer... E ainda preciso estar certa de que você aprontou das suas!

– Pela cabeça de minha mãe defunta... – começou o pobre homem.

– Bom, bom, você sempre teve imaginação demais, Arsène, a imaginação fez você se perder, é o que penso; você não vai tirar isso da minha cabeça. Enfim, verdade ou mentira, eu o perdoo, não falemos mais nisso.

– Não falemos mais nisso! Graças a Deus! Mas é falar que me faz bem! Vocês mulheres, digo sem ofensa, vocês vivem aí dentro sem pensar, nem mais nem menos do que o gado. Mas fui feito para ser outra coisa, não o que sou, você entende? – não sei o quê... aí! Uma truta na água do moinho, algo de fresco, de puro... E mesmo a água... para mim, bem, não existe água pura. À primeira vista, parece, tudo bem. Mas experimente aproximar o nariz da superfície...

– Está louco! – gemeu a mulher do prefeito. – Totalmente louco! Só pensa no próprio nariz, pior que um cachorro, o infeliz! Ponha a roupa. Arsène, você vai pegar uma friagem.

A chaleira soa, o piso cintila, a pilha de pratos treme com a passagem de um caminhão na estrada, tudo está no seu lugar normal. Não se ouve mais do que os suspiros abafados do prefeito de Fenouille, que luta para amarrar o cadarço do sapato.

– Malvina – disse ele com a voz engasgada –, você se lembra de Celestine, a filha de Dumouchet?

– Não!

– Aquela que foi para Boulogne e que se matou com pasta de fósforo para ratos, hein? Você se lembra?

– Dê um tempo – suplicou a esposa do prefeito –, uma palavra a mais e eu vou embora.

Imóvel atrás dele, ela contempla a nuca avermelhada de seu estranho companheiro, com um olhar ambíguo tomado por uma espécie de piedade materna.

– Se você dá tanta importância a essas histórias, por que não as conta para o travesseiro? A mim ou ao travesseiro, para começar, é a mesma coisa. Toda noite, há semanas, você me segura de meia-noite a uma da manhã, ruminando seus contos. Você acha que eu os ouço? Eu durmo, pobre homem, tiro a minha folga. Quando você se cala, isso me desperta um pouco, o tempo de dizer sim ou não, e você recomeça. Aliás, você sabe, entre nós, essas bobagens, é tudo a mesma coisa...

Ela tenta rir para parecer natural, mas o rosto que ele acaba de virar-lhe não se presta ao riso, não!

– Mal... Malvina – balbucia o infeliz.

Eis que ela gagueja; ela também perde a cabeça. Das observações incompreensíveis do prefeito só reteve o ridículo; trata-as em segredo como tolices, infantilidades. Há dias em que a ideia de loucura talvez passe por sua cabeça, mas a palavra loucura, como religião, é dessas que revoltam a consciência, deixam-na envergonhada e estupefata, como diante de uma injúria grosseira. A palavra doença, ao contrário, só evoca a imagem precisa e simples de uma provação natural sempre vencida pelo tempo, de uma maneira ou de outra, pela morte, pela cura, pelo esquecimento. Que outro sofrimento senão o do corpo não acabaria por ceder ao lento e monótono retorno das felicidades cotidianas – o trabalho, a refeição, a cama, e esses belos domingos sonoros com o barulho das bombas rangendo e dos baldes revirados, o cheiro de assoalho encerado, de roupa fresca –, delícias da infância reencontradas milagrosamente todas as semanas, até o último dos domingos, claro e negro, a charrete fantasiada de carro fúnebre ensolarado sob as coroas, o cemitério com seus buxos e teixos e o grande rumor camponês da refeição dos funerais... Como a vida é simples, no entanto! Parece que o olho a abrange de um lado a outro, como a um espaço familiar. O que pode, então, descobrir aí esse homem gordo, esse velho companheiro – que inimigo, que obstáculo invisível?

– Vamos, vamos, Arsène...

O prefeito de Fenouille põe as mãos nos joelhos nus, baixa a cabeça. Diríamos que chora.

– Vamos, vamos, meu velho...

– Silêncio – disse ele suavemente –, não é culpa sua, você não pode entender. O doutor também não pode entender.... Às vezes, eu me digo: só uma criança poderia me compreender, uma criancinha... Ouça, Malvina...

Ele se levanta, aproxima-se. O olhar miserável ainda dança, e as mãos grossas, que apoia no encosto da cadeira, tremem.

– Ouça, Malvina, não sabemos o que é isso, a brincadeira. Você acha graça da brincadeira, bom! E um dia é a brincadeira que ri de você. De gato, eis que você virou um rato, você percebe?

Ela dá de ombros, sem raiva.

– Enquanto você tagarela, o café esfria, pobre homem.

– Ouça, minha velha. Somos jovens, temos ideias, é o sangue que quer isso, ninguém pode fazer nada. Mas você tem o direito de escolher, você pega uma ideia como um cachimbo; terminado o cachimbo, você cospe e adeus! Só que, um dia, será melhor colocar o cachimbo na gaveta, isso sim! O tabaco não estará mais no cachimbo, mas no seu nariz, na garganta, na barriga, sai de sua pele dia e noite, você foi apanhada, ora, como uma mosca...

– E além disso, vejamos, Arsène... Ideias, isso não faz mal a ninguém.

Ele põe a mão sem jeito no braço de Malvina, e, embora se apoie do outro lado da cadeira, a esposa do prefeito sente vibrar contra si todo esse corpanzil.

– A ideia, veja você, é violenta! Imaginando que você esteja sujo, você se lava e pronto. Mas contra a ideia de estar sujo – a ideia, você entende? –, pois bem, contra a ideia não há nada.

É certo, a pobre mulher não poderia repetir uma só palavra desse discurso extraordinário; esforçava-se apenas para buscar algo no olhar desse homem infeliz, em quem havia acreditado antigamente, sem jamais confessá-lo, ter encontrado o seu senhor.

Num instante, aliás, esse olhar pareceu iluminar-se, firmar-se. Depois cedeu novamente.

– Você não está me acompanhando – retomou ele com uma horrível tristeza. – Esfregue e esfregue, que eu esfrego de novo, todo nu debaixo da bomba de água, é verdade que pareço meio louco. Que seja. Dizer o quê? Vai explicar a luz a um cego! Um espinho faria você pular, mas o mau cheiro, ah, você não entende. O sentido olfativo está atrofiado no homem moderno, certeza, pode perguntar ao doutor. Você não sente os cheiros mais do que vê os mortos, e, se você visse tudo quanto é lugar fervilhando de mortos, não conseguiria nem tocar no pão. Aliás, todo mundo fede, os homens, as mulheres, os animais, a terra, a água, o ar que respiro, tudo – a vida inteira fede. Às vezes, no verão, quando o dia não termina mais, fica flácido, estica como massa, é como se ele fedesse, o tempo. E nós, então! Você me responderá que podemos lavar, enxaguar, esfregar, nada feito! Há um pouco de maldade de minha parte, concordo. O cheiro do qual estou falando não é um cheiro de verdade, vem de mais longe, de mais profundo, da memória, da alma, sabe-se lá de onde! A água não faz nada, precisaria de outra coisa.

Ele põe contra o rosto da esposa, fascinada, o grosso bigode.

– Na minha idade, deveríamos poder limpar a memória; assim como se limpa um poço, igualzinho. O lodo que seca ao sol, sem segredos. Meus segredos, não quero mais meus segredos, minha filha! Olhe bem que não dou a mínima para a prefeitura, a esta altura. Você acha que eu iria à Praça Central num domingo? Eu diria para eles: "Não há mais prefeito, nem magistrado municipal, só um homem, um homem totalmente verdadeiro, sincero, um homem novíssimo, que lhes vai contar suas misérias...".

Ela soluçava agora um pouco, com a cabeça nas mãos, envergonhada.

– Não chore, minha bela – dizia ele, – deixe-me acabar. Se você tivesse me ouvido nestas últimas noites, em vez de roncar, eu estaria menos triste agora, me sentiria menos só, você entende? Eu poderia viver...

– Mas eu o perdoo – gemeu ela. – Vamos, Arsène, não preciso saber – uma mulher de 58 anos, você percebe!

– Faça então como quiser –, retoma ele, furioso. – Vou procurar nossa gente, diabos!

– Você não vai –, gritou ela, desesperada. – Não, não irá, vou amarrá-lo ao pé da minha cama, seu louco, seu inocente! Você acha que sou responsável por suas besteiras, eu? Você quer nos ridicularizar aqui em Boulogne? E se você tem vergonha e se sente mal com essas idiotices, por que recomeça, espécie de Nicodemos?[1]

Com a cabeça baixa, ele respirava o café fervente. Ela ouvia ranger os dentes sobre a tigela.

---

[1] Referência à personagem bíblica que pergunta coisas tolas ao Cristo (João 3,1). (N. T.)

– Não é uma tristeza – continuou, enternecida –, não é uma tristeza ver um rapaz como você, um prefeito, perder a cabeça por causa de uma história de nada, de um empregadinho... Ora bolas! O que eu lhe disse?

A tigela escapa dos dedos de Arsène, estoura no chão.

– Você devia ter avisado – diz ele, lívido. – Não se pode falar disso comigo sem me prevenir. Senão, não posso evitar ficar bravo, são os nervos.

Ele tenta rir, mas ela o encara com seus olhinhos redondos e negros.

– Arsène, você está me escondendo alguma coisa – diz.

– Eu?

Imediatamente o seu rosto fica vermelho, as mãos tremem ainda mais. Faz tempo que ele esqueceu o ritmo feliz da vida, seu curso tranquilo. A sua não é mais do que sonolência entrecortada por bruscos despertares, acessos de terror irreprimíveis, seguidos por um curto momento de descanso, de remissão, que, diz ele, corta-lhe as pernas, deixa-o sem vontade, sem pensar, num aniquilamento delicioso. Como ela sabe, até esse minuto, até o minuto em que for preciso, dominá-lo com um olhar, esse olhar agudo como brilho de azeviche, olhar de pássaro...

– Já vai acabar – suspira ele –, o que você quer que eu diga?... um assunto que já terminou, não mais... ufa! É provável que eles prendam o genro de Vandomme na quarta ou na quinta – conjecturas, ora!... correu pelo bosque na noite do crime... viram seus rastros... o erro do sujeito, você entende? foi ter negado de início... dito que havia dormido na granja... Só que o menino Maloine o viu cortar uma vara no terreno de Goubaud perto das quatro horas... três léguas daqui, você acredita?

O rosto largo começou a empalidecer e Malvina jurava que ele encolheria pouco a pouco, puxando os cantos da boca até a têmpora, numa careta dolorosa.

– Bem – disse ela simplesmente –, o velho Vandomme não se recuperará mais disso.

Ai! Não, ela não entende, "não pode entender"... E Miss fez com a mão clara o gesto de afastar uma fumaça, uma sombra, um nada.

De costas para a janela, ela parece menor do que ele jamais viu, com algo de impassível e frívolo, que a mantém tão perigosamente fora da vida, de seus riscos, fora de todo o alcance, numa espécie de solidão mágica particular às bonecas. Ela finge levar o cachecol distraidamente até o peito, mas Philippe sabe muito bem que esse gesto é um gesto de defesa, que o pequeno cérebro diligente acaba de alertar cada nervo, cada fibra de seu corpo delicado, que ela está agora na defensiva.

– É assustador como você parece um animal, você também, observa ele com simplicidade. Todas as mulheres parecem animais, aliás. Como não percebemos isso antes?

– Obrigada... Com animais selvagens, naturalmente?

– Selvagens, com certeza...

– Os rapazes sempre pensaram assim, desde o começo do mundo.

Ela dá de ombros, desencorajada. Deus sabe os cuidados que dedicou a Philippe! Mas ele não deixa de ser, não é?, um homem como os outros, ávido, insolente, caprichoso, cínico e carinhoso, um animal enfim, Philippe, e nada selvagem, oh! não – um animal doméstico, sobretudo – olha: um cachorro, Steeny, um cachorro grande, eis justamente o que é um homem, meu amigo.

Ela o observa com seus olhos pálidos, atentos. Não, ela não o verá desta vez – como tantas outras – fechar de repente os punhos e lançar até o adversário desdenhoso, invulnerável, seu rostinho inebriado, inchado de lágrimas.

– Melhor seria pedir desculpas à sua mãe – prossegue ela. Tão indulgente, sua mamãe, tão doce, convenhamos, Steeny... E tão infeliz, tão só...

– Nem um pouco só, Daisy!...

Ela finge não ter ouvido. Tarde demais. Nunca antes tinha ousado chamá-la com esse nome vitoriano, e ela acompanha seu olhar, que segue insolente, ferozmente, as mãos que ela se esforça para cruzar com negligência debaixo do cachecol, e que sente tremer de cólera.

– O que um rapaz como você pode saber da solidão? – retoma ela, olhando para cima.

– Aqui, Miss, sou eu que sou só, você sabe bem.

Ó força! ó doçura! Ele acaba de controlar o primeiro movimento de revolta cega, e, súbito, nada mexe mais no corpinho indomável ao qual sempre cede. Esse rumor, esse ruído de multidão ou de mar, que ele tem a impressão de subir-lhe aos ouvidos cada vez que jorra sua vontade ainda tão desajeitada, tão canhestra, calou-se e parece-lhe que para sempre. Toda sua alma descansa.

– Você está pensando em quê? – pergunta ela com firmeza.

Já que ela não vai escapar, melhor olhar de frente, meu Deus! Que ele exija então rapidamente, de imediato, o que ela não está certa de dar-lhe, que não se lhe arrancará – não vão arrancá-la desta casa!

– Penso que você ficará bem contente quando eu for embora.

Que paz, que estranha paz! As palavras, como de hábito, apressam-se desordenadas, mas ele controla do alto a tropa submissa. Não dirá nada além do que queira dizer, no momento certo, tomando distância cuidadosamente e calculando os golpes, como se armasse o estilingue... "Como sou dono de mim mesmo!", pensa com uma ênfase ingênua. Mas já está bem além desse simples controle. A paixão elementar, só o instinto tem esse sentido instantâneo, preciso, diabólico de certa contenção no deleite, na atenuação da raiva. Na realidade, o esforço desses últimos dias o esgotou, ele está tomado, absolutamente tomado pelo sofrimento que superou, pela segurança, pelo orgulho.

Ela vira lentamente até ele os olhos meio fechados. O fino rosto de traços oblíquos está como que esticado até a boca, de modo que a cabecinha triangular se parece bastante com a de uma serpente. Steeny pensa consigo que ela vai assobiar.

– Entendi, senhor Philippe – diz ela.

Visivelmente, ela reúne forças; embora aparente estar relaxada, deixa cair os braços, arregala os olhos maravilhosos, olhos de anjo.

– Não vou abandonar a sua... – ela hesita um segundo talvez, só o tempo de prender a atenção de Philippe com o seu olhar pálido – ... Michelle – acrescenta ela tão naturalmente, de forma tão simples que ele não encontra resposta, dá de ombros.

Não, ele não a humilhará! Ela esquivou o primeiro golpe, já está longe de seu alcance. O temor dissimulado que tinha da criança acaba de se dissipar para sempre. É um homem que tem diante de si, e nenhum homem no mundo nunca conseguiu dela essa espécie de atenção tranquila que se dá a qualquer animal agitado. Ela suspira e prossegue no mesmo tom.

– Disseram-lhe coisas horríveis, Steeny, ou você sonhou com elas. Que tenham dito ou não, primeiro você sonhou com elas, na certa. Pior para você, senhor.

Ela deixou cair uma a uma as primeiras palavras no silêncio, mas lança as últimas de uma vez, com uma insolência inaudita.

– Sempre detestei você – murmura ele de modo bem estúpido, com uma voz velada.

O sorriso luminoso de Miss acaba por envolvê-lo bruscamente, como um halo dourado.

– Eu também não gostava muito de você – responde ela, sonhadora. – Talvez até tivesse medo de você. Muito orgulho, muito vício, um e outro multiplicados pelo tédio. Que mulher não se sentiria desarmada diante de um homenzinho?

Ela balança gentilmente a cabeça, mas ele acaba de capturar no ar um breve olhar ansioso, uma verdadeira inspeção. A reserva insólita de Steeny a inquieta. Ter-se-á enganado? Teria ela falado cedo demais?...

– Há quanto tempo você é amigo dessa mulher horrível, meu pequeno Philippe?

– Eu? – responde com firmeza... – Perna-de-lã? Meu Deus, faz meses e meses, talvez.

– E foi ela... que...

Desconfiança! O braço que já se erguia para um gesto de execração volta a descer. Ela esboça um simples sorriso de desgosto.

– E que mais? Pergunta Philippe com insolência.

Outro olhar, outro sorriso. Todo o belo rosto de Miss está agora como que modelado pela cólera, com grandes sulcos de sombra. É como se fosse o de um jovem macho humilhado, de um irmão de Steeny.

– Acho que você mente, diz ela, mas o que importa? Há malícia demais em você, meu caro, Deus sabe!

Philippe levanta vagamente os ombros em sinal de aprovação. Pois lançou seu desafio ao acaso e goza ingênua, tenazmente, do mal que acaba de causar, quase à revelia, como um gato jovem que passa bruscamente da bola de lã a uma presa viva, do jogo ao assassínio.

Os dois se calam. Não têm, de fato, nada mais a dizer antes da palavra decisiva, irreparável. E certamente ela está preparada para pronunciá-la primeiro. Cedo ou tarde, era preciso que esse momento chegasse, em que se jogaria a única oportunidade de sua vida miserável. Catorze anos, ela viu crescer a seu lado o seu rival, a cada dia menos perigoso, supunha ela, à medida que devia aprofundar-se nele a chaga alimentada com tanto esmero. Quando ele entender, estarei salva. O que ela tem a temer, de fato, de uma revolta aberta que não pode senão acabar por subtrair a criança ultrajada do minúsculo universo no qual ela consolidou lentamente sua própria felicidade? O que busca arrancar dela agora não tem mais tanto valor para ele, ao passo que ela se apressa a defender um bem a cada dia mais estimado, e que não seria agora de nenhum modo dividido, que ela deve perder ou salvar por inteiro. Um minuto de desatenção, de fraqueza, e ei-la expelida de um abrigo tão seguro, tão doce, para a multidão horrível dos homens. Os homens!... Ela não teme nenhum em particular, mas a ideia de seu número, de sua potência, de suas grosserias cúmplices a apavora. Rostos ensebados, olhares cínicos e o que ela odeia acima de tudo, com um ódio atroz, o sorriso amarelo e traiçoeiro do desejo, com sua humilde careta. Com os olhos fechados, parece-lhe recompor, num instante, a trajetória de sua horrenda juventude em Stirling, depois em Swansea. O pai, um pobre farmacêutico de Lancastre, morto bem jovem – a mãe que se torna lavadeira, entre pilhas de roupa, os braços nus, passando dia e noite em meio ao vapor com cheiro de cola e cânhamo –, o primeiro amante espiado pelas fendas da porta, um outro, um outro ainda, depois os visitantes suspeitos, os "bons amigos", os protetores barrigudos que lhe enchiam os bolsos com bombons grudentos, enfim, a longa e selvagem agonia materna, à qual resistiu de pé até o último dia, diante dos fornos ardentes, a órfã recolhida pelo tio James, o antigo soldado da rainha que deixou uma perna com os selvagens afegãos, diz ele (cortaram-na num hospital por causa de um tumor sifilítico do joelho) – as primeiras semanas encantadas, milagrosas, na casinha de tijolos, até o entardecer... oh! as noites de verão sufocantes, viscosas, cheias de cheiros do velho homem! – a fuga para

Londres, o ministro wesleyano[1] que a alimenta tão mal, que a veste de menina – saias curtas, pernas nuas, meias –, mas que a leva para acompanhar uma das melhores corridas de Londres, e depois a queda, o abismo, as negras visões das cidades, dos portos, dos cais coloridos, enfim o refúgio de graça, a doce casa de Fenouille, seus gramados frescos, seus segredos... Numa noite, ela contou tudo à patroa, chorando.

* * *

– Philippe! Steeny!

Ele acaba de jogar as mãos para a frente, ao acaso, ou, na verdade, levanta-se, escapa, e já sentiu dobrar-se a nuca loira. A indolência flexível da cintura ao mesmo tempo o atrai e o repele como o olhar, de uma mobilidade fulgurante. Nem receio nem raiva, só um breve lampejo de surpresa, e, bruscamente, a atenção levada a seu paroxismo, como a de um animal acossado. O que quer esse louco? O que fazer... Ela afasta habilmente a coxa esquerda, evita o choque de seu braço dobrado, rola com o adversário no tapete.

– Philippe! Chega, Philippe!

Sua voz assobia entre os dentes cerrados. O jogo que ela joga é um jogo terrível no qual arrisca tudo. Pouco importa! O corpo que aperta Steeny é também tão dócil, tão sem defesa quanto o de uma criança, mas o rosto permanece rijo, impenetrável. Num instante, a boca de Philippe roça a dobra morna do pescoço, de onde nascem os cabelos dourados.

Ele se põe novamente de joelhos com uma agilidade diabólica. Nunca se sentiu tão calmo, tão senhor de si, de seus nervos, seguro de seu ódio como de uma arma maravilhosa. Um gesto, um só gesto, aliás, não calculado, quase inconsciente, acaba de entregar-lhe sua inimiga enganada, humilhada. O riso que sobe à sua garganta não exprime a alegria de nenhuma revanche, e, além disso, ele o deixa apagar-se

[1] Partidário da reforma religiosa de John Wesley no século XVIII. (N. T.)

quase imediatamente de seus lábios. Até o olhar desvia-se da derrotada, passa insolentemente sobre ela.

Durante um longo momento, Miss espia entre os longos cílios. Ela não se digna a levantar, acaricia as dobras da saia, passa um dedo negligente pelas flores do tapete, mas Philippe, sem que ela o saiba, encanta-se de ver escorrer o suor de sua nuca inclinada.

– Eu não quero você, eu a detesto! – declara com voz calma.

Ela ergue a cabeça, os olhos ainda baixos.

– Você é um rapaz esperto – observa, uma verdadeira moça. – Pouco importa! Você irá esquecer logo isso, e outras coisas também. Os homens esquecem tudo. Nós, nós nunca esquecemos nada.

– Melhor assim – diz ele. – Mas você pode se levantar agora. Você foi para o chão porque quis, não falemos mais nisso.

– N... não – diz ela. – De jeito nenhum. Vejo-o melhor assim. Visto de baixo para cima, um rostinho como o seu não saberia mentir. Chegará a sua vez, Philippe.

– É possível!

– Deus! Não se duvida jamais de uma dama, você não sabe? Mas porque você está aí, sobre suas patas, como um galo, você se acha invulnerável.

Ela pôs as mãos no chão, com o tronco um pouco inclinado para frente, uma de suas longas pernas dobrada, numa atitude infantil, mas tão dócil e tão imprudente que Philippe não pode observar sem mal-estar o tremor dos ombros sob a blusa fina de seda. Ele recua imperceptivelmente, como para esquivar um pulo.

– Eu teria ensinado várias coisas para você, diz ela, que seja! E antes de tudo: uma mulher que sofreu a tirania de um homem e foi libertada não readquirirá suas correntes senão da mão de outro amante. Mas você prefere bancar o fanfarrão, morder ou dar coices como um pônei. Depois, um dia – esta noite talvez –, você saltará a barreira da sebe e tudo será dito.

– E se eu não saltar? – pergunta ele.

A voz vibra um pouco na última sílaba – um pouco mais do que o necessário. Miss suspira.

– Seria inteligente – diz ela com indiferença. – Então, Philippe, aposto que você vai saltá-la. Sim! Meu rapaz, você vai saltá-la e mesmo... você quer que eu diga?

Os bonitos olhos pálidos se embaçam de repente e ela lança a Philippe um olhar oblíquo, cor de violeta.

– Você vai saltá-la quando não tiver mais vontade. Lembre-se. Não tem bobagem que você não tenha feito assim, por teimosia, na certeza de que aquilo só lhe daria tédio. A maravilha, aliás, é que a gente se cansa tanto em prevê-las quanto você em sonhar com elas, de modo que as acolhemos, uns e outros, com o mesmo tédio.

Ela desviou a cabeça, parece que fala para as janelas altas por onde passam e repassam, solenes, todas as sombras do jardim.

– Você vai saltar a barreira. Saltar a barreira não é nada. Quantos pôneis como você não foram logo de saída até as Índias! Partir não é nada. Voltar é que conta.

As mãos se erguem e põem-se novamente no mesmo lugar, com força.

– Você não saberá – diz ela. – Só pegamos de volta o que deixamos para sempre. Mas vocês, rapazes franceses, parece que vocês retêm na ponta dos dedos o que a palma da mão dispensou. Quem pode saber, por exemplo, o que você quer ou o que você não quer de sua mãe, Philippe? É uma mulher infeliz e doce. Apesar disso, ela não suportaria um dono. Seria fácil deixá-la abatida, mas ninguém conseguiria dobrá-la sem levá-la à morte. O que você queria que ela fizesse com um amor desconfiado que exigisse tudo e não pedisse nada? Na sua idade, um pequeno *gentleman* inglês não sabe muito mais do que um cachorrinho, a imaginação dele é tão rosa e fresca como um pedaço de carne de boi. A sua já antecipa a de um homem feito, só lhe servirá para oprimir suas amantes, suas mulheres, pois vocês são tiranos domésticos, meu rapaz, uma espécie de conquistadores sedentários, vocês, franceses. O universo, para vocês, tem de caber inteiro entre a mesa e a cama – inteiro, com todos os seus riscos. Vocês acham que precisam descontar numa criatura inocente as conquistas que não fizeram, os perigos que não correram, as partidas que perderam. Mas sua mãe só deseja calma, descanso, esquecimento. Você acha que ela recomeçaria com um filho a experiência que feriu a sua vida para sempre? Por que ela não se afastou mais cedo de você, quando ainda era tempo? Esta casa não vale nada para você, Philippe – nem esta casa nem seus hóspedes...

Ela baixa a voz e murmura como que só para si:

– Nenhum dos hóspedes, vivos ou mortos.

Depois se cala. Disse o que queria dizer; cruza os braços sobre os joelhos dobrados, inclina a cabeça de tal modo que o olhar pode seguir a linha de sombra que foge da nuca até a cintura. Ela parece encolher-se sobre si mesma e Philippe pensa de novo nesses furões enrolados numa bola, que, com os rins feridos, seguram a presa, morrem em cima dela. Um longo silêncio.

Nenhuma força no mundo lhe arrancará agora uma palavra antes que tenha falado, sim, falado ou gemido, mesmo ferido – pouco importa! Se ele interrogar, ela responderá, custe o que custar. Porém uma palavra a mais pode pôr tudo a perder, lançar novamente aos braços de Michelle, e para sempre, talvez, uma criança humilhada. De todas as suas forças obscuras, elementares, cujo manejo sua profunda sabedoria conhece, o orgulho da adolescência é o mais frágil – mais frágil do que o pudor de uma mulher – inconstante e frágil. Ela mal ousa, nesse minuto decisivo, espiar a janela alta onde se reflete, em meio a sombras azuis, um rosto pálido e terno.

– Você mente – diz com suavidade. – Ele não está morto.

Antes que a mão tenha tocado o seu ombro, ela imaginou sentir-lhe o peso; fecha os olhos.

– Foi embora, não? Não precisa perturbar-se. Ele se mandou, não foi?

– Sim – diz ela. – Mas não desse jeito, não como você imagina...

– Não há duas maneiras – replica ele. – E para onde?

– Pergunte à... – começa ela. – Escute, Philippe, sabíamos que Anthelme tinha falado. Senão você não teria arrancado nenhuma palavra de mim. Mas você deve agora cuidar de sua mãe. Que mulher no seu lugar teria feito o mesmo? Quando você souber...

– O quê?

– Como dizer... Ele não está morto, não... Ai! Philippe, ele está mais morto que os mortos.

Ela se ergueu lentamente sobre os joelhos e os olhos pálidos, impenetráveis, vão da porta até Steeny.

– Não vá imediatamente! Fique calmo!

Ao primeiro passo do garoto, ela se põe de pé na entrada, encara-o. A sombra acentua o duro relevo dos maxilares, das maçãs do rosto, da bela testa com as têmporas cerradas. A dobra ameaçadora da boca é a de qualquer rapaz esfomeado de Londres, de pé entre pilhas de laranjas, no cais do Tâmisa, em dezembro.

– Deixe de história! Diz com uma voz rouca que a surpreende, prodigiosa, e imediatamente ele sentiu o furioso fluxo de sangue indo na direção da nuca. Os olhos pesavam em suas órbitas como duas pequenas bilhas de chumbo.

– Você acha que me dá medo, *you sniviling, street urchin, sissy! Your crazy loon, son of an idiot!*

Ele acreditava balançar violentamente a maçaneta e não conseguia nem mesmo juntar sobre ela os dedos rijos. A paralisia subia pelo braço até o ombro e nem por todo ouro do mundo conseguiria mexer o pescoço.

– Seu animalzinho! Deus do céu! Ele me sufoca!

Mas o grito parecia sair da espessura da parede, sem despertar nenhum eco, e o horrível silêncio lhe pareceu mais opressivo, alcançou em poucos segundos uma densidade sobrenatural.

* * *

– Minha querida, *dear heart*, abra os olhos, por favor, *open your eyes, my darling!*

A cabeça loira rolava docemente entre os joelhos de Michelle, e Philippe a observava com profunda atenção. Terá sido isso mesmo, essa coisa frágil, luminosa, esse contorno de luz frágil, descontínuo até em seu estranho sono, que ele segurou nos braços, contra a muralha? A mão esquerda crispada na maçaneta, apoiava a outra contra o peito dela, indignamente, como se fosse uma arma. Que essa mão tenha agido sem querer, contra a sua vontade, levada pela cólera, é possível! O execrável era que agora essa mancha negra no fundo de si persistisse, que a luz, voltando, a envolvesse sem penetrá-la... Ele não se lembrava de nada. Esses olhos fechados, cujas pálpebras Michelle tentava desajeitadamente levantar, guardavam o segredo do que tinham visto, de um ato ainda misterioso que a razão poderia sem dúvida reconstituir tranquilamente, mas que não deixaria de permanecer-lhe estranho, como se tivesse sido cometido por um outro. Uma parte de sua vida, pequena que fosse – pouco importa! – acabara de escapar-lhe para sempre, uma parte de si mesmo tinha sido, com ele vivo, atingida mortalmente, abolida. Por qual ferida misteriosa, por qual brecha aberta da alma tinha assim passado ao nada? Parecia-lhe que com ela tinha-se dissipado toda segurança, toda certeza e que a consciência, como uma cisterna furada, só deixava, a partir de então, subir à superfície uma água turva, carregada de angústia. Uma espécie de calmo pavor, um terror tão desagradável que o desgosto filtrava gota a gota essa chaga negra e apodrecida.

* * *

– Não é nada, minha querida, *the boy was a bit rough, that was all, pardon him, dear love!*

Nesse exato momento, o olhar de mamãe cruzou o seu e num relance ele a viu de pé, erguida contra a parede, com as mãozinhas convulsivamente cerradas debaixo do queixo, num gesto de súplica pueril.

– Philippe! Philippe!

Miss já avançava em direção a ele, titubeante, observava a cena com seus olhos pálidos. Uma mecha rebelde de um loiro mais escuro pendia de seu ombro.

– Não banque a criança, querida, diz ela com uma voz calma, Steeny é assim. Lamento tanto... *so sorry!*

– Vá embora, Philippe! Basta! Que vá embora, que saia, não posso mais. Olhe, é ele, é ele inteiro, Philippe!

Porém, por mais que mudasse de expressão, de olhar, isso não dependia dele, não teria dependido de ninguém. Acreditava sentir cada um de seus traços como escavados numa matéria tão dura quanto a pedra, e essa máscara imóvel era feita à semelhança de um outro.

Agora Miss chorava um pouco, a cabeça entre as mãos. Ele só via a testa, as orelhas delicadas e a junção dos maxilares com sua imperceptível covinha escura onde quisera ter posto os lábios. Uma piedade desconhecida, mesclada ou como que velada por um pouco de desdém – uma espécie de saciedade carnal inexprimível, inexplicável, inchava o seu peito e ele buscava em vão as palavras esquecidas ainda vivas no mais profundo, no mais secreto de sua memória – qual? – palavras pronunciadas outrora – mas onde? quando? num outro tempo talvez, num outro mundo – de memória sem data e sem nome.

– Explique para ele, minha querida, diga-lhe tudo.

De novo estão sós, face a face, e foi quando ela ousou pôr a mão sobre a sua que compreendeu que a maldição tinha acabado, que a máscara havia caído.

– Enfim – disse ela. – E agora você pode matá-la, se quiser, ela está à sua mercê... entenda-me – retomou depois de um tempo –, é mais fácil matá-la do que reduzi-la. Sim, Philippe, sua pobre vida é de quem quiser tomá-la, mas ninguém nunca venceu o terror de uma criança. E quer que eu fale mais? Você não conseguiria mais do que seu... do que aquele... enfim, aquele que você conhece... Sua doçura não se deixa enganar.

Ela o envolveu uma última vez com um olhar estranho.

– Pergunto-me qual é a cor de seus olhos – observou Philippe, pensativo –, ou mesmo se eles têm uma cor; é só fumaça.

Ele fez o gesto de afastar, de dissipar com a mão esse vapor. Seu olhar estava muito mais brilhante do que de costume e, no entanto, triste e cansado.

– Peço-lhe que me perdoe, diz ainda, será que... bati realmente em você, não?... apertei o pescoço?...

Ele a empurrava suavemente diante de si sem que ela resistisse.

– Sim, não foi? e também a nuca contra a parede, hein? Uma vez? Duas vezes? Muito mais?... Vamos! – ele sorri. – Desculpe-me, eu queria tanto que você estivesse exatamente no mesmo lugar – e-xa-ta--men-te – estou bem assim? com a mão na maçaneta... Ora! Você não vai me fazer acreditar que com o outro eu teria podido... Não? Ora bolas! De todo modo, nunca saberei de nada.

Ele dá de ombros.

– Alguém tem ideia disso? Que bobagem! Quantas horas de minha vida me passaram pela frente!... horas, meses, anos talvez?... Na certa, anos se eu contar também as noites. E por alguns segundos infelizes... Como é engraçado! O aparelho funcionou, a lente está intacta, a luz boa e não tem nenhuma mancha negra sobre a placa – tudo está negro! Você acha que isso é certo, Miss?

– Eu conheço você – disse ela entredentes –, eu conheço sua raça amaldiçoada! Uma raça de homens mais duros do que o inferno. Olhe no espelho: você parece um gato que acaba de mergulhar o nariz numa taça de creme. Deus! Receio que nada o satisfaça mais, nem o leite nem o sangue. Como se diz na França – você vai ficar na vontade, meu caro.

– Que bicho mordeu você? – pergunta Philippe, surpreso. – Eu não sou capaz de fazer mal a uma mosca. E para as revelações que você quer tanto fazer, desculpe-me, sei tanto quanto você, inútil retornar a isso. Entendi mal esse idiota do Anthelme, é só. Uma palavra apenas. Alguém acreditou alguma vez que o meu pai estava morto, sim ou não?

– Cinco anos. Foi por acaso que a administração o encontrou em algum lugar na Silésia, acho, numa aldeiazinha – enfim, não sei onde. Cuidaram dele no hospital de Brême, depois no hospital psiquiátrico de Luckau. A comissão de repatriação o havia designado quando ele fugiu.

– Está bom – diz Philippe.

Que cabana extravagante esse caixote de taipa soterrado pela geada! O teto de palha afundou e as últimas chuvas empurraram contra a porta bamba um monte de lama. Mas no interior os buracos foram cuidadosamente tapados com argila, as paredes embranquecidas com cal, e da viga mais baixa pende o fuzil brilhando de graxa, a faca em seu estojo de couro, a bolsa de caça e o saco para presas, ainda rijo de sangue.

Ele saltou sobre os pés, com um pulo. A jaqueta e a camisa terminam de secar sobre a palha, seu torso nu reluz na sombra.

– Tenho de falar com você, Eugène – diz o velho.

O outro o observa, estupefato, com a mesma cara estranha que lhe valeu outrora tantas palmadas do mestre-escola, onde se revela menos a insolência ou a zombaria do que uma timidez secreta, profunda, que o isola dos homens, faz dele um caçador de lebres e de moças, ao mesmo tempo feroz e astuto. Mas o velho o observa também sem menosprezo. Nunca o desobediente havia sustentado por tanto tempo o olhar tão claro, tão azul, tão puro, que desperta nele algo dos terrores da infância. Desta vez, busca aí, em vão, a nuance habitual de indiferença inexorável, e a surpresa que experimenta faz com que se esqueça de baixar os olhos.

– Rapaz – repete pensativo o velho, com a voz baixa.

Será o vento debaixo da palha, um grito vindo do céu ou serão os passos na relva de um animal desconhecido? Com um gesto familiar, o caçador inclina um pouco a cabeça para a frente, para melhor ouvir. Não! É a angústia que acaba de saltar em seu peito.

– O que há então, pai? – indaga.

O pressentimento do perigo está agora em cada uma de suas fibras, mas que perigo?

– Eles sabem de tudo – diz o velho. – O mandado deve ter sido assinado pelo juiz ontem à tarde. Você será preso esta noite ou amanhã.

– Bom, diz ele simplesmente. É preciso ver.

– Não – responde suavemente o velho –, não, Eugène, não é preciso ver.

Um galho passa e repassa sobre eles em cima do teto de palha, com um ruído sedoso. A mancha de sol que dança de viga em viga imobiliza-se de repente, abre-se até o centro da porta, como um olho redondo.

– Rapaz – continua o pai –, Hélène fez o que quis fazer, contra a minha vontade, não importa. Mas para mim você é um homem.

– Está bem – diz o outro.

Seu olhar selvagem não exprime nenhum receio preciso, mas a aceitação total, cândida, do risco ainda incerto confere-lhe uma espécie de nobreza extraordinária que se parece com a pureza.

– Fiz o que pude, rapaz. Sem o prefeito, o mandado já deve ter sido expedido. Eles têm provas, eles não vão largar você. Tudo tem um fim, rapaz. Nós todos temos nosso fim, hoje ou amanhã, que importa? E agora... E agora...

Maldita frase. Ela permanece aí, no fundo de sua garganta, inútil. Não é porque desconfie da culpa do bastardo, mas a própria ideia do crime se atenua, apaga-se, perde-se no silêncio – nesse prodigioso silêncio silvestre – deserto de folhas e de águas paradas – que os separa do mundo, e onde o outro está em casa, besta entre as bestas, livre como uma besta... Ele tenta em vão erguer-se com todo o seu tamanho, sente dores na cintura, nas coxas, os braços estão pesados. Todo o frescor da última noite corre ainda em suas veias e tem vontade de vomitar.

Eugène pega a jaqueta pendurada na parede.

– Desculpe-me – diz ele –, ela precisava secar.

As últimas palavras do pai soaram em seus ouvidos com um tom de obscura cumplicidade. É certo que faz tempo que o menosprezo do avô não o comove mais do que a sua própria fome, a sede, o vento, as pancadas de chuva, todas essas fatalidades misteriosas que exercitam a paciência dos homens, que irritam apenas as mulheres ou as crianças. "O velho tem suas ideias", diz apenas. Mas, pela primeira vez, eis que esse velho parece falar de igual para igual com ele, e ele percebe imediatamente que isso é o que mais desejou no mundo.

– O que você quer? – pergunta ele, enfim. – Você pode falar francamente. Não tenha receio.

Meu Deus, Vandomme não sabe mais. A vontade o mantém ainda de pé, mas o pensamento gira em círculos, cada vez mais rápido, como uma mosca grande. O que tinha para dizer deveria ter sido dito de uma vez, e agora é tarde. A frase preparada que acariciava o seu orgulho tão asperamente não tem mais, decerto, nem peso, nem volume, nem calor – oca e vazia. E ocos e vazios como elas, os ancestrais sem história e quase sem nome, os companheiros da última noite, nos quais será em breve o único a acreditar. O que têm a fazer esses fantasmas com a criança selvagem que o fixa nesse instante com um olhar cínico mas sem medo? Como é jovem! Como é forte! Como inveja essa juventude e essa força no oco de seus velhos ossos!

– Faça como quiser, rapaz – diz ele.

O antigo lenhador inclina a cabeça para ouvir melhor. As palavras nunca foram para ele senão signos perigosamente abstratos, difíceis demais de interpretar, mais traidoras do que as cifras. Serve-se, por prudência, só de um pequeno número delas, mas é, ao contrário, maravilhosamente sensível à inflexão, ao gesto, a essas mil nuances capturadas também, com o mesmo alvo infalível, pelo olhar atento dos animais. E, aliás, desta vez como sempre, o instinto o alertou mais eficazmente do que qualquer palavra: a presença do pai em sua cabana nesta hora equivale a uma condenação à morte.

– Não é difícil explicar – diz ele. – Em certo sentido, você é taciturno por natureza, eu também. Mas o passado é o passado. Se os fiz infelizes, preciso reparar isso, não sou homem de agir de má-fé com o direito de vocês, foi o que você disse, não farei você desdizer.

A mão busca na altura da testa, pendura na orelha um gorro imaginário, depois cai sem jeito. Desgraça de casaco úmido que lhe gela a barriga!

– É verdade que encontrei o pequeno escrivão no meio dos bosques novos, prova de que perdeu o caminho de Fenouille ao querer pegar o mais curto, por Mauchaisne. Subimos juntos até o açude, era impossível ver mais longe do que o próprio nariz, a chuva batia em nosso rosto como um tambor rufando e eu perdi meu gorro. Que eles tenham notado nossa passagem, é possível. Conheço o lugar: a água corre por cima como sobre uma lona impermeável, igualzinho. Nesses terrenos, a pegada de um javali fica retida de uma estação a outra, palavra de honra!

Ele fecha o botão da calça movimentando os ombros, com o mesmo gesto canalha com que afronta um rival na entrada do bar. As faces bronzeadas quase nem ficaram pálidas, a boca fina demais guarda o mesmo ricto impenetrável com que encarava outrora o pároco, o preceptor, o chefe, todos os poderes contra os quais supunham-no revoltado, ao passo que se contentava em fugir deles, exatamente como os animais que persegue noite e dia, sem raiva e quase sem medo, tão naturalmente quanto bebem e comem.

– A tristeza é que a gente discutiu, a filha e eu – observa ele com uma cara pensativa. – Mas não me arrependo de nada, culpado ou não, sempre há de se mentir para a justiça. É só deixar escapar uma verdade não muito maior do que um grão de arroz, o resto vem junto, eles o pegam.

Seu olhar procura agora o do velho, com uma audácia tranquila.

– A discussão não é o meu forte – diz com simplicidade.

Eles desviam os olhos tacitamente, fixam através da estreita abertura a floresta que se acalma, imobilizando-se pouco a pouco na tepidez do dia. Uma chuva fina, cheirosa, almiscarada permanece suspensa na altura das folhagens e, de uma extremidade à outra do imenso bosque, a brisa balança um vapor irisado, entre céu e terra.

– Há casos em que deveríamos falar claramente – observa o antigo lenhador, com uma voz cuja pronúncia gutural exagera de propósito –, mas é possível que eu não valha a pena, não é?

– Não recusei ouvi-lo, rapaz – diz o velho.

– É possível. Não sou advogado – responde o bom moleque com uma dignidade singular. – E antes de tudo, o que vocês fariam todos vocês com as minhas explicações? Precisaria mais é de um álibi, conheço o esquema deles. Onde eles querem que eu arrume um, um álibi, não é verdade?

– Eugène – começou o velho...

– Bom, tudo bem, entendi. De Vandomme, há coisas em você que eu não aprovo, mas sempre tive respeito por sua pessoa, palavra de honra! E indo bem ao fundo das coisas, temos de aceitar que só lhe dei dor de cabeça. Que você não ache certo eu ir me sentar em Boulogne, entre dois policiais, como meu retrato em todos os jornais, tudo bem, eu concordo. Agora, uma pergunta que lhe faço: interessa a você saber se matei o pequeno escrivão, sim ou não?

– Isso diz respeito antes à Justiça – diz o velho com uma voz surda.

– Pois bem! Você não saberá – replicou o outro com o mesmo tom, com um terrível sorriso. – A Justiça, de certa maneira, não o preocupa mais do que a mim mesmo, não é verdade? Basta que o assunto se resolva à sua conveniência, corretamente, para mim dá no mesmo. Entre nós, de homem para homem, está tudo certo, nunca recusei o desafio de ninguém.

O velho move os lábios para responder, depois vira as costas, em silêncio. Hesita ainda na entrada, e vai embora lentamente, o mais lentamente que pode, cabeça baixa, atento. A porta aberta deixa entrar um jato de luz tão ofuscante que ele reergue a testa, ajeita os ombros largos, como para melhor encarar a grande onda radiante que acorre do fundo dos céus.

O aleijado parece esperá-lo de pé contra o cercado, com uma bengala de lado, apoiado na cerca com suas mãozinhas cinzentas. O velho tenta por um instante sorrir, desvia os olhos, fica vermelho. Cada vez que o acaso os põe assim, bruscamente, face a face, sente no peito a mesma crispação bizarra, indefinível. E é verdade que tem vergonha de sua saúde, de sua força, de sua velhice vigorosa, na presença dessa vida jovem e frágil, que nada mais protege e como que paira já na superfície de algo invisível, que não se conhece, em sua instabilidade maravilhosa. Ele tem medo dela também.

A filha aparece num momento na estreita lucarna do estábulo, depois desaparece novamente.

– Deixe-as – diz o velho timidamente –, deixe suas bengalas. Eu carrego você até lá embaixo no sol.

Ele se senta contra o talude ainda quente. Mas o pequeno se põe a seu lado, deita calmamente com as mãos cruzadas atrás da nuca. O recorte da camisa revela o peito miserável.

– Pequeno – diz ele –, não comerei mais o pão deles.

Ele tira a boina, passa pela testa e pelas faces uma mão trêmula, depois cospe no chão com nojo. O aleijado o observa ainda em silêncio. Jamais pergunta.

– Maldito bastardo! – diz ainda o velho.

Ele também, como o outro, só dispõe de um pequeno número de palavras, mas esse número lhe pareceu sempre bem maior do que as suas necessidades. E, agora ainda, a grande solidão em que se fechou pouco a pouco, dia após dia, sua ignorância não conseguiria medir-lhe a profundidade. Será que está incomodado em compartilhar sua pena, ainda que por um segundo, o tempo de retomar o fôlego? Uma palavra deveria bastar talvez, um gesto. Que gesto? Ele ergue ingenuamente e deixa cair de novo, no mesmo momento, os punhos enormes.

A criança ainda o observa. Então ele se afasta alguns passos com as mãos para trás, depois se aproxima de novo, cabeça baixa. Toda sua cólera desfez-se, mesmo o ódio se cala. A vergonha, nada mais do que a vergonha, produz dentro dele um ruído de animal roedor. Ah! Não, Deus não é justo!

– Escute, pequeno – diz ele.

O outro nem mesmo se vira, fecha os olhos.

– Escute, rapaz – retoma o velho com uma voz trêmula, reflita bem antes de responder, meu homem.

Ele corou até as orelhas, mas não é ele que faz a pergunta, ela se faz por si mesma, saiu sozinha – caiu como um fruto maduro.

– O que você pensa do homenzinho verde e da gente da Ardenne, e de todas essas histórias de senhores?

Desta vez, o pequeno inclina a cabeça e seu olhar recai sobre o do velho como um ferro vermelho na água.

– Não existe homenzinho verde, nem gente da Ardenne, tampouco histórias de senhores, não existe nada...

– Hein? – disse o velho.

Não é que a resposta o surpreenda, porque meio que a esperava, porém ela chega cedo demais. Faz dois dias que falou com o genro, e desde então a polícia procura em vão o bastardo. Entretanto, uma mulher o viu ontem para o lado de Plantier, e acreditam que ele tenha feito compras no bar de um amigo. Que seja! O velho tem no seu bolso um bilhete que indica um encontro com Hélène na terça-feira à tarde na estrada de Roye, perto de Roudre. Terça à tarde, hoje mesmo. É verdade que encontrou o pedaço de papel no fundo do estábulo, sob a palha, e que pode datar de várias semanas atrás, pois a umidade já diluiu um pouco a tinta. Que seja! Esta noite ele vai deitar-se ainda mais cedo do que o normal e, se ouvir ranger a porta perto da meia-noite, não colocará o nariz na janela, não vai espionar a filha, não. Já que ele não ousou executar a tarefa sozinho, a sorte está lançada agora, Deus será o juiz.

O olhar da criança permanece fixo no do velho, e parece que lê seus pensamentos, pouco a pouco.

– O senhor o viu? – pergunta enfim o aleijado. – Falou com ele?

Ele só tem forças para fazer um sim com a cabeça. O que não daria para encontrar as palavras precisas!

– Faltou-me coragem, rapaz – disse enfim, depois de um silêncio horrível.

Os olhos do enfermo queimam ainda, mas acreditaríamos que o rostinho se descora. Não, ele não se descora, apaga-se, apaga-se realmente, como uma velha imagem, gasta, embaçada.

– Nada mais – retomou ele –, nunca nada mais.

Os olhos, por sua vez, se toldam e ele acrescenta com a voz normal, voz de criança:

– Levante-me um pouco, vô, por favor. Sou baixo demais, estou sufocando. As mãozinhas, que nunca se aquietam, nem no sono, sempre violentas, agarram-se por um segundo ao braço do avô. Ao velho parece que elas o puxam para o chão com uma força maravilhosa, e o corpo tão leve pesa horrivelmente em sua cintura. Mas o que acaba de esgotar suas forças é o gemido que sai dos lábios violeta, quase colados à sua face, gemido que seu ouvido mal percebe, crê perceber, pois infla-se um pouco, de repente – menos um lamento do que uma espécie de suspiro solene, um solene adeus. Então o cansaço acumulado há tantas horas irrompe no coração do velho homem e durante um minuto talvez, um longo minuto, ele tenta, sem jeito, misturar seu próprio lamento a esse apelo vindo de tão longe, de outro mundo.

Ele deita calmamente o aleijado num canto de sombra mais baixo. Será que sonhou com o que acaba de ouvir? A dupla chama escura que acaba de capturar novamente o seu olhar não implora a piedade de ninguém. E ele também não vai implorar piedade. O que quer que aconteça a partir daí, bastará apenas ficar firme como antigamente, como ficou ao pé da cova, quando o caixão da mulher desceu sob a terra na ponta das cordas rangentes. A boa gente que chorava em cada enterro se perguntava, com os olhos úmidos: "Vinte e dois! Que coragem!". Ele não tinha, contudo, nenhuma coragem. Não sofria tampouco. Sentia apenas seu sofrimento de seu jeito, num silêncio prodigioso. Então, como hoje, o pequeno rumor do cérebro se calou. Dos pés à cabeça, não era mais do que silêncio, obstinação, paciência obscura. Todas as imagens da infelicidade, cujo número e diversidade haviam enlouquecido os seus nervos durante um momento, fundiram-se numa só, elementar: a de um obstáculo, a de uma massa inerte contra a qual apoiava a testa.

Mas lá longe, no cemitério de Fenouille, sob o olhar dessa gente, tinha desejado algo ainda, não sabia o quê – e isso assomava agora do mais profundo de si mesmo, sem nenhum esforço, do mais profundo de sua vida, ou talvez do aquém da vida. No ápice de seu desnudamento, o sonho orgulhoso que havia em vão alimentado durante tantos anos, quase contra a sua vontade – tão estreitamente misturado com a trama de seu miserável e monótono labor, com a tristeza, com a humilhação de cada dia – eis que ele se dissipa, apaga-se, não o reconhece mais, dele tem vergonha. Uma nova, uma milagrosa juventude enche o seu peito, sua garganta, jorra bruscamente de seus olhos como um filete de sangue morno. Ele não chorava desde a infância e a certeza de que chora pela última vez, de que nunca mais irá chorar, de que esse minuto de graça é único, perfeito, causa-lhe uma amargura, um alívio indizível. Todo o cansaço parece escoar de seus membros, até a terra onde afundam seus pesados sapatos. Durante um longo momento, recebe no rosto a carícia do ar, mantém o olhar firme para frente, sem pensar. Para que pensar? O mal vem do cérebro ainda trabalhando, o animal monstruoso, informe e mole em seu casulo como um verme, bombeador infatigável. Sim, para que pensar? Uma noite de discussão consigo mesmo, de inútil ruminação bastou para fazer dele outro homem, tão frágil quanto uma mulher. Por que não abateu aquele que talvez vá amanhã desonrar seu nome? Agora é tarde demais. Pouco importa. Nada o desviará de seu dever. E seu dever é durar, durar, sem mais. Durar, permanecer, continuar imóvel através do que mexe, durar como uma árvore, como uma parede, ficar firme.

Ele enxuga com as costas da mão a velha face. O aleijado fechou os olhos. Diríamos que dorme, mas nesse meio-sono no qual mergulha, o rostinho fino tem essa expressão singular que ele reencontra, aliás, cada vez que o olhar não brilha mais, a falsa dureza que acusa ainda a saliência das maçãs mongóis, com seu sorriso indefinível. É desse sorriso que o velho tem medo.

– Você está aí? Acaba perguntando, com uma voz hesitante.

– Oh! Não, vô, leve-me de volta.

Ele o pegou em seus braços, carregou-o até a casa. A filha os observava de longe, as costas contra a parede, uma das mãos nos olhos. Ela lhes serviu café como nos outros dias, depois se sentou num canto perto da lareira com sua tigela entre os joelhos.

– Minha iniciativa parece indiscreta, CONFESSO – diz o senhor Ouine –, mas ela não será completamente inútil, talvez...

O pároco de Fenouille protesta erguendo os ombros, depois lança à janela de persianas fechadas um olhar perdido. A vermelhidão de suas faces, de sua testa, de suas orelhas, embora pouco visível na sombra, torna a expressão tola do rosto um pouco exagerada, acentua o aspecto redondo e pueril. E mais pueril ainda a voz baixa, tão lenta, tão marcada que se perde nas últimas sílabas, estrangulando-se.

– Recém-chegado a essa paróquia, não posso ser-lhe senão grato... Um ministério tão difícil... Nosso venerável predecessor...

– Seu venerável predecessor – retoma Ouine com calma –, desculpe-me falar com uma franqueza cínica, aliás, bem menos distante de meus hábitos e de meu caráter do que se supõe, seu venerável predecessor era um idiota.

Ele tira do bolso um ridículo lenço de pano, todo duro de tão engomado, mergulha o rosto nele, depois o coloca dentro do chapéu.

– Nossas relações eram cordiais, íntimas mesmo. Acho que ele me tomava por um homem de letras, ou algo próximo.

– Mas eu mesmo, senhor Ouine, até aqui... eu acreditava...

O sorriso de Ouine se faz tão piedoso, tão doce que o jovem padre sente de novo um calor nas faces.

– Nosso amigo – continua o antigo professor de línguas – pertencia a essa espécie de inocentes cujas aflições chegavam até nós abundantemente. A inocência, senhor... A inocência...

Respira ruidosamente, como se estivesse sufocando.

– A ino... A inocência, senhor, é uma doença da idade madura. Ao menos ela só atinge aí sua plena e perfeita maleficência.

– E nossas crianças, vejamos, senhor professor, nossas queridas criancinhas?...

– Bem... Bem... – disse Ouine, bruscamente, depois calou-se.

As maçãs de seu rosto acabavam, por sua vez, de inflamar-se, e as dobras espessas do pescoço no colarinho duro passaram do vermelho vivo a uma espécie de azul lívido. Todo o rosto pareceu inchar-se de cólera, enquanto os lábios, mais rápidos do que o olhar sempre plácido, deixavam passar um sopro de impaciência. Ficaram ambos assim, face a face, um minuto, sem dizer uma palavra.

– Permita-me – retomou enfim Ouine (seus olhos estavam cheios de lágrimas) –, fui jovem, acreditei, eu mesmo, na infância, sofri demais com ela.

Ele esfrega a palma da mão na parte de dentro da jaqueta, parece ocupar-se procurando uma mancha invisível.

– Nós encontramos, sem dúvida, crianças inocentes – diz ele –, essas permanecerão assim até o fim. A inocência resiste a tudo, ela é mais dura do que a vida. Ai de mim! Eu mesmo conheci alguns desses infelizes...

– Você não acha que... começou o pobre padre, mas a objeção que ia fazer lhe pareceu de repente tão vã que não ousou concluir.

– A sociedade se protege contra monstros assim, prossegue o antigo professor, inabalável, ela os rejeita pouco a pouco para fora de seu seio, isola-os. Veja o que acontece com essas velhas moças ingênuas: até a família se fecha para elas... Senhor... Senhor...

Sua voz já se elevava. Ele a conteve.

– Não pretendo definir a inocência, senhor, ela é uma coisa muito diferente do que imaginamos, do que a palavra inocência sugere. Sei apenas – a experiência me ensinou – que um inocente é sempre o centro, o cerne de uma certa fermentação. A terra fermenta ao redor do inocente, senhor, é isso!

Ele se calou, sem fôlego, com a cabeça robusta pendida para frente, as mãos postas nos joelhos. Um cuco de madeira esculpida repetiu várias vezes seu grito tolo. Ele sorri com beatitude, visivelmente aliviado.

– Senhor professor – começou, não sem dignidade, o pároco de Fenouille –, é verdade que me resta muita coisa a aprender com os homens, com seus infortúnios.

– Não falei por você – diz Ouine, quase com ternura. – Não, senhor.

Seus traços grosseiros adquiriram de repente uma expressão de piedade grave, um tanto familiar, embora a boca não parasse de sorrir.

– O infortúnio dos homens... – diz ele –... o infortúnio... Acreditei nisso também. Ai de mim! Senhor, a piedade não conseguiria agir aí mais do que um cirurgião numa camada de pus. Bastaria um arranhão...

Pegou-lhe delicadamente a mão.

– Um arranhão com essa mão compassiva e receio que toda essa sujeira lhe subisse pela garganta... Oh! Oh! A simpatia, a compaixão, συμπαθεῖν, sofrer junto. Apodrecer junto, sobretudo. Aliás, você não seria o último.

– De que arranhão você está falando? – perguntou o pároco de Fenouille. – Pois a decepção...

– Oh! Não se trata de decepção – protestou Ouine com uma voz sonhadora. – O que lhe importa decepcionar-se? Você não ficará decepcionado, mas será dissolvido, devorado! Meu Deus, como seus mestres perderam tempo em colocá-lo de sobreaviso contra o prazer, ao mesmo tempo que o deixaram sem defesa contra... contra... que prodigioso absurdo!

– Só receio o pecado – balbuciou o pobre padre. – Desculpe-me, não consigo traduzir isso em linguagem profana.

– Justamente, justamente, é justamente o que quero dizer – observou Ouine, sorrindo.

Tirou discretamente o lenço do forro do chapéu, secou a testa, os olhos.

– Visto que não há infelicidade nos homens, senhor abade, o que existe é o tédio. Ninguém jamais compartilhou o tédio do homem e, ao mesmo tempo, protegeu a própria alma. O tédio do homem supera tudo, senhor abade, ele vai amolecer a terra.

Os dedos grandes fizeram o gesto de amassar uma argila imaginária.

– Mas eu me perco – retoma depois de um tempo. – Minha iniciativa junto ao senhor tinha outro objetivo, em vez dessa tagarelice. O recolhimento em que vivo, o meu estado de saúde, mesmo meu humor não me dão muita chance de servir-lhe. Vou tentar apesar disso. E, para começar, vou me esforçar para exprimir em poucas palavras sentimentos que, confesso, são bastante complexos... Sua solidão me atrai.

– Estou completamente só, de fato – diz o pároco de Fenouille.

– Mais sozinho do que imagina talvez – continuou Ouine com uma expressão dolorosa. – Os superiores tiveram coragem, sem remorso, só por razões administrativas, de arrancar você do seminário e jogá-lo aqui no meio do lamaçal? Ainda existem lamaçais tranquilos, como que em repouso. Aqui, ao contrário, o lodo me parece diabolicamente ativo há algum tempo. É como se o ouvíssemos ferver e assobiar, olhe que é só uma imagem, caro amigo. Conheceremos um dia as leis ainda misteriosas que regulam – aceleram ou diminuem – esses tipos de fermentação. Aqui, aliás, nenhum equívoco, ao menos quanto ao caso atual.

"Eu falo da morte do pequeno vaqueiro", acrescentou depois de um longo silêncio.

– Senhor professor – diz o jovem padre –, nossos jornais são bastante culpados por perturbar os espíritos.

Ouine ergue os ombros.

– Há agora um cadáver em cada casa – disse ele suavemente. – Senhor, confesso que, quando era jovem, esse assunto teria me interessado enormemente. Talvez mesmo a excessiva curiosidade à qual sacrifiquei muitas vezes meu repouso teria feito com que eu cometesse alguma imprudência. Ai de mim! Uma curiosidade tão gratuita não é, sem dúvida, senão o desregramento do espírito. A sua está inspirada por motivações sobrenaturais. Todavia, permita a um velho...

– Oh! – o pároco de Fenouille achou que devia protestar com educação.

– Permita-me preveni-lo, não contra uns e outros, mas contra todos eles.

– Senh... Caro senhor... Senhor professor, respeito a sua capacidade, os seus talentos. Contudo... por mais deslocada que pareça essa palavra na boca de um padre...

Sua pobre mão rachada de frio, manchada de negro (as gretas da pele acumulavam tinta), fez o gesto de apagar, antecipadamente, a palavra perigosa.

– O amor que tenho por minhas... sim... por minhas crianças – meus paroquianos são minhas crianças – não suportaria ter de me prevenir contra a minha paróquia, senhor professor.

– Certamente! – diz Ouine. – Mas o senhor me entendeu mal. Meus gostos, meus hábitos – para não fazer alusão a sentimentos mais profundos, mais íntimos – fazem de mim, nesta conjuntura, seu aliado natural, um modesto colaborador. Enfim, aqui só o senhor e eu nos interessamos pelas almas.

– Eu lhe peço perdão – murmura o pároco de Fenouille humildemente. – Falei como um tolo.

– Pelas almas – repete Ouine, sonhador. – Conviria mais, talvez, a meu caráter, a meu estado, dizer: pela verdade dos seres, por suas motivações secretas. Mas o caráter incerto desse tipo de perífrase me cansa.

Ele enxuga a testa e, por um bom tempo, sacode os ombros numa tosse nervosa, o rosto enfiado no lenço. Quando o descobre novamente, o pároco de Fenouille observa a extraordinária alteração de suas feições.

– Certo – diz Ouine –, a desmoralização de Fenouille era profunda. Terá bastado um crime banal – será, aliás, um crime? ninguém sabe – para dar a essa desmoralização um caráter intolerável. Meus dias estão contados, senhor. Seria desagradável para mim morrer diante de tais conjunturas, em pleno romance policial, e dos mais medíocres, da mais baixa inventividade. Oh! Eu não sou um moralista! O mal é o mal. Eu até preferiria que houvesse como agitar os corações muito delicados, não receio seu cheiro. Mas eles fizeram deste modesto vilarejo uma bagunça, uma feira, onde tudo figura em desordem nas estantes, do bom e do ruim, numa confusão repulsiva. Isso, senhor, eu não posso suportar.

– Eu devo suportar tudo – disse o pároco de Fenouille com voz doce. – Suportarei isso e o resto, sozinho ou não.

– É melhor resistirmos juntos – propôs Ouine –, sirva-se de mim. Eu vivo aqui há anos, conheço esse pequeno burgo. Ele guarda segredos. O segredo dos miseráveis, senhor, nem a curiosidade nem o amor dão cabo disso. Ele se entrega a quem se cala. Não intervenha demais. Talvez o senhor já tenha ouvido inúmeras confidências... Quero dizer, esse tipo de confidência escrita que a lei qualifica de anônima, hi! hi! Cartas às quais... às quais talvez me fosse permitido dedicar uma atenção especial...

O pároco de Fenouille agilmente levou a mão ao bolso interno de sua batina; em seguida trouxe-a de volta à mesa, um tanto sem jeito. Ouine sorri.

– Dê-me –, diz com tristeza. – Deixe-me levá-las, pois sem dúvida o senhor recebeu mais de uma, imagino.

– Senhor – disse o padre –, talvez não as devesse ter lido. Deus é testemunha contudo... de que... eu não as teria revelado a ninguém, nem mesmo a meus superiores.

Ouine fez um gesto de educada indiferença.

– Ai de mim, senhor! Eu recebi várias outras, é verdade – balbuciou o pároco de Fenouille. – Devo queimá-las? Ou não? É como uma presença inimiga em minha casa, só respiro tranquilo na igreja, e mesmo assim... Será possível que um lugarejo perdido no meio da floresta, tão longe das cidades... O que foi que eu fiz a eles? Senhor, às vezes me pego perguntando se... se essas coisas horríveis... não saem todas de uma mesma mão, mas a hipótese me parece extravagante.... Desesperar um pobre padre como eu, macular sua vida, para quê?... Perdoe-me perguntar-lhe, senhor: a iniciativa que você acaba de tomar é a de um amigo...

– Não sou seu amigo – replicou o professor com uma voz séria...

– E, se o senhor tivesse de me negar, imediatamente, a sua confiança, não lhe esconderia nenhuma de minhas misérias: eu duvidei do senhor.

O pároco de Fenouille abriu a batina, retirou dela um maço de cartas com a mão trêmula.

– Dê-me um envelope, por favor – disse Ouine.

Escreveu nele: "Para o Juiz", depois pôs de volta sobre a mesa com um grunhido de prazer.

– Deus é testemunha – começou o pobre padre com uma ênfase risível.

Mas não concluiu. Seu rosto insignificante, quase incapaz de manifestar angústia, alterou-se, deformou-se bruscamente, por inteiro, parecia realmente contrair-se sob o efeito de um desespero quase cômico, não fosse o apelo lancinante do olhar e essa espécie de inocência esquiva que vemos nos olhos das crianças, e também nos dóceis animais acossados, esgotados.

– Pegue-as, senhor – diz ele –, pegue-as, leve tudo... – Na mesma hora jogou sobre a mesa três maços amarrados de forma estranha, com uma cordinha de confessor, toda azul. – Professor, um padre não deve nunca lamentar, eu sei, a piedade de outrem não nos serve de nada. Mas a solidão me dá agora mais medo do que a piedade. A solidão me consumiu antes que eu tivesse idade para suportá-la. Meu pai era mineiro da região de Lens, morreu no fundo da mina dois meses antes de eu nascer. Minha mãe não sobreviveu a ele por muito tempo. Foi uma tia que me criou. Ela trabalhava numa taverna em Noirent-Fontes. Ah, senhor! Ainda hoje, o rosto de um homem bêbado me apavora! E, apesar disso, não sou inocente, conheço o mal. Na idade em que as crianças só fazem jogar, rir e cantar, já tinha percebido que ninguém transige com ele, que a justiça e a injustiça são dois universos separados. A única alegria verdadeira que Deus me deu conheci quando entrei no pátio do pequeno seminário, num dia de outubro – pensei que ia morrer de alegria. Tinha encontrado uma família, o senhor entende? Uma pátria! Ai de mim! O mais querido de meus colegas é hoje auxiliar de tabelião em Marseille, outro, policial, outro cocheiro. Eis-me assim não menos só do que antes, mais solitário... O senhor dirá: e os superiores, os colegas?... Ah, senhor! Nada é mais diferente de um padre do que outro padre; nossa solidão é perfeita. Quando falei dessas coisas, apiedaram-se de mim, sorriram. Cada um na sua, não é? Cada um com os seus! E, além disso, veja, há esse otimismo extraordinário, impenetrável, inflexível dos superiores, dos velhos padres: "Cada um de nós tem de tomar seu partido", repetem todos. Sem dúvida. Mas sim, senhor, eu tomei o partido da indomável estupidez dos homens. Não me revolto contra o mal. Deus não se revoltou contra ele, senhor, ele o assume. Não maldigo nem mesmo o diabo...

Ele fez com os braços o gesto pungente do infeliz que, depois de uma chuva de palavras, percebe que só conseguiu medir a sua infelicidade, sem esperança de jamais chegar a compartilhar com alguém a sua essência secreta, inefável. Ouine pôs os maços amarrados debaixo do braço.

– Tenho a honra de cumprimentá-lo – diz.

– Não vá embora imediatamente – suplicou o pároco de Fenouille, fora de si. – O senhor está diante de um homem exaurido, isso mesmo... exaurido. Meu Deus! Eles só têm no fundo um desejo, vamos, um desejo que se vai exasperando com a idade, as enfermidades, as doenças – e tentam atribuir-lhes nomes, nomes que poupam seu orgulho – desejam livrar-se de seus pecados, e só...

Enquanto falava, Ouine, multiplicando saudações e reverências, dirigia-se, recuando, até a porta. Com as últimas palavras do padre, deteve-se bruscamente.

– A última desgraça do homem – disse ele – é que até o mal o aborrece.

Ele esfregou seu chapéu com a parte de dentro da manga da camisa, inclinou-se profundamente, saiu.

Quase na saída do presbitério, a estrada faz um brusco desvio, mergulha em direção ao vale da Louette. O declive é tão íngreme que das primeiras às últimas casas do burgo, quando sopra o vento da planície, ouve-se ranger e miar o freio das charretes que vão a Fruges na quarta-feira de cada semana, de manhãzinha. E justamente atrás de Ouine cai como que do céu o lamento estridente. Através da fina bruma insidiosa que perturba toda perspectiva, da névoa fria que mal respiram os pulmões podres de Ouine, diríamos o apelo de um desses pássaros negros do inverno lançados à deriva a mil pés acima das colinas no meio de uma tempestade polar. "Que desgraça!", diz o professor de línguas.

Ele acaba de chegar à pequena ponte, estende seu lenço no degrau de pedra, senta-se com as mãos nos joelhos. A água corre debaixo de seus pés, cor do tempo, lívida. Em arcos estreitos, franjado de plantas, o sabão gorduroso das lavagens de roupa estende-se numa fina película cinza que a cada remexida tinge-se de rosa. Às vezes, uma bolha grande passa entre as hastes dos juncos, vira um segundo, estoura com um ruído imperceptível no monótono arrulho das fontes.

– Que desgraça! – repete o professor de línguas.

Há anos – sempre –, certamente desde as primeiras manifestações do mal que o devora, ele receia a manhã. Na verdade o meio-dia o põe derrotado, derruba-o na cama, com as persianas fechadas, mesmo no meio de dezembro, pois sua fraqueza parece obedecer ao ritmo misterioso da hora, não da estação, enquanto a angústia matinal prolonga curiosamente a insônia, é como o intolerável desabrochar desta. Esse frescor ácido, essa limpidez, esse murmúrio de fontes invisíveis, essa renovação de todas as coisas o isola mais dolorosamente que o silêncio, as trevas, onde seus nervos encontram uma espécie de calma e como que uma segurança fúnebre. Pois a manhã parece excluí-lo desdenhosamente da vida, repeli-lo com os mortos. Ele a odeia.

Põe de lado o maço de cartas, com indiferença. Do impulso de curiosidade que o havia levado, quase contra a vontade, até o jovem padre desconhecido, não sobrava nada. Curiosidade? Gosto pelo risco? Não saberia dizer. Sabia apenas que lá em cima, atrás das tílias e dos teixos, tinha tido sua última chance. Ela não existia mais. O círculo encantado, reduzido a cada dia, não se deixaria mais romper.

Não que estivesse destruída ou simplesmente alterada essa fé em si mesmo que devia, até o fim, substituir todo sucesso, toda esperança, toda alegria – tão dura como o diamante. Ao contrário, a proximidade da morte tornava-a, talvez, mais resplandecente e mais dura. Por mais indiferente que estivesse com relação à sua sorte futura – supondo que os mortos tivessem alguma vez conhecido uma –, essa fé era, sem dúvida, entre tantos bens pelos quais os homens miseráveis se esforçam, o mais capaz de durar, de sobreviver. A ideia de que devesse arrepender-se, ao morrer, do que quer que fosse, renegar uma só dessas horas que haviam, cada uma, assinalado um progresso em direção à libertação, à liberdade total, não lhe tinha ainda vindo à cabeça. E era cada vez menos provável que viesse. Enquanto tentava atingir, para aquém mesmo da lembrança, o conjunto confuso de impressões da infância, a primeira parte movente e fervilhante da vida, a última a retornar à imobilidade da morte e que confere, sem dúvida, a cada agonia humana seu caráter próprio, incomunicável, faz de cada uma delas um drama particular, único – ele se lembrava de nunca ter odiado senão um constrangimento, aquele cujo princípio trazia consigo, a consciência do bem e do mal, parecida com um outro ser no ser –, esse verme.

A névoa sobe pouco a pouco no flanco dos pastos até que a lenta oscilação do ar empurre-a à meia encosta. O vilarejo permanece inteiramente visível, coroado do alto do campanário por ardósias, e suas casas encolhidas como animais. A essa distância, o olhar fragilíssimo de Ouine não distingue aquelas destes: é só um amontoado uniforme, uma única massa que seus olhos acariciam com desgosto.

Pois hoje, como antigamente, como há vinte anos, cidade ou vilarejo – que dizer? – a casa mais humilde de onde sobe uma fumaça o perturba, aperta-lhe o peito. E, certamente, a presença do homem nunca o ajudou nem lhe foi amigável; pelo contrário, toda reunião de homens o atormenta com inquietação e curiosidade, com um mal-estar indefinível, cujo segredo não pode confiar a ninguém. Quantas vezes, ao voltar de suas longas caminhadas ao entardecer, foi enfiar-se por caminhos fechados, só para evitar a grande rua, então deserta, com os círculos amarelo-ouro das lamparinas, quando o olhar mergulha nas salas, surpreende a família no lar, o velho que cospe sobre as cinzas, a avó ainda ágil, o resmungo de um repulsivo fedelho preso com uma toalha à cadeira de palha, as bochechas vermelhas da filha, às vezes também um rapazinho que sonha, com a caneta enfiada na boca, e seus olhos de anjo... Como se sentiu sempre frágil e solitário em face desses animais quase indistintos, trocando seus olhares e seu hálito, do nascimento à morte, sob o mesmo teto sujo, entre a mesa em que comem e a cama que lhes sorverá a última gota de suor! Nem a vontade, nem a inteligência, nenhuma tirania – a curiosidade mesma, o mais poderoso dos meios de desagregação, a curiosidade levada até o ódio – conseguiriam vencer a resistência, a elasticidade desse magma. Ele imagina, quase vê, crê ver com seus olhos, como de um outro mundo, de um outro planeta, essas toalhas de mesa fúnebres, esses lagos de lama. Quem quer que pretenda estender-lhe a mão – algum homem milagroso, nascido verdadeiramente livre – eis que sob ele as pernas já desabam e ele desaparece quase imediatamente, contraindo o rosto e gesticulando, sugado por essa semente de homens, morta ou viva. Antigamente, no entanto...

Ele tateia dolorosamente o peito com as duas mãos frouxas de dedos entorpecidos. O golpe do ar frio nem irrita mais os seus brônquios e o espasmo pulmonar que se segue a cada respiração prolonga-a com uma angústia leve que não o desagrada. Até onde possa lembrar-se, sofrer e pensar, para ele, são a mesma coisa. O trabalho de seu cérebro sempre precisou da presença de alguma ferida, voluntária ou não, em sua carne. Com doze anos, quando escondia sob pilhas de cadernos vermelhos, malva e verdes, um Espinosa roubado da sala dos professores, nenhuma poesia teria podido igualar a seus olhos as páginas áridas, lidas palavra por palavra, com uma paciência selvagem e que não conseguia atar senão à custa de um esforço imenso que lhe jogava às vezes, dobrado em dois, o rosto esmagado contra a madeira da escrivaninha, com uma contração tão violenta do epigástrio que acreditava morrer. E certamente não era a verdade que ele desejava atingir ao termo dessas fórmulas abstratas, aliás, quase sempre incompreensíveis, pois não sentia nenhuma ânsia de verdade, qualquer que fosse. Ao professor de história que o surpreende um dia, admirado daquele zelo tão insólito pelo judeu de Amsterdã, não sabe o que responder, com o olhar como que perdido atrás dos óculos ridículos de armação de ferro, contraindo sobre o pobre rostinho rígido de cansaço os dedos de unhas roídas, todas sangrando. O outro – um gordo camponês brincalhão do vale de Auge que cheira a cachimbo e aguardente – acaricia-lhe suavemente a face, faz-lhe sinal para segui-lo, tira-o do estudo em direção a uma escada negra, fria como um porão, até o seu quarto, onde o faz sentar sobre seus joelhos, paternalmente... Nenhuma outra luz senão o pálido reflexo nos vidros do bico de gás que queima noite e dia no pátio. Os livros esparsos formam grandes pilhas contra a parede, e, atrás de uma cortina de sarja vermelha, vê-se a cama desarrumada, a mesa de madeira branca, a cuba cheia de uma água cinza. "Muito bem! Meu pequeno filósofo, muito bem! Meu pequeno filósofo...", repete o gordo normando com voz monótona. E ele, Ouine, pela primeira vez na vida – a última, sem dúvida –, tenta fazer compreender, explicar, enquanto as palavras parecem jorrar de uma parte esquecida, subitamente reencontrada, jorram de sua alma, como de uma fonte inesgotável. Sua boca mal tem tempo de pronunciá-las e outras já se apressam no fundo da garganta, que ele não pode reter, estouram em soluços destoantes. Deus! Como essas lágrimas são doces! Sim, como a quente vergonha é doce, liberadora! Elas escorrem mais abundantes e mais fáceis do que as palavras, ele as deixa correr pela face, elas inundam a boca com seu sal morno. Os óculos de ferro escorregam, escapam, chocam-se a seus pés contra o chão. Ele só vê um halo, a princípio indistinto, de onde sai pouco a pouco, como de uma névoa pálida, o rosto do professor de história, e, no mesmo segundo, sente picá-lo a barba ruiva, e sobre ele, sobre o seu próprio olhar, na ponta de seus cílios, outro olhar desconhecido, vazio e fixo, como o de um morto...

Ela não o ouviu, pobre menina!... Será que é ainda capaz de ver ou ouvir? E, apesar disso, bem antes que as folhas mortas encharcadas tenham produzido sob seus passos esse horrível barulho de sugadouros, bem antes que a alta e fina silhueta – ah! tão jovem: diríamos uma dessas pessoas hábeis em tirar passarinhos de ninhos manchados de amoras, um companheiro dos antigos domingos, dos belos domingos! – tenha aparecido no alto da trilha, seu coração já estava milagrosamente livre e leve em seu peito, não se sabe com que esperança absurda, ofuscante.

– Escute – diz ela –, achava que tinha me enganado, faz tempo que estou aqui, no escuro.

Como de hábito, ela se mantinha a distância, sabiamente, sem sorrir nem mesmo com os olhos. Pois é assim que ele a ama. Mas, para sua grande surpresa, eis que desta vez pegou-a violentamente contra o peito, em silêncio.

– Vem para casa – diz ele com uma voz que ela reconhece, que ouviu uma só vez, na noite de núpcias.

– É que a noite não está muito boa – diz ela –, e estou com os sapatos furados. Como é que você quer que eu vá assim até a cabana? Já são mais de dez horas, a égua ainda nem recebeu a ração.

– Eu carrego você – responde ele –, quando você estiver cansada.

Ela começou imediatamente a caminhar atrás dele, sem dizer nada. E, a partir desse momento, parou de prever, de pensar. Como é estúpido pensar – pois pensamos sós, infelizmente! – ao passo que a primeira palavra do amante produz um esquecimento mais perfeito do que o sono, funde-se tão delicadamente nas veias, faz do sangue vinho!

A noite está escura, de fato. A que cabana vão eles? A da cova de Elan é a mais próxima, mas ele prefere a do Relais, um velho posto que data do tempo dos senhores, onde fez um esconderijo confortável que os guardas ignoram. A trilha que eles seguem acompanha a estrada de Roye e a extremidade do bosque está às vezes tão próxima que o vento da planície lhes bate no rosto, enquanto se ergue lentamente, pesadamente, sobre suas cabeças, um ar denso e saturado. Eles reencontram as descidas secretas do Rouvre, plantadas com faias, quase nuas debaixo dos poderosos arcos vegetais; em seguida seus pés afundam novamente no esterco pegajoso de folhas mortas que, a cada passo, assobia e cospe uma água cor de ferrugem. Suas pernas estão geladas até a barriga, o pobre xale de lã se prende nos troncos escamosos. Senhor, ela não terá forças para refazer esse caminho antes do amanhecer! Mas o coração já está calmo, como que diante de um acontecimento prodigioso demais para despertar outro sentimento que não o de uma espera solene. O que tiver de ser será. E o que tem de ser não diz respeito a nada do passado, a noite seguramente vai abrir-se a um novo dia, ofuscante.

– Aonde vamos?

– Ao Relais – diz ele. – Você está com frio?

– Um pouco – responde ela timidamente.

Pois ela o viu desabotoar seu casaco de veludo e encanta-se com a ideia de sentir em seu pescoço, em seus ombros, o suave calor do jovem corpo fraterno. Meu Deus! Terá ele se mostrado alguma vez tão previdente, tão afetuoso? E ela beija de passagem, rapidamente, o tecido molhado de orvalho.

– Chegamos, pequena.

É uma porta novíssima, com dobradiças sólidas, fechada com um cadeado. E o esconderijo tampouco está reconhecível: as paredes estão cobertas por um tecido vegetal que ele mesmo teceu, construiu também uma cama de tábuas bem aplainadas, pintadas com um verde escuro e silvestre. Seu belo fuzil está aí, jogado de lado, calibre doze, grande, rechonchudo, luzindo como um animal. Ela logo tem vontade de tocá-lo, passa disfarçadamente a mãozinha pelo tambor.

– Vá então, ele não vai morder você! – diz ele com uma voz estranha.

Os olhos não exprimem nada, nem cólera nem carinho, nada que ela conheça, a não ser, talvez, uma espécie de atenção profunda. Ele pega-a de repente, dobra-a contra o seu peito, e já a boca violenta procura a sua, ao colocá-la novamente no chão, com uma suave firmeza.

– Melhor não – considera, pensativo.

Ele ficou vermelho até as orelhas e ela tenta sorrir.

– Ora bem – diz ela –, não está pronto?

– Não brinque – diz ele –, não brinque antes de saber – eu quero você tanto quanto antes, menina, e mais: não é ofensa...

E imediatamente recuou dois passos, balançou os ombros com um arrepio.

– Pena que não se conheça outra maneira de fazer amor – retomou com a mesma voz quase indistinta –, uma outra maneira, uma verdadeira – não sei – uma que só pudesse servir uma vez, por exemplo – uma só vez com uma só mulher. Porque garotas, tive-as tanto quanto quis, palavra de honra, mas você... você, ninguém sabe o que você é, com seu amável corpinho que não pesa mais do que uma braçada de juncos frescos – valente como um homem.

Ela corou de prazer, sem erguer os olhos.

– Eugène – diz enfim, depois de um longo silêncio –, não precisa me dizer tudo hoje...

É a frase mais ousada que, sem dúvida, jamais pronunciou; ele não suporta que o interroguem, e mesmo nesse momento não pode conter uma expressão de raiva, uma dupla ruga no canto dos lábios astutos, que, aliás, apaga-se imediatamente.

– O velho veio.

– Aqui?

– Não na casa do papa, com certeza.

– Ora, quê! – diz ela, com uma voz que se esforça para ficar firme. – O que ele queria com você?

Mas ele dá de ombros e afasta-se até a porta. Que seja: ela vem colocar a mãozinha na manga de sua camisa.

– A polícia?

– Deixe-me em paz, acredite no que quiser.

– Oh! – diz ela –, acredito em qualquer coisa, estou acostumada.

Faltam-lhe palavras e a ideia de que não pode mais calar-se, de que é preciso romper pela primeira vez esse silêncio interior no qual mergulhou seu amor a faz estremecer como uma folha.

– Vamos, não se deixe impressionar – sussurra ele entredentes.

A repreensão a faz corar novamente, mas não tem tempo de sofrer, junta suas forças. Todas as forças de sua vida giram em torno de algumas pobres palavras, simples demais, como um voo de pássaros imensos.

– Se você sentiu falta do pai – diz ela –, eu... eu...

Mas o tremor a toma ainda, um grande frio que produz um vazio em seu peito, e o coração salta-lhe no peito, com grandes golpes surdos.

Ele a olhou, com esse mesmo olhar atento, e ela volta-se para ele, docilmente, o rostinho miserável, tomado por um arrepio.

– Não que eu tenha sentido falta dele – diz –, e eu também não lhe farei falta.

Ele respira calmamente, profundamente, enche o peito de ar.

– Passe-me a garrafa de rum, pequena, está atrás de você, em cima da prateleira. A gente está morrendo de frio aqui, não é verdade?

Mas ela parece não ouvir, imóvel, com os olhos meio fechados, a mão apoiada contra a parede.

– No que você está pensando?

– Se você beber, eu bebo – diz ela –, mas é melhor não.

Ela olha os sapatos cheios de lama, as meias encharcadas, com um sorriso de aflição. E os longos dedos com as unhas gastas lhe causam vergonha. Esconde-os sob a dobra da saia.

– O pai não... não... – começa ela.

– Não o quê?

– Nada. Estou louca.

– Não o quê? Não é hora de brincar de adivinhação, minha menina.

– Não falou com... com o pessoal da polícia?

– Não. Parece só que o mandado foi emitido. Eu posso ser preso amanhã.

– Não pode!

Ela disse isso como o velho, com a mesma voz, muito baixa, num tom selvagem. Em seguida, lenta, prudentemente, sem levantar a cabeça, dirige a seu amante um olhar pesado.

– E se partíssemos, fôssemos para longe – não sei, perto do mar, para outras regiões, nós dois...

– Deixa de história –, diz ele duramente.

– Falava sem convicção – desculpa-se ela. – Mas sonhei todo esse tempo com uma grande floresta bem alta, só os troncos, troncos como colunas, todos eretos, negros, e acreditava ver o mar através deles, longe, uma franja azul... Ao menos pensava que era o mar, já que nunca o vi.

As últimas palavras se abafam no fundo de sua garganta e, enquanto recua um pouco na sombra para reatar o cordão que lhe serve de cinta-liga, encontra o olhar dele e cora até as orelhas.

– Eu estava indo revirar a forragem – diz ela –, vim como estava, você percebe.

Mas o pobre sorriso não resiste mais, e grandes lágrimas correm na beira dos cílios.

– Se soubesse que não ia voltar, teria posto o vestido e as meias.

– Você não volta?

– Não, de jeito nenhum – diz ela simplesmente. – Você acha que sou estúpida?

Os olhos secaram de repente, ardem no rosto fino, que ela dirige agora à porta, cheia de uma vontade implacável e doce, inexorável.

– Eles serão pegos – diz ela –, todos eles...

Vira-lhe as costas e ele pode vê-la à vontade, com uma surpresa ingênua, mesclada de temor e de uma espécie de rancor obscuro. É verdade, a imagem da morte entrou agora bem fundo em seu cérebro, e nenhuma força do mundo a desalojaria mais; porém é em vão que ele fecha o cinto com o movimento rude das ancas, com o qual o viram tantas vezes desafiar seus rivais, lá longe, nos cafés de Meknès: ele não tem na frente nenhum inimigo, infelizmente, nenhuma força conhecida, familiar, com a qual possa medir a sua, porém um sentimento simples e terrível, cujo nome ignora, uma parede nua, lisa como vidro, onde nem o terror conseguiria cravar suas unhas, um orgulho mais límpido e mais duro que o diamante.

Ele procura, procura em vão a frase que precisa dizer, aquela que sempre encontrou cada vez que arriscou a vida, tentou a sorte, mas seu pensamento gira sobre si mesmo, como um rato numa ratoeira. E, aliás, a vida está em risco, a sorte, lançada. Nada mais.

– Ora quê, é o destino! – diz ele enfim como que para si mesmo.

Ela ergue os ombros, indiferente. Talvez tivesse desejado que ele recusasse o sacrifício, que lhe suplicasse para viver, para sobreviver a ele, com essas palavras que se leem nos livros, e, contudo, não lhe desagrada tampouco que nesse momento solene o amor lhe revele ainda uma vez o verdadeiro rosto, pois ela o conhece há tempos como um senhor ávido e duro; ela o serviu como tal, sem vã piedade por si mesma, com uma espécie de obstinação inquieta. Com a morte, aliás, não tem nenhuma preocupação. Parece-lhe coisa de criança, um conto de fadas. Tão pouco real que o pensamento não lhe vem nem mesmo na hora de enlaçar-lhe os braços, de apertar contra o peito o companheiro ameaçado, que ela envolve com o olhar tranquilo. Mal tem consciência de um temor vago e quase voluptuoso, de um misterioso movimento de ternura por seu próprio corpo em perigo, enquanto roça distraidamente com os dedos, sob o corpete, os seios jovens.

– O que você quer – diz ela –, não tivemos um só mês agradável, um mês tranquilo!...

Ela se aproxima dele, coloca suavemente os lábios na covinha de seu queixo, com um arrepio de prazer. Nunca se sentira tão mole, tão flexível, toda suavidade, toda carícia. Parece-lhe que boia sem peso no fundo de uma água calma onde nenhum torvelinho pode atingi-la. Mesmo o pensamento do fim próximo só lhe chega amortecido e descorado através dessa espessura límpida. Ah! Fazer rápido o que deve fazer, passar dessa paz à outra...

Ela se afasta um pouco, timidamente, sem ousar ainda desatar as duas mãos que cruzou sobre o ombro dele. O que observa ele nesse momento com esse olhar selvagem? Eis que chega a hora em que todos os ódios erguidos contra o humilde destino de ambos desmoronarão sem força, e ele parece encará-los, a testa baixa, os músculos tensos. Quanto tempo eles terão perdido pelo amor, quando tempo havia ainda para eles!... E agora... Agora é verdade que ela não entende mais nada, o que importa? Ela não deseja nada além de sua querida vontade, está prestes a sacrificar-lhe até a consolação do último adeus.

– Escute, Eugène – diz enfim –, talvez... talvez seja melhor...

A voz de uma mãe não poderia ser mais suave, e ela cruza os braços sobre o peito, reencontrando instintivamente o gesto sagrado das amas.

Ele recua imperceptivelmente, depois se detém, com as mãos caídas ao longo das coxas, os ombros para trás, com a atitude de um homem que acaba de receber um golpe em cheio no peito, permanece um segundo imóvel, antes de dar com a cara no chão. Mas só o corpo tem essa resignação trágica, esse abandono. A cavidade das faces lívidas, a dobra dolorosa dos lábios assinala ainda a teimosia e a astúcia, e no desamparo mesmo de toda esperança, para além de toda previsão, de todo temor mesmo, de todo pensamento, não a recusa da morte, mas esse amor que o animal agonizante dá à vida com seu último soluço sangrento, o amor inflexível da vida.

– É engraçado – diz ele –, você é como o velho, igualzinha a ele. Não lhe interessa saber se eu o matei ou não, o rapazinho?

– Em que isso pode mudar alguma coisa, meu amor?

Desta vez ela bem viu o olhar rebelde sobre o seu, ele não lhe resiste mais, ela vê iluminarem-se aos poucos os olhos ariscos. Deus! Ei-lo, tal qual lhe apareceu outrora, atrás da sebe, com os cabelos emaranhados, o pescoço nu, e seu doce sorriso atrevido. Com as duas mãos frágeis, ela o envolve docemente, faz com elas no rosto amado uma primeira mortalha com suas palmas frias, desviando os olhos.

– Não toque aí – não toque no rosto, meu querido... Jure para mim!

Ao mesmo tempo afasta a camisa, leva a boca ao local do coração. Será que ele entendeu? Precisa dizer mais? Não, não é verdade? Agora é preciso fazer rápido. Rápido! Rápido! Sua mão esquerda mantém fechadas as pálpebras que ela sente bater um instante sob seus dedos. Com a outra, atrás das costas, tateando, puxa para si, para o próprio peito a negra *hamerless* de canos curtos, passa habilmente a coronha entre as tábuas e a cama de palha, põe a dupla boca de aço contra o seio, apoia com todo o seu peso, procura o gatilho com o polegar... Impossível saber se o tiro saiu ou não, mas a cabana está cheia de fumaça vermelha, escarlate, que se escurece num segundo, torna-se uma cortina de silêncio e de noite.

Decidiram enterrar o pequeno numa quinta-feira, feriado. Antes do amanhecer, a velha sineira dispôs os cavaletes, os candelabros, desdobrou o cortinado branco que cheira a couro de cervo, incenso e outro odor açucarado. Um pouco mais tarde, o professor apareceu na entrada da escola, de calças negras e sapatos envernizados, protegido por um plastrão novo, que ressoa sob os dedos como um tambor. Às nove horas, os grupos se formam na entrada dos bares, a alegria dos domingos cresce com o sol, e o primeiro toque do sino, tão grave, enche o céu de um só golpe.

Ele ressoou nos ouvidos do velho Vandomme, de pé na entrada de sua casa, e eis que o estrondo de trovão envolve a pobre casa vazia, que estremece. Não é mais do que um zumbido, como o de um enxame de vespas gigantes, atravessado por lampejos sonoros; e, bruscamente, em algum lugar no fundo do espaço, exatamente acima de sua cabeça, a explosão de uma esfera de cristal, com uma detonação tão clara e tão pura que parece resultar em luz, retornar em chuva de luz sobre a imensa paisagem ensolarada... Às vezes, quando o vento muda, ouve-se o grito dilacerante, quase humano, do eco.

Que seja! A cabeça do velho treme um pouco sobre seus ombros, mas ele avança um passo, encara bravamente essa espécie de vaia que irrompe do vilarejo inimigo. Nada o impedirá de ir até lá, imediatamente, a seu posto, e não baixará os olhos para ninguém. O único perigo que pode correr um homem desesperado quando afronta o ódio ou o menosprezo é de se compadecer da própria infelicidade, e ele não sente por si mesmo nenhuma piedade. Até a morte, seus olhos estarão secos. Ele só teve uma fraqueza, para dizer a verdade, leve – ou será que não foi senão uma vertigem de insônia, pois desde a morte da filha e do genro não dorme mais?... –, quando, no lívido reflexo do dia, enfiou a camisa dos dias de festa, quebrou as unhas nas casas dos botões, deu o nó na ridícula gravatinha negra que escapa todas as vezes de seus dedos enormes... A filha outrora... Que importa? A filha e o amante já estão debaixo da terra, lá longe, num canto do cemitério de Poperinghe – duas covas gêmeas, sem nome, sem cruz – e ele teve de deixar o pequeno aleijado, em plena crise, no hospital de Merenghien. Agora, precisa retomar o seu lugar, a sua posição, manter um e outro até o fim, devorar sua vergonha diante de todos, impassível, dia após dia, sem esperança de um dia esgotar a horrível provisão, e morrerá com ela, como o gado na forragem do estábulo.

Nenhuma piedade por si mesmo, nenhum arrependimento. O orgulho alimentado por tantos anos no mais secreto de sua alma, esse orgulho tão perfeitamente incorporado à sua vida, à sua substância, à substância de sua vida, para a qual talvez não conseguisse ainda achar um nome verdadeiro, o orgulho acabara de consumir nele até o remorso. A certeza de sua perfeita solidão, da espécie de maldição em que caíra, abala tão fortemente os seus nervos nesse minuto, que tenta sem jeito exprimir só para si, através de alguma imagem, um sentimento quase inconcebível. Parece uma velha árvore apodrecida, cheia de serragem, pensa ele num átimo. Em seguida, dá de ombros e avança intrépido na direção de seu destino.

A trilha desemboca na estrada, a estrada está vazia. Ele limpa contra o talude as solas dos sapatos cheias de lama. A calça erguida exibe as meias de lã cinza e o vento faz bater contra as coxas as abas de sua sobrecasaca com o ridículo colarinho fora de moda. Meu Deus! As vidraças do bar estão todas negras com as costas dos homens, e, ao passar, eles se viram todos de uma vez, pálidos através da fumaça dos cachimbos, pálidos como esses rostos que vemos nos sonhos. Coragem, rapaz! Os belos sapatos arrastam-se à revelia sobre as pedras, com um rangido horrível. Eis que ele tenta dobrar o tronco, apressar o passo; é como se não avançasse mais, ele mesmo se arrasta... Coragem, coragem, rapaz! Mais rápido, mais rápido... "Olha, olha, meu jovem!" Eles vão todos juntos até a entrada, acotovelam-se para ver melhor, e a risada iminente não irrompe, desaparece num longo murmúrio. É que, para a surpresa de todos, o velho começou a correr, as costas curvas, cabeça baixa, como que a contragosto, contra a vontade. Sobe correndo a alameda do cemitério e só se detém perto da porta de carvalho onde apoia as duas mãos.

A igreja perdeu seu cheiro suave de resina, musgo e folhagem seca. Está escura e quente como um estábulo. Da abside, a luz das velas vem deambular sobre os lajedos da nave, corre ao longo dos pilares de pedra, que ainda transpiram uma água gelada, uma água morta que engordura as mãos; depois acaba por perder-se sob as abóbodas. O coro está cheio de homens de pé, imóveis ou que se agitam a instantes, todos de uma vez, como animais de um rebanho. Só, absolutamente só entre essas sombras, mais isolado pela dupla fila de velas do que por um abismo, o minúsculo caixão coberto de branco.

Feita a coisa, ninguém soube dizer como ela se fez, por que milagre. Não, ninguém poderia ter imaginado que essa aldeiazinha lamacenta tinha uma alma; e, contudo, ela tinha uma, como a dos animais, lenta, sonhadora, tomada por uma curiosidade sem objeto, cheia de imagens pouco distintas e cujo desenrolar, quase imperceptível, acelera-se de repente, enlouquece e martiriza o cérebro. É verdade que eles vieram, com um mesmo movimento, acotovelar-se em torno do pequeno cadáver como um tropel cercado pelos lobos... Ah! Que ele leve consigo para baixo da terra tudo o que há uma semana ronda em torno deles dia e noite! Mas a gente não supera tão facilmente a paciência e a astúcia dos mortos.

Começou com o tédio. O tédio lhes veio, derramou-se sobre eles a partir do ofertório, caiu do alto das abóbodas escuras. Eles tentavam aproximar-se disfarçadamente uns dos outros, trocar de um banco a outro olhares cúmplices ou rudes tosses forçadas; parecia que o tédio lhes fechava os olhos, os ouvidos. "Eu me entediava tanto, senhor juiz", dirá mais tarde Noël Chevrette, "que era como se tudo estivesse negro em torno de mim, ah! Meu Deus!" Aliás, nenhum deles poderia ter previsto a duração insólita de uma cerimônia que o prefeito de Fenouille quis solene e que foi prolongada, de maneira inexplicável, bem além do tempo normal. Quando o pároco, sob os olhos surpresos do sacristão Faublas, despiu a casula negra e pareceu dirigir-se até a tribuna (ele só ia, de fato, até a mesa da comunhão) subiu das profundezas da igreja um estrondo surdo, que parecia menos um murmúrio de impaciência do que um gemido arrancado de alguém que sonha profundamente. "Se um de nós tivesse saído nesse momento, diria ainda o mesmo Noël, todos o teríamos seguido. Só que, veja você, era ainda muito cedo, ninguém tinha bebido, a gente estava sem coragem..." E como o juiz observava que o crime permanecia ainda inexplicável e sem justificativa aos olhos da lei: "Foram as palavras duras do pároco que nos inflamaram. O álcool da véspera é mais insidioso, menos vivo para queimar, porém tem mais malícia, dura mais...". E o ferreiro Guy Trioulet, um dos assassinos: "Havia um monte de *ch'tis*[1] mortos, ninguém aguentava mais. Tantas histórias, tanta mentira e essas cartas anônimas desgraçadas que a gente acabou indo queimar às

[1] Francês da região do Norte. (N. T.)

escondidas... Em suma, havia dias, o vilarejo chafurdava em seu crime, cada um por si, cada um por sua conta; isso deveria ter se ajeitado pouco a pouco. A infelicidade quis que fôssemos todos a essa missa, todos de uma vez, todos juntos. É como se um vapor tivesse subido de repente à cabeça. Nitidamente, quando o pároco falava, começou a faltar ar, senhor, palavra de honra! O ar ficou quente e gorduroso como o de nosso forno quando eu mato um porco".

Mas ninguém, infelizmente, conteve nesse momento o pobre pároco. Por mais tímido que ele fosse normalmente, o rumor dessa multidão o agitava, menos com receio do que com uma espécie de curiosidade malsã, e tão logo ousou dirigir os olhos com franqueza às centenas de rostos transfigurados por uma espera igual à sua, as palavras que se haviam formado nele, à revelia, ao longo das duas últimas semanas, jorraram do mais secreto de seu ser, como a espada de uma bainha.

Não devia guardar disso, aliás, nenhuma lembrança. Talvez elas só tenham sido em seus ouvidos um rumor ininteligível em resposta a esse outro rumor que vinha sobre ele e que ele deveria afrontar, custasse o que custasse. Ao menos permaneceu incapaz de repetir com precisão qualquer uma delas – uma dessas palavras que haviam causado o incêndio. E talvez elas só tivessem formado frases desajeitadas e sem arte, mas cada uma não deixou de ser, apesar disso, um apelo irresistível, um grito lançado a todos os rostos, só visíveis na meia escuridão, essas faces nuas tão apertadas que formavam como que um único corpo nu, a repugnante nudez de todo um vilarejo maldito, contorcendo-se em torno do caixão.

– Quem são vocês? – Dizia o pobre homem com sua voz triste. – O que vieram buscar aqui nesta manhã? O que pedem ao padre? Preces por este morto? Mas eu não posso nada sem vocês. Não posso nada sem minha paróquia, e não tenho mais paróquia. Não existe mais paróquia, meus irmãos... só uma municipalidade e um pároco, mas não é uma paróquia. É verdade, eu queria servir-lhes, eu amo vocês, eu os amo como são, amo as suas misérias, acho às vezes que amo os pecados de vocês, que conheço bem, pobres pecados sem prazer. E é verdade que sofro e rezo com todas as minhas forças. Muitos, aqui ou noutros lugares, dirão talvez que é o bastante, que não devo rezar e sofrer enquanto vocês me recusarem suas almas. Foi isso ao menos o que me ensinaram meus mestres, antigamente, no seminário. Meu Deus, eu penso talvez como eles. Mas esse pensamento não penetra mais em mim até o fundo, acabou. O que sou entre vocês? Um coração que bate fora do corpo, já viram isso, vocês? Ora bem! Eu sou esse coração, meus amigos. Um coração, lembrem-se, é como uma bomba que mistura o sangue. Eu bato tanto quanto posso, só que o sangue não vem mais, o coração só inspira e expulsa vento. E vocês... E vocês...

Ele balança a cabeça magra para a direita e para a esquerda, como um homem embriagado. O rumor que chega dos últimos bancos troou, inflou-se pouco a pouco até que ele erguesse novamente a testa. Tudo se calou.

– Oh! Vocês certamente não esperavam de um pároco tais palavras. É verdade que elas são duras, que são pesadas. É justamente por isso que não as retenho mais. Possam elas cair sobre suas cabeças, meus amigos e, se procedo mal, que Deus me puna com vocês! Mal ou bem, outros serão juízes... aos quais.. aos quais obedecerei sem discutir, mas não antes... não antes que...

Ele baixou a cabeça, e imediatamente o rumor surdo começou a aumentar, os rostos imobilizados pela espera fizeram o mesmo movimento convulsivo. De novo, acreditou que o grande corpo nu remexia-se sob seus olhos, vivíssimo, esses flancos lívidos.

– Senhor pároco – diz uma voz a seu ouvido –, caro amigo... acalme-se... seu sangue-frio...

Ouine empurrou pouco a pouco a cadeira para a frente, e está de pé agora perto dele, na sombra do pilar, com o olhar cheio de compaixão. Mas já a voz triste se ergue novamente, só o bastante para que as primeiras fileiras acreditem serem as únicas a ouvir, e, no entanto, ela alcança o fundo da grande nave.

– Eu tive muito medo de vocês, meus amigos, devo dizê-lo. Sim, é verdade, antes de conhecê-los, eu tinha medo de vocês. Vocês precisam saber, precisam entender... Os rapazes que estudam nas escolas, preparam uma carreira, vejam, eles têm, todos, um caminho traçado, certo, uma estrada, que devem inicialmente seguir, e mais tarde uma condição, uma família, ambições legítimas; em suma, eles são no mundo um pouco – eu não queria que minha comparação os ofendesse – um pouco como o verme no fruto. Nós outros, meus amigos, não temos lugar e não pertencemos a ninguém. Deixamos nossas famílias, nossas casas, nossas aldeias, e, quando acabamos com nossos cadernos, nossos livros, nosso grego e nosso latim, enviam-nos até vocês com a única instrução, como se diz, de nos virar, de fazer o melhor. E olha, mal conseguiriam dar-nos uma outra! Pensem bem, meus amigos. Com os gestos necessários: lavrando, semeando, aplanando, cuidando dos animais, vocês podem dormir tranquilos, a jornada está cumprida. É belo, uma jornada cumprida! Nós também temos nossa tarefa cotidiana, mas quando a cumprimos resta ainda tudo a fazer. Tudo a fazer, ganhar suas almas! Somos jovens, temos consciência do zelo, da vontade, das forças... e – por que não empregar a palavra certa, uma palavra que não tem muito sentido para vocês – do amor, meus amigos, um amor cuja ideia receio que vocês tenham perdido – um amor que vela dia e noite, que faz mal. E há nesse amor, como deve ser, a parte de Deus e também a parte do homem – do homem só, do homem que vai e vem entre vocês, sempre só. Pois vocês podem me falar de seus sofrimentos, de suas alegrias, disso que os mede, infelizmente, o dinheiro, o dinheiro que é a lei dura, implacável, de suas vidas, mas eu, do que lhes falarei? Sim, sim, eu sei que essas não são coisas que costumam ser ditas neste lugar; ouçam-me bem, se puderem, porque vocês não vão ouvi-las duas vezes. Eu nunca os vi, não os verei, sem dúvida, nunca mais, reunidos em tão grande número, toda a minha pobre paróquia diante de mim, face a face... Ora bem! É verdade que, ao me voltar a vocês para desejar-lhes o auxílio e a força do Senhor, *Dominus vobiscum*, tive a ideia – não, não estou sendo preciso! – entrou em mim como um clarão a ideia de que nossa paróquia não existia mais, de que não havia mais paróquia. Oh! naturalmente, o nome da municipalidade figura ainda nos registros do arcebispo, só que não há mais paróquia, acabou, vocês estão livres. Vocês são livres, meus amigos. Cem vezes mais livres do que os selvagens ou os pagãos, completamente livres, livres como animais. Isso não data de hoje; com certeza, vem de longe, longe demais, uma paróquia! Esta terá aguentado até o fim. Agora, está morta. Vocês me responderão que, viva ou morta, isso não impedirá que o grão de vocês amadureça, não fará caírem da árvore maçãs de sidra. Concordo, a ameaça não vem dessas coisas inocentes, o que os ameaça está em vocês, em seus peitos, meus amigos, na pele de vocês. Meu Deus, como explicar, como fazer com que entendam! Que haja pecadores entre vocês, grandes pecadores, isso não tem consequências, cada paróquia tem seus pecadores. Enquanto durar a paróquia, os pecadores e os outros formam apenas um grande corpo no qual a piedade, senão a graça de Deus, circula, como a seiva de uma árvore. Vocês se esforçarão em vão para dizer, meus amigos, o homem não foi feito para viver só, ou em casal, como os tigres ou as serpentes. Infelizmente, o mais modesto grupo de pessoas está sempre envolvido em muita sujeira; e que dizer das cidades, das grandes cidades? Só que, com a noite, a cidade desperta, respira por todos os poros a sujeira do dia recém-terminado, mistura-a nos fossos, nos esgotos, até que não vire mais do que um lodo que escorrerá pouco a pouco até o mar, em seus imensos rios subterrâneos.

Meu Deus! Que dizia ele, que ousava dizer, a dez passos do tabernáculo, diante dessa multidão misteriosa, cheia de olhares, de uma multidão de olhares, com os olhos escancarados, ávidos, parecidos com negros insetos imóveis, espreitando a presa?... Mas ele não sentia nem vergonha, nem receio, tinha só vontade de chorar.

A cadeira de Ouine rangia no piso, havia um minuto, em movimentos regulares. De seu lugar o padre não podia, infelizmente, ver as feições do antigo professor de línguas, mas ouvia a respiração ansiosa, cortada às vezes por uma espécie de cochicho incompreensível. Bem longe daí, quase ao pé do púlpito, a figura convulsiva do prefeito de Fenouille saía brutalmente da sombra, iluminada em cheio por um vitral da abside que cobria sua face larga com pequenas manchas redondas, azuis ou malva, sempre em movimento. Em dado instante, acreditou vê-lo rir, e imediatamente a expressão dolorosa da boca o desmentiu. Parecia ao pároco de Fenouille que todo o rumor se havia apagado, que as palavras que ele ia dizer cairiam uma após outra, vãs e negras, nesse silêncio aberto.

Seu humilde olhar empalidecia de desgosto enquanto os braços, com uma lentidão solene, levantavam-se à revelia, como os de um nadador exausto que não se defende mais, que afunda. Tão simples de espírito, tão pouco poeta para avaliar o poder das imagens e de seu perigo, aquela que acabara de evocar apoderava-se dele com uma força irresistível. Ele via, tocava quase essas montanhas de excremento, esses lagos de lama.

– Infelizmente, meus amigos, a vida sobrenatural, a vida das almas, das pobres almas, está sempre envolvida, igualmente, em muita sujeira... Há o vício, há o pecado. Se Deus abrisse nossos sentidos ao mundo invisível, quem de nós não cairia morto – sim, morto

– diante apenas... diante apenas das horríveis... das abomináveis proliferações do mal?

Desta vez, sem nenhuma dúvida, o prefeito de Fenouille riu, e com os ombros projetados para a frente, as duas mãos sobre as coxas, ria ainda o mesmo riso – um riso que parecia menos um riso do que a convulsão de uma espera ávida, uma enorme aspiração de todo o rosto inflamado. Pesadas lágrimas escorriam uma a uma de suas faces.

– Mal conseguiríamos, todos juntos, dar cabo disso, meus amigos. Deus ajudou. É por isso que ele fez sua Igreja. E a paróquia é uma pequena igreja na grande. Não existe paróquia sem a Igreja maior. Mas se, no limite, a última paróquia morresse, não haveria mais Igreja, nem grande nem pequena, nem redenção, mais nada – Satã teria visitado seu povo.

Sua voz deteve-se nestas últimas palavras com um longo suspiro, como o de um colegial que chega ao fim da lição. Com a cabeça pendida para a direita, o corpo já inclinado para a fuga, parecia que o continham apenas, diante do auditório ameaçador, as duas mãos crispadas na mesa de comunhão. Todas as solas de ferro rangeram ao mesmo tempo no piso.

– Há ainda muitas paróquias no mundo. Mas esta está morta. Será, talvez, que morreu há muito tempo? Eu preferia não acreditar. Dizia a mim mesmo: enquanto eu estiver aqui... Mas, infelizmente, um homem sozinho não faz uma paróquia. Vocês me deixavam ir e vir, pensando: "Nós não chegamos a valer menos que os de Noyelles, Arcy ou Saint-Vaast, podemos bem pagar um pároco como os outros". E esperavam pacientemente a oportunidade de compensar os gastos, pensavam: "Ele não custa caro, está sempre aí esperando, acabará talvez servindo para alguma coisa". Mas, quando o crime foi descoberto, não foi a mim que vocês vieram procurar. Um crime, isso é coisa da Justiça e dos jornalistas, não é? Pouco importa! Basta um grão a mais de fermento para azedar toda a massa. O mal estava já em vocês, mas começou a sair como que da terra, das paredes. E, de início, não desagradou a vocês, não é, meus amigos? Vocês se sentiam bem, isso os aquecia. O vilarejo mais parecia uma colmeia em rebuliço. Como se o culpado estivesse sem dúvida entre vocês, fosse um de vocês, um vizinho, quem sabe, hein? O sangue coçava nas veias. Toda tarde, vendo cintilarem suas janelas ao longo de nosso pequeno vale, eu pensava que a desconfiança, o ódio, a inveja, o medo estavam agindo, que bastava a polícia passar no dia seguinte para cumprir sua tarefa. E, além do mais... E, além do mais...

O velho Devandomme estava sentado a dois passos, as abas de sua sobrecasaca cuidadosamente estendidas sobre os joelhos, com os olhos sérios e fixos. As solas enlameadas haviam deixado no chão duas grandes manchas escuras.

– E, além do mais – balbuciou o pároco de Fenouille –, um outro golpe... um golpe duplo... uma dupla morte...

Ele queria ter concluído logo essas palavras perigosas, mas parecia-lhe ouvi-las, ao contrário, destacando-se nitidamente, implacavelmente, no silêncio. E, por uma fatalidade não menos singular, seu olhar não conseguia desgrudar do olhar do velho.

– A morte estava para desferir entre vocês um duplo golpe...

Silêncio. Devandomme acabava de levantar-se lenta, pausadamente, esticava uma após outra suas longas pernas, exatamente como fazia outrora todas as noites à mesa, depois da última garfada, guardando sua faca. Tinha o ar de um homem que realiza sem ilusão um dever rigoroso, urgente, não com a esperança de triunfar perante a injustiça, mas simplesmente para não virar as costas à sua infelicidade.

– O rapaz não era culpado – diz com uma voz surda, embora articulando cada palavra.

Depois, com a mesma lentidão, empurrando para trás a cadeira, encarou a nave tenebrosa.

– E, agora, o mal não lhes dá mais trégua – retomou o pároco de Fenouille. (Era como se as palavras que ele acabava de ouvir tivessem rompido o encantamento que mantinha sua língua colada ao palato.) – Vocês estão todos perplexos, gelados. Fala-se até hoje do fogo do inferno, mas ninguém o viu, meus amigos. O inferno é o frio. Ainda ontem, as noites não eram longas o bastante para esgotar a malícia de vocês; e vocês se levantavam todas as manhãs com o peito ainda cheio de veneno. E eis que até o diabo se afastou. Ah! Como somos solitários no mal, meus irmãos! Os pobres homens, a cada século, sonham em romper com essa solidão – inútil! O diabo, que pode tantas coisas, não conseguirá fundar sua Igreja, uma Igreja que compartilhe os méritos do inferno, que compartilhe o pecado. De agora até o fim do mundo, o pecador precisará pecar só, sempre só – pecaremos sozinhos, como se morre. O diabo, vejam vocês, é o amigo que nunca fica até o fim. Então vocês pensaram na paróquia, no pároco. Suspeitaram de si mesmos, caluniaram-se, denunciaram-se, odiaram-se uns aos outros, e agora essa necessidade de estarem próximos, de lutarem juntos contra o frio, de se aquecerem. Ora bem! O que querem que eu diga? É tarde demais. Vocês sairão daqui como vieram. Eu não sou nada sem vocês – eu – sem minha paróquia. De que adianta eu abençoar hoje este pequeno infeliz que morreu? Ele foi o instrumento inocente da perda de vocês, e é o pecado de todos, não abençoarei esse pecado!

Sua voz baixava pouco a pouco, e o surdo rumor que a acompanhava foi diminuindo com ela, acabou por desaparecer. Foi só. Ninguém conseguiu extrair, depois disso, uma só palavra do pároco.

E aquelas que ele acabara de pronunciar estavam já bem longe dele, fora dele, enquanto o seu olhar, até então fixo, parecia escapar de repente ao controle, saltava de uma extremidade a outra da igreja, como um pequeno animal assustado. Num momento, acreditou conseguir fixá-lo na grande Cruz de madeira negra, suspensa num dos arcos da abóboda, mas ele se perdeu de novo, percorreu a nave profunda em todos os sentidos. Os rostos voltados para ele através da névoa rala pairavam acima dos corpos aquecidos, eram ainda como um só corpo nu, agora imóvel ou agitado por um leve tremor, uma ondulação lenta, parecida com a que se segue ao último espasmo de agonia no flanco dos mortos. Ele permanecia ali, com a boca aberta, os braços caídos, a cabeça inclinada sobre o ombro, tão estúpido que as crianças da escola, amontoadas à direita do coro, cutucavam-se, rindo.

Tivesse tido a presença de espírito de murmurar, antes de subir novamente ao altar, algumas palavras de bênção, ter-lhe-iam virado as costas, como afirmaram algumas testemunhas. Em suma, pouco importa. O que se seguiu faria com que se esquecesse tudo isso.

A absolvição geral concluiu-se sem incidente, embora a voz do oficiante fosse, por vezes, coberta pelo zumbido das conversas paralelas. Os primeiros bancos, reservados aos notáveis de Fenouille, esvaziaram-se pouco a pouco, mas foram ocupados, quase imediatamente, pela multidão que acorria do fundo da nave ou que transbordava das capelas laterais. Algumas moças, empurradas sorrateiramente de cadeira em cadeira pelos rapazes, apertavam-se nos degraus do púlpito, com risinhos abafados, fechando as saias entre as coxas. O mestre-escola, reunindo todo o seu grupo, fez com que passassem habilmente ao longo das paredes até a porta baixa que dá acesso ao cemitério; em seguida foi juntar os alunos a alguns passos dali, não longe da cova aberta.

– Eu ia justamente lhe dar esse conselho – diz Ouine atrás dele –, ou até...

Ele enxugava com gestos rápidos a testa molhada de suor.

– ... ou até (desculpe-me a indiscrição de um velho colega), proporia que o senhor não fosse muito longe com essa experiência...

– Não é uma experiência – diz o outro secamente. – Obedeço às ordens de meus superiores.

– Permita-me – replicou Ouine, cujas faces coraram –, tenho experiência com as responsabilidades de nossa profissão. Aqui, como na escola, seu privilégio é o de um capitão de navio: mestre depois de Deus. Ora, é possível que assistamos, em instantes, a cenas lamentáveis, cômicas e também trágicas, senhor – eu temo por isso. A mistura de trágico e cômico engendra o bizarro, e contra o bizarro não há outra resposta senão a ironia – sentimento infelizmente desconhecido pela infância.

– O difícil dever que nos reúne aqui... – começou o mestre-escola de Fenouille.

– Um minuto! Interrompeu Ouine com uma vivacidade singular. Lamento tanto quanto você as palavras insensatas que acabamos de ouvir. Reconheçamos, contudo, que não havia talvez uma chance em mil de que elas atingissem seu alvo, mas a população desse miserável vilarejo nos oferece o curioso exemplo de uma abolição dos reflexos morais que a deixa sem defesa contra todo tipo de veneno. Ela agora produziria veneno com qualquer coisa, como os diabéticos produzem açúcar... Sim, senhor, há momentos em que os sentimentos mais humanos, a piedade, por exemplo, tornam-se tóxicos. Tudo é impuro para os impuros, senhor.

Ele se balançava levemente de um pé ao outro, como se tentasse adormecer uma dor intolerável, sob o olhar estupefato do mestre-escola.

– Pelo que entendo, o senhor está prevendo, receando alguma manifestação escandalosa, ao passo que essa população parece querer oferecer, ao contrário, o espetáculo reconfortante de uma... de uma verdadeira união sagrada. Nesse caso... permita-me... de que tipo de escândalo o senhor está falando?

– Eu sempre honrei a infância – diz Ouine, acentuando o meneio ridículo que tornava mais singular, por contraste, a fixidez do olhar –, amei e honrei a infância. A infância é o sal da terra. Se ela esmorecer, o mundo será em breve podridão e gangrena. Podridão e gangrena – repetiu, alto e com força.

Ele ficou um bom tempo parado, com uma das mãos, intumescida, sem dúvida, pelo mesmo líquido seroso que corria sem parar de suas pálpebras, inteiramente aberta na altura do rosto. Depois virou as costas e afastou-se sem falar nada, a passos largos, entre os túmulos.

As últimas palavras do padre tinham-se perdido no tumulto, pois a porta principal da igreja acabara de abrir-se de par em par e as pedras da alameda deslocavam-se já de todos os lados sob as solas guarnecidas de ferro. O botequim vizinho, esvaziado num segundo, despachou ao cemitério, quase em seguida, outra torrente escura de sobrecasacas e chapéus de feltro e o rumor cresceu mais ainda com todas as perguntas feitas às pressas pelos recém-chegados. Se o pároco de Fenouille tivesse demorado só alguns minutos mais, a agitação certamente se teria acalmado por si só: ele apareceu, infelizmente, quase no mesmo instante, precedido por seu coroinha, e a multidão, envolvendo-o, levou-o, mais do que o empurrou, até a cova, à beira da qual afundou, ao escorregar com os dois pés na argila fresca. Um riso contido, semelhante ao estalar de quinhentas mandíbulas esfomeadas, terminou numa espécie de estrondo surdo e prolongado, desses com que uma multidão hesitante e intimidada parece tomar consciência de sua força. A sobrepeliz do pároco de Fenouille estava dura de lama.

– Deixem passar o prefeito! – diz alguém. – Deixem passar o prefeito, em nome da municipalidade!

Todos se puseram atentos, mas foi o inspetor da Academia que surgiu primeiro, apertando com a mão enluvada de tecido negro um pedaço de papel coberto por uma escrita tão fina, que ele se recusou a decifrar; começou com uma voz quase ininteligível:

– Senhoras, senhores, a jovem memória diante da qual venho... que saúdo respeitosamente, é a de uma humilde criança do povo, cuja vida transcorreu na obscuridade... na obscuridade do obscuro labor cotidiano... Por mais obsc... por mais modesto que tenha sido seu destino, prematuramente interrompido, o zelo da República já o reconheceu... A República, sempre zelosa, reconheceu-o como um dos seus e se as necessidades do obsc... do labor cotidiano não o tivessem mantido tão afastado da escola – que é de todos os senhores... –, ela lhe teria dispensado, como a cada cidadão, o imenso proveito do saber... Permitam-me debruçar-me, inclinar-me...

O que quer que fizesse, as mesmas palavras, como que obedecendo a não se sabe que tenebrosa afinidade, recusavam desagregar-se, pareciam colar-se à sua língua. Ele acabou por cuspi-las, uma após outra, com raiva, atabalhoadamente.

A plateia, aliás, mal prestava atenção a esse homenzinho calvo, parecido com tantos outros homenzinhos calvos, geralmente barbudos, que falam em nome do Estado nas cerimônias. Ela só tinha olhos para o padre humilhado.

O ódio do padre é um dos sentimentos mais profundos do homem, e também um dos menos conhecidos. Ainda que seja ele tão velho quanto a espécie, ninguém suspeita, mas nossa era o elevou a um grau quase prodigioso de refinamento e excelência. É que o aviltamento ou o desaparecimento dos outros poderes fez do padre, aparentemente tão envolvido, contudo, na vida social, um ser mais particular, mais inclassificável do que alguns desses velhos mágicos que o mundo antigo mantinha fechados no fundo dos templos como animais sagrados, na familiaridade apenas dos deuses. Mais particular ainda, mais inclassificável, por ele não se reconhecer como tal, quase sempre enganado por aparências grosseiras, a ironia de uns, a deferência servil de outros. Porém, à medida que a contradição, aliás menos religiosa que política, com a qual alimentaram por tanto tempo o orgulho, resultou pouco a pouco numa espécie de indiferença hostil; o sentimento crescente da solidão lança-os desarmados bem no centro dos conflitos sociais que eles se gabam ingenuamente de resolver com o auxílio dos textos. Que importa? Chegará um momento em que, sobre as ruínas do que resta ainda da antiga ordem cristã, uma nova ordem vai nascer, e será realmente a ordem do mundo, a ordem do Príncipe deste Mundo, do príncipe cujo reino é deste mundo. Então, sob a dura lei da necessidade, mais forte que qualquer ilusão, o orgulho do homem de Igreja, mantido há tanto tempo por simples convenções que sobrevivem às crenças, terá perdido até o seu propósito. E o passo dos mendigos fará de novo tremer a terra.

É certo que eles o viam quase todos os dias, a aba de sua pobre batina amarrada à cintura, cortando as sebes, remexendo seu jardim; numa noite do inverno passado, até o pegaram lá embaixo, na costa de Sauves, com a bicicleta quebrada ao lado, todo molhado de chuva e de sangue. Mas nunca haviam chegado tão perto dele, no exercício de seu misterioso poder – o único cuja ideia talvez lhes inspirasse ainda algum receio supersticioso – de seu misterioso poder sobre os mortos. Quando ele passava na frente das portas, com um passo humilde e precipitado, que fazia com que as fofoqueiras dissessem: "Veja! O pároco vai levar a extrema-unção à casa de um tal...", mais de um virava o rosto e enchia o cachimbo em silêncio... E agora ele estava ali, no dia cru e pálido, com esse vago perfume de incenso misturado a um cheiro sem graça de argila, a sobrepeliz coberta de lama e o coroinha que funga, segurando a Cruz de lado.

As desconfianças, os rancores, as raivas acumuladas durante semanas, o horror mesmo do crime, parecia que a palavra desse padre inofensivo havia fundido tudo num sentimento único, violentíssimo e ao mesmo tempo sutilíssimo, intolerável a suas almas, do qual nada além do riso poderia libertá-los. Pois era bem esse riso, era o riso da paróquia – mas que riso! – da paróquia reencontrada, da paróquia desgraçada mas unânime, que fazia brilhar seus olhos e dentes, extraía do fundo da garganta não se sabe que suspiro rouco, enquanto se apertavam uns contra os outros, buscavam-se com os cotovelos e coxas como com o olhar, numa espécie de cordialidade sinistra.

– Com a palavra o prefeito! – repetiu a voz.

O inspetor da Academia, ocupado em proteger da lama suas botinas, todo vermelho e ainda com a vaidade ferida, aprovou convulsivamente com a cabeça, cedeu o seu lugar no meio do círculo livre em torno da cova, que logo se alargou. Notava-se que o padre, ainda silencioso, nem mesmo levantava a cabeça. Alguns acreditaram que chorava.

– Senhores, meus caros concidadãos – começou o primeiro magistrado de Fenouille.

Seu discurso – uma frase de vinte linhas redigida em comum acordo com o médico e cuidadosamente transcrita por Malvina em letras maiúsculas sobre uma folha de papel branco, frase ensaiada tantas vezes em vão – acabara de irromper em sua memória, como um fogo de artifício ofuscante. As palavras, pouco antes esparsas ou que pareciam não se sustentar em conjunto senão por milagre, reuniram-se num equilíbrio maravilhoso, pequena constelação agora inalterável. "Senhores, meus caros concidadãos" – ele prolongava o silêncio, para gozar mais dessa segurança profunda, desconhecida, que ultrapassava de longe seu objetivo – "senhores, meus caros concidadãos" – parecia-lhe que todos os olhares voltados para ele exprimiam a mesma surpresa feliz, o mesmo alívio quase sobrenatural, uma espécie de beatitude. As palavras maravilhosas brilhavam ainda em alguma parte dele, embora com uma luz mais suave... Como se iluminavam todas essas faces, como resplandeciam agora com uma simpatia fraterna! Ele falará quando quiser, falará quase contra a vontade, com uma facilidade, uma leveza aérea, falará como se voa... Deus! A hora da libertação chegou? Será que irão conhecer, eles e ele, todos juntos, o esquecimento, o bem-aventurado esquecimento das faltas passadas, o bem-aventurado perdão? – "Senhores, meus caros concidadãos." – Sim, sim, sem dúvida, é só uma frase bem simples, mas eis que os olhos deles já lhe respondem, traem uma alegria cúmplice que o absolve. Céus! Seu vergonhoso segredo não existe mais. Ele vai jorrar, de um hora para outra, como um jato de água enlameada, e sua velha alma acabará por se esvaziar pela boca, ó delícia! A espera da salvação, a certeza de atingi-la faz seus joelhos tremerem, os ossos vibrarem, enquanto as palavras escorrem, escorrem inesgotavelmente, enchem o silêncio. E eis que agora são eles que lhe falam, gritam-lhe palavras que não pode compreender, que nem mesmo tenta compreender. Basta encarar, oferecer, lançar de mãos cheias sua alegria, sua inocência reencontrada. Nada mais, entre nós, meus amigos, chega de mentiras – a mentira desmorona por inteiro... Cai do céu – não! – sobe da terra profunda não sei que sopro fresco e puro que dissolve os velhos venenos. Em meio ao tumulto que se tornou assustador ele explica que se acabou essa coisa sem graça e fétida que se cola à alma como à pele, essa sujeira; bate os pés contra o chão, pinça o nariz, puxa para cima, olha de repente com estupor a mão molhada de lágrimas, cai enfim de joelhos no meio dos risos e das vaias.

O mestre-escola abriu uma passagem até a grade do cemitério, mas, todas as vezes que tenta cruzar a entrada, uma multidão de recém-chegados o empurra, a ele e a seu pálido grupo. Todo o vilarejo está agora aí e o barulho que faz não se parece com nenhum outro, a não ser, talvez, com essa espécie de rugido das águas quando a eclusa se abre.

– Eu os intimo a fazer a inumação, Duponchel... I-me-di-a-ta-mente! – urra o adjunto Merville.

– Diga-lhes para recuar, senhor adjunto, eles vão me derrubar na cova, Deus do céu! O senhor poderia me passar meus instrumentos, esses desgraçados!

– Senhores, senhores...

Imediatamente, foi como se o tumulto indistinto, o rumor surdo se tivesse partido numa profusão de notas diferentes... E todas as cabeças, não com um único movimento, mas como as espigas de um campo de trigo já alto, quando uma mudança brusca do vento as leva de uma extremidade à outra, viraram-se para a alameda central, esvaziada agora com o recuo dos espectadores.

– Perna-de-lã! Perna-de-lã!

Do outro lado da sebe a grande égua, repelida até o talude pela multidão, havia erguido o tronco inteiro sobre a ladeira e tentava ficar ali. As barras tinham se soltado e, a cada coice, as trelas chiavam em torno de seus flancos como as cordas de um estilingue. Uma delas arremessou ao chão um dos filhos do moleiro com a face cortada pelo couro.

– Perna-de-lã! Perna-de-lã!

Saltando a carroça, ela deslocou o calcanhar, e, com os pés atrapalhados nas dobras da longa saia, avançava com um passo saltitante e desajeitado, mas que não despertava nenhum riso...

– Perna-de-lã! Perna-de-lã!

Caminhava até a extremidade do cemitério, até o túmulo. O suor escorria em suas faces, com a maquiagem, mas a fronte, coberta por uma camada espessa de pó de arroz, continuava, à luz do dia, pálida como a de um Pierrô... A cada passo seu, as vozes se calavam uma a uma e, quando chegou à beira da cova, o silêncio foi tão grande que, de um canto a outro do cemitério, até a estrada, todos puderam ouvir nitidamente o roçar de sua saia de seda sobre o monte de terra e os soluços abafados do coroinha.

Mão alguma se erguia sobre ela, mas todos a empurravam insidiosamente até o túmulo. O que estavam esperando? Nenhum deles saberia dizer. A criatura abandonada, que tantas vezes tinham fingido perseguir pela mata fechada, para deter-se bruscamente com uma gargalhada, o ser incompreensível cuja degradação haviam observado, ano após ano, mas que ninguém teria ousado insultar diretamente, pois continuava sendo para todos a castelã de Néréis, tinha sempre conseguido embaralhar as pistas com a prudência e a sabedoria de uma velha loba. E, sem dúvida, não havia um só desses jovens corredores de quermesse que não se gabasse de tê-la derrubado numa noite de bebedeira, na vala, atrás de um talude, no feno de uma granja, e não mostrasse com orgulho os cigarros com os quais ela abarrotava os bolsos, embora nenhum deles pudesse dar outra prova de seu êxito. Os mais espertos tinham perdido havia tempos a esperança de surpreendê-la, pagando, frequentemente com uma bronquite, intermináveis esperas sob a lua cheia. "Na certa ela nos descobre", diziam eles, exasperados em ouvi-la responder com um correto boa-noite às sutis proposições do rapaz escolhido como isca. Talvez a odiassem, e provavelmente sem querer. Quem sabe vissem nela, talvez, sem reconhecer, a imagem misteriosa de sua própria abjeção? Renegada pelos seus, pobre, aviltada, suspeita para todos, ela parecia a vítima jogada ao apetite de uma classe pela outra, um penhor sacrificado de antemão. Mas eles esperavam ainda o passo em falso que a entregasse, o incidente ridículo capaz de provocar o escárnio, justificar tudo, e, aguardando, farejavam-na de longe, sem mordê-la. O mundo moderno está cheio desses reféns obscuros.

Nesse minuto, ela parecia livre, e, no entanto, não o era mais. Para quem pudesse ter observado do alto essa cena extraordinária, o movimento inconsciente da multidão tinha, nesse momento, o caráter de diligência aterrorizante que assinala a primeira aproximação de um animal esfomeado na direção de sua presa. "Nós estávamos apenas curiosos para saber o que ela ia fazer, dirá mais tarde Clodiot, cortador de madeira. A gente queria era rir." Nesse meio-tempo, as discussões recomeçaram e, embora os olhares estivessem voltados para a castelã, só se falava do discurso inexplicável do prefeito. "Ele é louco, repetiam uns e outros, com os olhos brilhantes, louco de pedra. Maldito Arsène! Palhaço!" Nesse mesmo momento, uma voz que a princípio ninguém reconheceu e que parecia partir de todos os cantos do cemitério, a ponto de o movimento da multidão interromper-se bruscamente, formando turbilhões como na água de um moinho, ordenou três vezes em tom cada vez mais alto: "Dispersar!". Eles responderam com um grunhido de raiva.

Era o adjunto Merville que, desesperado para fazer-se ouvir com sua pequena estatura, acabara de subir numa tumba e, agarrado a uma Cruz, gesticulava com o braço livre. As discussões se fundiram num só rumor, que aumentou de repente quando Perna-de-lã chegou perto do homenzinho, que, nessa hora, virava-lhe as costas. Será que ela teve consciência do perigo? Será que quis encarar à sua maneira, quer dizer, exagerando até o ridículo, até o absurdo a falsidade do tom e da atitude, sinal comum de uma espécie banal de fraqueza nervosa bem conhecida pelos psiquiatras? Uma brecha aberta na multidão mostrou-a de pé do lado do caixão, com as longas mãos estendidas sobre a tampa e a cabeça jogada para trás. Uma mecha de cabelo cobria a sua face.

– Eu vou vingá-lo! – diz com uma voz agudíssima, intolerável.

Um empurrão da multidão quase fez com que caísse na cova e seu primeiro grito de terror cobriu a vaia, como um som de címbalos.

– Guardas, expulsem-na! – ordenou o adjunto. – Ponham-na para fora, por Deus! Ela vai enfurecê-los.

– Vingança! – gritou a castelã de Néréis, com os braços em cruz.

Um riso enorme lhe respondeu, inicialmente como um estrondo, e, quando ela quis apoiar novamente as mãos no caixão, Duponchel, o coveiro, bateu nelas com um golpe seco de sua pá. O sangue jorrou, provavelmente sem que ela se desse conta, de modo que, tendo levantado com a ponta dos dedos a mecha que pendia em sua face, o rosto lívido apareceu acima das cabeças, sujo de vermelho como o de um palhaço. As risadas aumentaram, depois pararam novamente, de forma brusca, e, pela primeira vez, ouviu-se a voz esganiçada das mulheres espremidas contra a grade. Um pedaço de terra, não se sabe de onde, veio chocar-se contra o seu peito, deixando no corpete uma estrela de lama.

Todos acreditaram vê-la vacilar com o choque, mas ela apenas tentara manter o equilíbrio e, com os olhos meio fechados e o longo busto quase encurvado, parecia oferecer-se ao furor da multidão, embora, levada por uma espécie de pressentimento selvagem, buscasse, através da espessa muralha humana, uma brecha larga o suficiente onde pudesse jogar-se. O mesmo instinto que lhe impunha essa imobilidade flexível dava a seu rosto uma expressão extraordinária de falsa resignação, que se poderia tomar tanto por indiferença quanto por tristeza. "Ela dava a impressão de dormir de pé, verdadeira sonâmbula. Em dado momento, acreditamos até que ia chorar." Porém os mais próximos observaram "que ela fazia com a boca um barulho engraçado, como um doente que treme" e o belga Simonot, chegando mais perto, ficou estupefato de "não conseguir movê-la um dedo sequer, nem mais nem menos do que uma estátua". "Suas coxas estavam duras como bronze", diz ele, "ela parecia quase toda contraída."

Esse "barulho engraçado", segundo o testemunho daqueles que o ouviram, parecia uma espécie de suspiro, com uma única nota trêmula, muito baixa, um lamento, sem dúvida, mais animal que humano. A lembrança só veio, aliás, a vários deles, muito tempo depois, pois não imaginaram em nenhum instante que ela pudesse escapar de lábios fechados, ainda curvados numa expressão altiva. "Para sair do cemitério", disseram eles, "era só ir embora tranquilamente, não lhe queríamos mal. Ou mesmo falar conosco. Normalmente ela tinha a língua solta." Acreditaram vê-la procurar com os olhos alguém na multidão e a senhora Maigret sustenta até "que ela esperou até o último minuto um socorro que não veio".

Naturalmente a coisa se passou quando ninguém esperava mais. No momento em que Simonot se aproximou de novo, subindo o outeiro, o rosto do Belga se viu exatamente na altura do dela; ela lhe enfiou as garras e, em seguida, soltou-o como um arco e, com os braços levantados, num silêncio pavoroso, jogou-se para a frente, mergulhou. O grito que retinha havia muito tempo jorrou de sua garganta, retumbou sobre todas as cabeças. Quase no mesmo segundo, alcançou o muro do cemitério e, com agilidade prodigiosa, apertando o corpo contra a grade, foi de barra em barra até o portão. Vermelho de raiva, Simonot, levemente ferido na testa, mostrava a todo mundo o rosto ensanguentado. "Ela arrancou os olhos dele, a vagabunda!", esgoelou-se uma mulher.

Essa frase foi provavelmente responsável pelo destino de Perna-de-lã: a multidão lhe respondeu com um murmúrio espantoso. Hesitou ainda alguns segundos, pareceu girar sobre si mesma com esse movimento familiar do gato que finge deixar escapar a presa no meio de suas brincadeiras ferozes.

Aqueles que se apertavam contra a grade juraram não ter conseguido contê-la. "Ela passou entre as nossas pernas", disseram. Mas reapareceu bruscamente sozinha, no meio da estrada vazia, e, antes que todos pudessem dar um passo, algo de extraordinário aconteceu.

A grande égua acorria a trote leve, as rédeas flutuando, balançando o morso com um breve relincho de prazer. Ninguém jamais soube de onde tinha saído o estranho animal: é provável que a dona a tivesse deixado protegida contra o talude do cemitério, no caminho estreito e sem saída que dá, um pouco mais abaixo, para o pasto comunal conhecido pelo nome de Planície do Brejo. A carroça vazia rangia e dançava atrás dela a cada solavanco. Perna-de-lã pulou nela e, vendo já a estrada bloqueada à direita, fez a roda passar por um fosso pouco profundo, girou-a num piscar de olhos sobre esse ponto fixo e, mesmo sem tocar nas correias amarradas ao encosto, com um simples estalar da língua, fez com que o animal pulasse quinze pés.

– Cuidado embaixo! – gritou alguém com a voz embargada. – Mas o aviso veio tarde demais, fundiu-se num desses clamores pavorosos que parecem um canto, são a própria voz da multidão. Contraindo as ancas para pular, a égua havia arremessado, coxeando, a perna direita. O casco atingiu de leve o peito do pequeno Denisane, que girou duas vezes em torno de si mesmo e permaneceu imóvel, com o nariz na poeira. Só se ouviu depois o barulho das pesadas escoras que se precipitavam do talude.

O primeiro que pegou as rédeas foi um criado chamado Roblard, mas negou depois ter batido nas narinas do animal. Foi, aliás, tão brutalmente arremessado de lado que deslocou o ombro e não participou do que se seguiu. Parece que a carroça capotada foi arrastada por mais de vinte metros; os policiais encontraram no dia seguinte a marca profunda no chão. Mas o provável é que o peso dos agressores pendurados no estribo tenha bastado para recolocá-la de pé. Eles ouviram sobre a cabeça o duplo estalido do chicote, largaram tudo e viram com estupor a silhueta negra da castelã, que o choque assustador não havia conseguido arrancar de seu lugar. "Nós imaginávamos tê-la perdido, disseram, mas, mesmo assim, corremos atrás para ver." Desde esse momento, estavam certos de que a carroça não iria longe. "Ela saltava de um lado para o outro como uma rã, por causa do eixo deformado." Na curva, a roda saiu de seu eixo e foi na direção do acostamento, em zigue-zague.

Eles viram Perna-de-lã se precipitar para fora dos destroços, subir do outro lado do talude, e aparecer-lhes uma última vez, no céu cinza, os trapos de seda negra caindo até os joelhos em longas franjas que o vento mal conseguia levantar. Alguns se vangloriaram mais tarde de tê-la visto chorar, embora com um rosto de pedra. Quando chegaram à encosta todos juntos, tropeçando, ela ergueu os braços sem dizer nada. O flanco esquerdo, então nu, estava branco como neve. "Nós queríamos detê-la, levá-la à polícia, ao prefeito, mas as mulheres que achavam que o pequeno Denisane estava morto estavam furiosas." O primeiro que pôs as mãos sobre ela foi provavelmente o filho de Riquet, conhecido como "Pipo", um rapaz de vinte anos. Vários confirmaram isso. "Ele a pegou pela garganta, reconheceram sua mão por causa de um dedo que não tem." E a multidão enfurecida, do outro lado da estrada, espremida contra a cerca do cemitério, ouviu então, muito nítida, a voz da castelã de Néréis. Ela gritou duas vezes "Philippe". Como se observou, o nome verdadeiro de Pipo Riquet era, de fato, Philippe, não se podendo, contudo, afirmar se o supremo apelo dessa mulher extraordinária se dirigia a ele.

– Senhor – diz a mulher do prefeito –, a situação está insustentável. Ontem ele destruiu um azulejo da cozinha e cortou o cano, com o pretexto de consertá-lo. Pobre homem! Para que serve espiá-lo dia e noite? A cabeça já não está boa.

– Vou falar mais uma vez com ele – respondeu o pároco com a sua voz doce. – Para mim ele está perfeito, muito dócil.

– Dócil? O senhor quer dizer furioso – oh! não como o senhor o vê, com certeza! Não range os dentes, não espuma, não sobe pelas paredes – não. Porque, olhe bem, as pessoas imaginam... mas é porque elas conhecem pouco os animais. Um animal com raiva, no início, não há nada mais afetuoso, mais tranquilo, ele o olha com olhos de homem. Até o dia... Se eu lhe disser que há momentos, no meio da noite, quando consigo adormecer e acordo para vê-lo ainda no mesmo lugar, no seu canto escuro, as nádegas coladas no azulejo, não posso deixar de lamentar, fico com o coração amolecido, tento trazê-lo à razão...

– E então?

– Então, às vezes ele não me responde, suspira, às vezes treme. E outras vezes... Meu Deus!

– Acalme-se, senhora. Para que voltar a isso? Está se preocupando à toa.

A infeliz ergueu para ele o rosto inflamado.

– Senhor – diz ela com uma seriedade cômica e que, no entanto, não se prestava ao riso –, não sou mais jovem, conheço a vida. Sem ofender, suponho que sua mãe se parecia comigo – nem boa demais, nem má, ora bolas! Uma mulher é sempre um pouco o que o homem faz dela, e o homem... o homem é bem difícil de definir. Convenhamos que ele permanece uma criança, não é, senhor? Gentil e carinhoso em alguns momentos, mas cheio de vícios – às meninas delicadas só lhes resta permanecer moças. Não impede que este...

O rosto chato e cinza sob as ridículas faixas de cabelo não exprimia mais do que uma surpresa sem limites; porém o pároco de Fenouille não conseguia desgrudar os olhos das mãos fortes e rachadas, que ela passava convulsivamente pela mesa.

– Senhora – diz ele –, não contamos com a parte do mal. É preciso combatê-lo segundo as próprias forças e, quanto ao resto, aprender a sofrer em paz.

Ela o olhou, esforçando-se visivelmente para achar um sentido nessas palavras incompreensíveis; em seguida, deu de ombros e, perdendo de repente o controle, enfiou o rosto entre as mãos.

– Esta noite, mais uma vez, ele falou durante horas. Contou sua vida, calmamente, misturando o verdadeiro e o falso, misturando tão bem que eu me deixava enganar, como num sonho. Observe que ele mente. Aliás, sempre mentiu muito. Mas tornou-se tão fino, tão sutil que eu o interrompo sempre tarde demais; quando as coisas já estão muito embaralhadas, minha cabeça se perde. Então, eis que ele começa a brincar com os nomes e as datas, com a vozinha tranquila; parece falar com o juiz, eu começo a tremer como uma folha. Sim, nesses momentos, o senhor não acreditaria, eu lhe pertenço de corpo e alma, quero tudo o que ele quer, subiria com ele no cadafalso. E, no entanto, Deus sabe que, na minha idade, não se trata mais do que o senhor imagina, com o devido respeito, só não penso mais nisso. Você é uma boa mulher, é o que ele me diz, você precisa compartilhar de minha vergonha. O mais engraçado, senhor, é que eu acredito nele. Desgraça! Uma esposa que não tem nada a se censurar, isso não... se bem que, entre nós... Arsène nunca foi o que se pode chamar... enfim... o senhor entende...

– Senhora – fez o padre corando –, a senhora deve ver no prefeito, a partir de agora, apenas um doente, um doente de verdade, nem mais nem menos.

– Então, você pensa como o doutor? – disse ela com um suspiro. – Você também acha que o lugar de Arsène é no asilo de Montreuil?

– Desculpe – respondeu tranquilamente o pároco de Fenouille –, só falei do papel da senhora, não do meu. Ai de mim! Não terei tempo, talvez. Meu ministério, desde os últimos escândalos, ficou difícil, confesso, e meus superiores...

Ele cruzava e descruzava as mãos trêmulas.

– Oh! Eu não tinha a pretensão de curá-lo, queria só que ele entendesse...

– Entendesse o quê?

– A piedade – respondeu com um embaraço crescente. – Que ele tivesse piedade de si mesmo.

– A piedade? – disse ela –, que piedade?

Seu olhar ia do pároco de Fenouille até a porta sem conseguir deter-se.

– O senhor fala um pouco como ele – diz ela enfim. – Piedade! Será que existe um homem louco o bastante para não ter piedade de si mesmo?... Enfim, o senhor sabe disso melhor do que eu, certamente.

Ela esticou os braços sobre a mesa com um movimento de cabeça que achava outrora irresistível e que tornava ainda mais grotesca uma última lágrima que lhe pairava na ponta do queixo.

– Nunca fui muito devota – começou ela, em tom de confidência. – No entanto pensava comigo... mesmo o doutor... nos casos desesperados...

– Nós não somos feiticeiros – balbuciou o pobre padre com um sorriso desolado –, e o médico de Fenouille sabe bem.

– Quem está falando do médico de Fenouille? – interrompeu uma voz jovial.

Entrando pela cozinha, o bom doutor havia avançado sem ruído e bloqueava a entrada, com a mão larga estendida ao seu interlocutor, que ficou pálido.

– Acalme-se, senhor pároco – disse ele girando sobre os calcanhares. – Meus cumprimentos, senhora. Espero não estar sendo indiscreto.

Foi até a lareira, recuando, encostou-se, apoiando cuidadosamente os dois cotovelos na borda de mármore. Só então, com um gesto familiar cuja elegância lhe pareceu sempre inimitável, sacou os óculos com um piparote do dedinho rodeado de ouro.

– Um doente como o nosso – disse ele com sua voz levemente anasalada – pertence, sem dúvida, tanto ao padre quanto ao médico. Mas tenho antes um dever a cumprir para com o senhor pároco. Para mim, modesto médico de interior, a independência do coração e do espírito segue sendo a lei, a única lei, a lei suprema. Além disso, já que a ocasião se apresenta, gostaria de manifestar-lhe minha solidariedade neste momento difícil. Sua atitude durante os últimos eventos recebeu julgamentos severos, mesmo de seus superiores, afirmaram-me. Ora, eu estimo que o senhor tenha agido e falado como padre, e a consciência profissional é uma qualidade hoje rara demais para que eu não me curve diante dela, não importa onde a encontre... O senhor é irre-pro-chá-vel – concluiu num tom sem réplica.

A mão direita permaneceu suspensa, imóvel, na altura do rosto, a correntinha do lornhão entre o indicador e o médio, enquanto dirigia à mulher do prefeito um olhar menos furioso do que surpreso. O padre parecia não ouvi-lo e, permanecendo de pé no mesmo lugar, com o longo corpo pendido para a frente, quase lhe virava as costas. Malvina pôs um dedo nos lábios.

– Doutor...

A voz trêmula do pároco de Fenouille foi-se firmando pouco a pouco, mas, por uma espécie de tristeza incontrolável, impenetrável, tornou-se, por fim, como que um simples murmúrio que mal perturbava o silêncio, como uma fina chama que, atingida pelo vento, fizesse deslizar lentamente sobre si mesmos, sem cortá-los, todos os planos de sombra.

– Veja, doutor, como digo sempre, é preciso saber, é preciso compreender. Não se pode julgar a aparência. Nossa aparência não é nada. Meu Deus, quem não gostaria de ter outro aspecto? Mas não tivemos escolha. No seminário, a aparência nos fazia rir. Éramos os primeiros a nos divertir com nossas pobres batinas ondulantes, nossas meias de lã, nossos pesados sapatos, sem falar do nosso andar, tão ridículo, porque tentamos pôr nele tudo o que nos resta ainda de afetação inconsciente, de juventude. Ora! Dizíamos que, uma vez fora daqueles muros, um mês de liberdade acertaria tudo. A liberdade! Quando acreditamos tê-la conquistado, ela já está longe, atrás de nós. Infelizmente, nossa prisão não tem muros! Pertencemos a todos e não devemos depender de ninguém. Não tem nada que nos faça parecer vencedores! E, no entanto, o senhor conhece a tentação contra a qual temos de lutar, assim que somos entregues a nós mesmos, nos primeiros tempos de nosso ministério? Não procure, senhor, é o orgulho. Um orgulho nosso. Pois o que todos chamam de orgulho, mereceria, no máximo, o nome de presunção, gloríola, vaidade. Nós estamos sozinhos. O orgulho, como a avareza, é um vício solitário. Entrou em nós, contra a nossa vontade, durante esses pobres anos laboriosos que nos pareciam curtos, porque uma disciplina de cuja sagacidade incomparável nem desconfiávamos (e como a teríamos julgado? até nossos mestres a aplicavam sem compreendê-la muito melhor que nós, talvez...) regulava-lhes cada hora, cada minuto. Devíamos fazer de nós apóstolos, pessoas cujo reino não é deste mundo. E agarrávamo-nos a isso, a esse mundo, agarrávamo-nos a ele por fibras secretas. Ó! Não é tarefa fácil arrancar a avareza do coração de camponeses simples! Depois disso, talvez nossa energia se tenha dissipado. Frequentemente, ela está no limite. Acreditamo-nos humilhados para sempre, enquanto temos tanta dificuldade para responder à indiferença com menosprezo. Nossa experiência dos homens, de seus infortúnios é já tão ingênua e tão profunda! Mas não conseguiríamos dar-lhes qualquer prova, porque não falamos a mesma linguagem. Infelizmente, enquanto riem de nossa ingenuidade, nós os pesamos numa balança precisa, nós os julgamos!

A mulher do prefeito mantinha o olhar fixo no canto da mesa, com esse ar de solicitude protetora e de tédio com o qual as domésticas acolhem a tagarelice de crianças e as disputas entre homens. O belo doutor, surpreendido pelo silêncio brusco do padre, respondeu ao acaso, embora com a voz trêmula de raiva.

– Estou, como o senhor pode ver, tão surpreso com essa... permita-me... com essa invectiva que nada em minhas palavras seria...

– O que o senhor quer? – continuou o pároco de Fenouille. – Eu deixarei em breve esta paróquia. Em alguns dias, o senhor verá descer do trem de Boulogne um jovem padre tão simples quanto eu era e que subirá esta encosta como eu mesmo subi, com sua malinha miserável na mão. Então, talvez as palavras que eu disse e aquelas que vou dizer não lhe pareçam inúteis. Possam elas colocá-lo de sobreaviso contra o erro que vai cometer. Ó! Nada lhe será mais fácil do que reduzir à impotência aquele que virá! Ele chegará com o ouvido ainda cheio de conselhos de moderação, de prudência... Ouço daqui seus superiores: "Sobretudo, nada de zelo indiscreto; seu predecessor lhe deixa uma sucessão penosa, um novo escândalo colocaria tudo a perder". Deus se tornará, nesta paróquia, presumo, menor do que nunca! Ora bem...

O doutor de Fenouille mantinha seu lornhão entre o polegar e o indicador, a certa distância dos olhos, como se observasse um animal fabuloso.

– O senhor afirma coisas bem surpreendentes para um... para um homem da sua condição – disse ele –, e suspeito que seus superiores...

– Eu não espero mais nada de meus superiores – replicou o pároco de Fenouille, com um sorriso estranho. – Não espero mais nada de ninguém, ao menos neste mundo. Sim, este vilarejozinho acabou comigo e acabará com vários outros. Acabará com o senhor também...

– Confesso que...

– Este vilarejo, e vários vilarejos que se parecem com ele – retomou o pároco de Fenouille ainda calmo –, todos esses vilarejos, outrora cristãos, quando começarem a arder, sim, o senhor verá sair, de todos eles, animais cujos nomes foram há tempos esquecidos pelos homens, supondo-se que já lhes tenham dado algum.

– O que é? Que animais? Ora bolas! Nós conhecemos já uma bela coleção, bem identificados, bem classificados.

– Ó! Já refleti bastante sobre isso – continuou o padre, sem erguer a voz. – E sempre pensei mesmo que haveria um momento em que o sobrenatural encontraria seu caminho fora do domínio que lhe é próprio. Posso pedir-lhe um pouco de atenção?

– Claro – diz cortesmente o belo doutor. – Essas teses são novas para mim.

– Receio que elas não pareçam, de fato, novas para muita gente. Para retomar a expressão que o surpreendeu há pouco, não se pode negar que Deus se tenha feito pequeno há muito tempo, bem pequeno. De onde se conclui que ele se fará pequeno amanhã como ontem, menor, cada vez menor. Nada, contudo, nos obriga a acreditar nisso.

O mesmo sorriso reapareceu em seus lábios, ao que o médico de Fenouille respondeu com uma expressão inquieta.

– Pois, enfim, até a ciência reconhece algumas necessidades religiosas do homem...

– Permita-me! Como antigo aluno do doutor Bouvillon, posso dizer que a psiquiatria moderna atribui mesmo uma importância considerável à...

– Não importa – respondeu o padre com sua voz monótona. – Eu queria apenas explicar que o pobre não tem mais palavras para nomear o que lhe falta, e, se não as têm, é porque os senhores as roubaram.

– O senhor fala como um demagogo; poderia tornar-se um homem perigoso.

– De fato – respondeu friamente o pároco de Fenouille.

Deu um passo à frente e, com um gesto que ninguém teria esperado de um homem como esse, pôs as duas mãos no ombro de seu interlocutor, o olhar no seu.

– Vocês encerraram o nome de Deus no coração do pobre, diz ele.

– A imagem é bela, observou o doutor, enquanto a mulher do prefeito escondia atrás dele um bocejo –, mas é só uma imagem, nada mais. Nem no tempo do combismo[1] isso significou alguma coisa.

– Receio que o cálculo não seja falso – continuou o pároco com um olhar duro. – Teria sido melhor para nós essa guerra ridícula. Ela desviaria só ao padre os rancores antigos e, às vezes, justificados. Manteria a ideia do divino, seria, a nossa revelia, como que um apelo a Deus contra a injustiça, a hipocrisia, a mediocridade dos melhores. A blasfêmia, senhor, ocupa a alma perigosamente, mas ocupa. A própria experiência prova que a revolta do homem permanece um ato misterioso, cujo segredo talvez o demônio não detenha na íntegra. Ao passo que o silêncio... Sim, senhor, chega uma hora (talvez já tenha chegado) em que o desejo que acreditamos ter amadurecido no fundo da consciência e que nela perdeu até o seu nome vai arrebentar o próprio sepulcro. E se qualquer outra saída lhe estiver fechada, ele encontrará uma na carne e no sangue, sim, o senhor o verá aparecer

---

[1] Conjunto de ideias políticas anticlericais semelhantes às de Émile Combes. (N. T.)

sob formas inesperadas e, ouso dizer, pavorosas, horríveis. Ele envenenará as inteligências, perverterá os instintos e... quem sabe... Porque o corpo, nosso corpo miserável, sem defesa, não pagaria uma vez mais o resgate da al... do outro? Um novo resgate?

– É loucura – observou o médico de Fenouille –, pura loucura. As três virtudes teologais passando do mundo invisível ao mundo visível, transformadas em tumores malignos, será? Senhor, pode-se perguntar o que pensam lá em cima sobre essas extraordinárias divagações.

– Temo que o senhor venha a observar, em breve, coisas muito mais impressionantes – disse o pároco de Fenouille ainda impassível. – É verdade, nós somos ainda obrigados a ter grande cautela com relação ao que se chama de ordem social – retomou num tom de confidência –, mas o que podemos fazer por ela daqui em diante, eu lhe pergunto? Não somos policiais, e nosso papel é só justificar a miséria enquanto a miséria existir. Nenhuma nos dá medo e temos remédio para todas, com uma exceção, a sua. Quero dizer, a que o senhor inventou. Sim, o senhor está livre para instaurar uma ordem da qual Deus esteja excluído, mas denunciou assim o pacto. Ó! Sem dúvida, a antiga aliança não será rompida num dia; a Igreja está atada à sociedade, mesmo rebaixada, por vários elos! Chegará a hora, no entanto, em que, num mundo organizado para o desespero, pregar a esperança equivalerá justamente a jogar um carvão ardente no meio de um barril de pólvora. Então...

– Só precisaria, de fato, de um pequeno número de fanáticos como o senhor...

O rosto do pároco de Fenouille ficou pálido de repente e, antes de responder, ele engoliu várias vezes a saliva. Pela larga abertura da gola romana, a mulher do prefeito observava com curiosidade o pescoço magro e descorado bater como o de um frango.

– Nós deixamos o miserável em suas mãos por tempo demais – diz ele.

Os lábios se agitaram ainda um instante; em seguida, o olhar, iluminando-se pouco a pouco, ia de uma testemunha à outra daquela estranha cena, como se saísse de um sonho.

– Retomaremos esta conversa –, disse o doutor, e sua mão branca, depois de traçar no ar uma curva elegante, veio colocar-se suavemente, por sua vez, no ombro do pároco de Fenouille.

– Os últimos acontecimentos podem transtornar cabeças melhores do que a nossa, e, se eu tivesse de surpreendê-lo, não me custaria nada confessar que as paixões desencadeadas subitamente neste vilarejo têm um caráter singular. A expressão de uma loucura coletiva...

– Eu o cumprimento – diz o padre com a voz de sempre.

Voltou-se ainda uma vez para o doutor, saiu recuando, deixando de fechar a porta, que a mulher do prefeito foi empurrar com o pé, dando de ombros.

– Que excêntrico!

– Os homens estão ficando loucos – disse ela, com um suspiro profundo. – É só ter, como se diz, alguma coisa no ar, um veneno, não sei o quê. Veja, doutor, no meu tempo – eu falo de minha juventude –, os velhos não tinham a metade do vício destes de hoje. Para mim, o mal vem daí. O mundo está apodrecendo através dos velhos.

– Ora ora!

– Eu sei o que estou dizendo – prosseguiu a mulher do prefeito, com o rosto vermelho. – Para mim, é a morte que os atormenta, eles gostariam de não acabar. A cabeça deles precisa trabalhar, para que se tornem simplórios como há vinte anos, só que com mais experiência. Olhe, quando me lembro de meu avô Artaud, ou do irmão de minha mãe – um Gentil – os Gentil de Mannerville, homens vigorosos, nunca doentes, homens que com oitenta, ou mais, cruzavam o pátio com uma cesta de maçãs em cada ombro, não viam mais do que o trabalho, o trabalho era o deus deles. Não eram muito brincalhões, a não ser em dia de festança, porém tranquilos. A morte, ora, era o descanso, e essa terra fresca que eles haviam aberto tantas vezes, que esmagavam com suas mãos e respiravam como se farejassem um copo de genebra – a terra não lhes dava medo. Não há nada a temer da terra. Aliás, a ideia da morte, para quê? É uma ideia que não vem naturalmente, é uma má ideia – aonde iríamos, se seguíssemos essas ideias? A ideia da morte é como um morto, não é atingível. Mas esses velhos desgraçados de agora, eles têm a boca cheia disso. Quanto mais tristes, mais viciosos. E olhe, doutor, justamente a tristeza...

– Nós dizemos a angústia – observou o médico de Fenouille.

– Eu falo da tristeza – retomou a teimosa mulher do prefeito. – Antigamente um bom trabalhador tinha os seus problemas, os dias ruins, concordo. Mas isso nunca durava muito. A mel... a mel...

– A melancolia.

– A melancolia era para os ricos. Há maneiras e maneiras de ficar nervoso, não é verdade? Os ricos têm as suas – eles têm aborrecimentos aqui e ali, aborrecimentos de ricos, aborrecimentos para rir, em seus livros, no teatro, na música – enfim, Deus sabe onde! Nossos tolos são forçados a tirar de si mesmos, eles se roem, devoram-se. Palavra de honra! A gente tem vergonha só de olhar para eles, com suas caras sujas dissimuladas e os olhos reluzentes. Não posso deixar de compará-los com animais, animais que não têm fala. Isso mesmo: são tristes como animais.

Ela deixou cair o queixo no peito, bocejando.

– Perna-de-lã está morta? – diz ela depois de um longo silêncio.

– Ontem à tarde.

– Não falei com Arsène. Ele não sabe de nada.

O doutor de Fenouille fez um gesto de indiferença.

– Repito que não podemos fazer nada por ele, senão levá-lo para fora daqui, deste vilarejo, desta casa, isolá-lo. Mas vocês não querem entender. Ele passou bem a noite?

– Melhor, bem calmo. De manhã mesmo foi ver suas colmeias. E, no entanto...

Sem responder, o belo doutor lhe virou as costas, desapareceu. Com a cabeça baixa, as duas mãos cruzadas na barriga, ela ouviu por um instante o passo ressoar através do teto delgado, depois se calou. Em vão espreitava o bater de uma porta, um barulho de voz. Ia subir também, quando o médico reapareceu.

– O pássaro voou – diz ele. – Maldita notícia!

– Voou? Mas suas roupas estão fechadas à chave, seus sapatos, tudo. Ele está de pijamas, com os pés descalços. Ah! Miséria!

Ela explorou inutilmente o sótão, a tulha. Na entrada do estábulo, mostrou com o dedo uma tábua vazia.

– Normalmente, é aí que ele deixa as galochas. Aposto que ele está com elas... O prefeito de Fenouille de pijama e galochas, não é lamentável?...

No alto da encosta, o pároco de Fenouille diminuiu o passo, mas só se deteve depois de atravessar a porta do jardim, sob o ridículo caramanchão que o zelo de seu antecessor tinha guarnecido de rosas pompom, parecidas com flores de papel, à maneira dos seminários.

O suor escorria de seu rosto, de suas faces, e, com as duas mãos apoiadas na porta, surpreendeu-se com o batimento precipitado de seu peito. "Será que andei tão rápido?", diz para si. Atrás dele, a estrada deserta fugia em redemoinho até o vale e ele a interrogava em vão, como se ela pudesse revelar-lhe o seu segredo. As árvores faziam sombras enormes.

Ele avançou até a triste casa de tijolos, tão triste em sua nudez, entre as árvores anãs, os teixos delgados e as framboeseiras. Uma persiana entreaberta deixava ver o papel cinza da sala ainda úmida, mesmo no meio do verão. O cheiro acre de salitre pairava até no ar superaquecido, repleto do zumbido de abelhas. Virando as costas bruscamente, continuou pela minúscula alameda de areia que leva até o cercado, chegou à sebe, que transpôs, e em seguida, pelos pastos, dirigiu-se até a igreja.

Não esperava encontrar nesse momento senão o descanso, a sombra, a espécie de segurança que o levara, tantas vezes, a rezar, como que sem querer, durante as últimas semanas. A prece? Essa ideia lhe veio de repente: "Desde quando tenho rezado, rezado de fato, rezado como antigamente?". Não soube responder. Certamente não havia faltado a nenhuma de suas devoções cotidianas e elas eram mesmo leves, levíssimas, de uma espécie de leveza traidora, com a qual, pouco a pouco, quase até a vertigem, exasperava-se o sentimento exaltado de sua solidão, acompanhado pelo silêncio, pela imobilidade, pelo terror desse vilarejo morto.

Mereceriam elas o nome de prece? Não tinham, sobretudo, rompido os últimos liames que o ligavam a seu duro labor, à sua paróquia? Nunca antes lhe havia ocorrido a tentação de lamentar, de apiedar-se de si mesmo. E, nessa piedade insólita, acreditava reconhecer agora o germe da revolta que, dia após dia, havia envenenado o seu coração.

Lançou à igreja, à sua igreja, um olhar pesado. O medo – ou ao menos uma desconfiança inexplicável – parecia puxá-lo para trás. Medo de quê? De que perigo? Aproximou-se da porta a passos curtos, prudentes – abriu-a. A imensa nave lhe surgiu deserta, com seus bancos reluzentes, as grandes pedras do piso roídas pelo tempo, rachadas, de onde emana um cheiro fúnebre, as paredes altas e nuas com sua espessa carapaça de cal, os relevos de onde pendiam ninhos de andorinhas... Outro, que não ele, em breve... Que importa? Ele não foi aqui mais do que um passante e a velha igreja o repelia sem raiva, do mesmo modo que esse vilarejo, cujos tetos podia vislumbrar, o rejeitava, pois a igreja e o vilarejo eram uma coisa só. Enquanto a antiga cidadela continuar tendo aqui a sua torre, enquanto o campanário continuar lançando no espaço seu grito de apelo, a cidadela estará do lado da paróquia, estará do lado das pessoas que estão a sua frente. Podem profaná-la, abatê-la, ela lhes pertencerá até o fim, até a última pedra não os renegará. Sim, deitada sobre a relva, oferecerá ainda aos traidores, aos perjuros, os belos flancos estripados – os pequenos virão brincar em suas ruínas. Quanto mais não seja, a velha Mãe os protegerá da chuva e do sol. Ó! Sem dúvida, ela o havia acolhido com a mesma ternura, mas ele era como um hóspede provisório. O que quer que acontecesse, ela não o protegeria contra eles, eles, seus filhos. E, assim que ele tiver deixado Fenouille, ela – a paróquia –, ela não o reconhecerá mais.

Deixou cair a mão, a porta se fechou sozinha com um leve rangido. Não, não é nesta noite que ele encontrará refúgio em seu lugar favorito, no canto mais escuro do coro!

E, enquanto sobe, passo a passo, o caminho pedregoso, lança ainda uma vez para trás, furtivamente, um olhar ciumento. Meu Deus! O início da noite será longo! Como de hábito, vai precisar preparar logo seu estranho jantar: a tigela de água quente onde joga, tudo misturado, os legumes que pegou ao acaso na despensa, um pedaço de toucinho. Pois nunca teve empregada, a sineira Elise vem uma vez por semana para a limpeza e a roupa. Que seja! Vai ficar sem jantar nessa noite. A grande pobreza na qual nasceu, na qual cresceu, tornou-se tão familiar que ele não esperaria, nem mesmo desejaria que ela acabasse; e eis que lhe acontece agora de sentir-lhe a humilhação com uma espécie de alegria obscura, orgulhosa. Quando falta coragem, a única imagem que lhe transmite paz, que alivia seus nervos, é aquela de um mendigo na estrada, um mendigo de verdade, com uma sacola nas costas, seguido pelos cachorros.

A cozinha estava como a tinha deixado quatro horas antes e, no entanto, seu coração pulou dentro do peito... Era só um copo com água pela metade, mas que não se lembrava de ter deixado nesse lugar. Os olhos percorreram o cômodo. As persianas fechadas só deixavam passar uma luz cinza e terna, que ia, aliás, esmorecendo.

Durante um longo minuto, permaneceu de pé, imóvel, presa de uma espécie de terror inexplicável. A porta do jardim permanecia aberta noite e dia: nada mais verossímil do que a passagem ao presbitério do sacristão, por exemplo, ou do jardineiro Denis, que lhe vendeu grãos e que deve, nesta semana, trazer a conta. Dando de ombros, saiu, viu-se na parte baixa da estreita escada, já totalmente escurecida.

Quantos minutos permaneceu assim, com as duas mãos no corrimão, com os joelhos semidobrados, numa postura tão incômoda que, para reerguer-se, teve de fazer um esforço tão doloroso que o fez gritar? O sono o havia tomado de pé, de surpresa, como uma criança. Quando abriu os olhos, parecia-lhe de início que a noite tinha caído totalmente, mas a luz do dia, filtrada através das fendas da porta, o desmentiu. Avançou até a sala e deteve-se de novo.

* * *

– Senhor...

O prefeito ergueu-lhe um rosto que diríamos tranquilo ou mesmo feliz, pois o inchaço de toda a sua face acusava-lhe ainda a expressão infantil. O pároco de Fenouille se deixou enganar.

– O que o senhor faz aí? – começou, com um sorriso. – Estão procurando o senhor em tudo quanto é lugar.

O antigo cervejeiro fez um movimento de levantar-se, mas só conseguiu se encolher um pouco mais no canto da parede onde estava agachado, com os joelhos na altura do queixo. Deu uma olhada no seu pijama amarrotado, nas galochas, e disse, com uma calma surpreendente:

– Eles trancaram minhas roupas, uma estupidez. E falam, falam... Amanhã os homens do asilo virão para me levar, pouco importa! Não sou, apesar disso, mais louco do que eles, senhor pároco. Mas minha senhora tem planos para mim – eis...

Ele repetiu duas vezes a frase, que parecia deixá-lo contente: "Ela tem planos para mim...".

– O que o senhor quer?

O prefeito de Fenouille pareceu não ouvir, continuou acariciando com as duas mãos o crânio rosado, mas o olhar que lançava furtivamente à porta, embora ainda assombrado pelo medo, permanecia estranhamente atento e lúcido.

– Confesse que eu fiz com que eles vissem – disse ele –, com o meu nariz!... É estupidez. E, além disso, errei no outro dia, no cemitério.

Para quê? É melhor permanecer como somos, não é verdade? Aceitar a própria sorte. E justamente sobre isso, eu...

Ele piscou com um risinho dissimulado.

– A senhora – era assim que nunca deixara de chamar sua mulher, antigamente, na época em que a cervejaria era próspera, nos dias triunfantes de sua vida –, a senhora não está muito certa de me confinar, por causa do escândalo. Eu a conheço, eu conheço a sua natureza. Quanto mais o doutor insiste, mais ela teima, é desconfiada como um rato. De modo que, veja, isso pode durar meses e meses. Mas se o senhor...

Deteve-se bruscamente, e seu rosto cheio, inclinado sobre o ombro, adquiriu uma expressão inesperada e tão doce que o pároco de Fenouille se perguntou, num átimo, se eles não tinham, todos eles, sido enganados por esse homem gordo e de fabulações complicadas.

– O senhor conhece a minha opinião, diz ele, e não a escondi de sua mulher, tampouco do doutor. Mas, sem dúvida, é verdade que uma temporada de alguns meses... a calma... o isolamento... Infelizmente, os meios humanos são o que são!

Os olhos do prefeito não o deixavam, e ele acreditava ler neles ora ironia ora piedade.

– Por que está olhando as minhas mãos? Elas estão arranhadas, é o que o senhor está pensando?... Tudo bem. Será que não tenho direito de aparar as minhas sebes? Só que eu guardo as coisas comigo, eles que procurem! Que se virem! Eu queria que o senhor ouvisse o doutor... Ele esfregava a parte de cima dos óculos, farejava-os, quase. "Ê!... Ê... Curioso! Curioso demais!", ele dizia. Por um nada, ele deve ter suspeitado que eu matei o empregadinho. O que o senhor quer? Foi erro meu. Foram minhas palavras no cemitério que os transtornaram. Imbecis! Porque eu... Ora! Um homem não pode uma vez, só uma vez – uma vez em toda a vida – esperar a salvação?

Sua voz falhou enquanto o olhar, como que aberto a outra alma, a uma parte mais profunda e mais ignorada de sua alma, continuava a sorrir. Durante um momento, o padre lutou contra a absurda tentação de deixar ali aquele miserável, de fugir; depois, algumas lágrimas vieram-lhe aos olhos. Compreendeu que lhe fora dado ver brilhar o supremo clarão de uma razão já mergulhada nas trevas. Pensou na última vigia iluminada de uma embarcação que submerge, sob a chuva, numa noite negra.

– Que salvação? – gaguejou enfim.

– A salvação?

O louco parecia ter esquecido a palavra que acabara de pronunciar e que repetiu várias vezes, piscando o olho.

– Não suspeito que o senhor tenha cometido crime algum – retomou o pároco de Fenouille. – E o senhor não tem razão em acreditar que o doutor... Que lástima! Será que o senhor vai continuar sendo para sempre o inimigo de si mesmo? Não se pode odiar a si mesmo. Se o senhor tivesse cometido um assassinato, só pareceria – a meus olhos, ao menos – mais digno de piedade, de compaixão.

– No asilo, veja, ficarei à vontade – retomou o infeliz, em tom de confidência. – Tive essa ideia nesses últimos dias. Que eu me desgoste ou não, senhor, não há o que fazer, é inexplicável...

– Se o senhor me deixar falar francamente...

– ... Inexplicável. O desgosto, ninguém sabe o que é, eu digo, está no homem. Pode dormir como um grão sob a terra. As pessoas só falam besteiras. Para mim, acho que se parece com a morte – é igual. Não se imagina a morte. O que pensaria de si um morto, um morto de verdade – não falo de um agonizante –, um morto de verdade em seu caixão, quando todo mundo já retomou a vida normal, come e bebe e dorme como antes, um morto sob a terra, bem destruído, bem podre?...

– Vejamos, senhor Arsène, nós todos passamos por momentos...

– Momentos... momentos... Isso que falo para o senhor não é um momento.

Pareceu fazer um grande esforço para extrair de si a palavra rebelde e, deixando cair os braços:

– É a vida – conclui, sem coragem. – Deve ser a vida. Mas o senhor não sabe disso mais do que os outros, não é verdade? Ninguém sabe. Olhe que não falo mal dos padres, eles têm segredos, segredos bem deles, de longa data, do tempo dos faraós – sabe as múmias? Eram santos deles, os santos da época. Enfim, os padres convêm a muita gente, o que o senhor queria? Não sou supersticioso, a superstição não é da minha natureza.

– Senhor Arsène – diz o pobre padre embaraçado –, sempre achei que o senhor... que suas inquietações só eram... só pareciam estranhas... bizarras... a pessoas superficiais demais para compartilhá-las, ou muito... muito covardes para ousar procurá-las em si mesmas, pois elas se encontram no fundo de cada um de nós.

– É possível – murmurou o prefeito de Fenouille com voz soturna. – Minha ideia é, no entanto, de que eu não sou de nenhum modo como os outros, retomou com uma espécie de melancolia pungente. Isso já me deixou contrariado mais de uma vez. Agora, essa ideia não me é mais desagradável. Mesmo assim! Um prefeito de pijamas, galochas, na casa do pároco, e ambos conversando como nós, já viu isso alguma vez, o senhor?

– Justamente: o senhor só precisava estar vestido convenientemente. Permito-me falar assim porque é meu dever, senhor Arsène. E se quiser realmente a verdade...

Ele se calou, apavorado pelo gemido que suas últimas palavras acabavam de arrancar do infeliz que recuava pouco a pouco, encolhia-se num canto, como diante de um abominável fantasma visível apenas para ele.

– A verdade? Se eu a quero? E se não a quisesse, porque teria falado no dia do enterro, hein? Um nadinha de nada, esses desalmados que zombavam de mim em vez de me ajudar. Vou contar-lhes tudo, eu me dizia – tudo, tal como sou – são meus amigos, meus irmãos. Num momento, acreditei que era livre. Mais um esforçozinho, pensava. E justo naquela hora, eis que abro os olhos e vejo-os todos com a boca aberta até as orelhas, com as mãos na barriga de tanto rir.

– Era sem má intenção, senhor Arsène. Eles não entenderam; o que o senhor queria?

– Não entenderam! Ora vamos! Eu sabia muito bem o que estava dizendo. Ouvia cada palavra, falava como ninguém nunca falou, teria comovido cachorros, pedras... Aliás, o senhor mesmo, senhor pároco, o senhor! Responda-me sim ou não. Entre nós, de homem para homem.

– Não mentirei para o senhor – disse o pároco de Fenouille. – É verdade que eu não estava em condições de...

Ele se deteve. O prefeito tinha-se colocado de pé, com dificuldade, e esforçava-se para fechar o pijama sobre o peito nu. Os dedos grossos e trêmulos custavam a dar conta dos botões.

– Eu o cumprimento, senhor cura – disse com altivez.

– Se tivesse ouvido suas palavras, teria entendido – retomou o padre –, mas que milagre o senhor esperava desses homens entregues às paixões mais baixas e que iriam, alguns minutos mais tarde, molhar as mãos de sangue?

– O sangue? – exclamou o prefeito, girando sobre si mesmo, com uma vivacidade surpreendente. – O sangue! Eu disse ao doutor que o sangue era considerado pelos antigos como... como... Eles degolavam um touro, e...

– São velhas histórias. Nem o sangue nem a água, para eles, poderiam restituir no homem, uma vez perdida, a pureza do coração.

– É possível! – diz o outro, com uma voz lenta e baixa.

– E quem de nós nunca perdeu a pureza de seu coração? Quem de nós pode-se acreditar sem mancha? Mas a graça de Deus faz do mais duro uma criancinha.

– Uma criancinha? – repetiu docilmente o antigo cervejeiro, no mesmo tom.

– Se o senhor tem... no seu passado... dessas... essas faltas que nos perturbam a consciência... não parecem... merecer perdão... faltas aparentemente irreparáveis, eu posso – sim! saiba disso – eu posso... tenho o poder... o poder me foi conferido para absolvê-lo.

– Absolver... – repetiu ainda o infeliz, e imediatamente o rosto adquiriu, num átimo, essa expressão de desconfiança astuta, com a qual acolhia outrora os corretores de cevada e lúpulo. – Suponha que eu lhe diga meus segredos, bem. Seremos dois a sabê-los, e depois? Vai precisar antes tirá-los daqui, retomou, batendo na testa. Um homem é um homem. Pode-se derrubá-lo como uma velha tulha podre e cheia de ratos, e reconstruí-lo com o que é novo? Não. Então o que o senhor está falando de absolver? Do jeito que sou, assim continuarei.

Ele passa sobre os flancos, sobre as ancas, com cara de desgosto, as mãos agitadas.

– A absolvição seria renascer – diz, enfim, com sua voz estranha, e se dirige até a porta.

– Eu juro... – começou o padre. A ideia de atingir o coração desse louco lhe parecia absurda e ele não podia, contudo, calar-se. – Um momento! – exclamou. – O que o senhor desejaria de mim?

– Eu tinha uma ideia – respondeu o prefeito de Fenouille misteriosamente. – De uma maneira ou de outra, eles acabarão por confinar-me com os loucos, certeza. Não tenho muita coisa a dizer contra isso: irei de boa vontade. Mas... – ele olhou de soslaio a janela, inquieto – o senhor precisa saber a conclusão... Há como que um maldito movimento no fundo de mim, que me força a fugir à minha natureza, entende? A não ser de acordo com a minha natureza. Às vezes acho que não sou mais o mesmo, que saio realmente de minha pele, às vezes não. E noutras ainda, desconfio, é mais duro... Banco o bufão sozinho, só para mim. É impossível. Tenho vontade de terminar de uma vez, não sei com o quê. Vá embora por si mesmo para junto dos loucos, meu rapaz, é o que digo. Com os loucos, cada um banca o seu bufão, sem ninguém se dar conta, eu confundo você, você fica à vontade... Um louco, para mim, é um homem que sai de casa, fecha a porta atrás de si e joga a chave na cisterna, plam! Não é verdade?

– Não se sai da própria alma tão facilmente quanto da própria casa, senhor Arsène.

– Modo de dizer. Digamos, se o senhor quiser, que se trata de um homem que se amaldiçoou, que se renegou... que cuspiu para o alto, ora!

– Seria então um crime, senhor Arsène. O crime dos crimes, um suicídio.

– É possível – replicou o prefeito de Fenouille. – O que o senhor quer? Eu não sou tão valente por natureza, não me imagino destruindo-me de outra maneira. Senão!

– Destruísse! Precisaria que o senhor tivesse o direito. E precisaria ainda que tivesse o poder. Pois Deus é testemunha de que o senhor não destruiria nada. Nenhum ódio o saciaria nem neste mundo nem no outro, e o ódio que destinamos a nós mesmos é provavelmente, dentre todos, aquele para o qual não existe perdão!

– Eu não quero me dar o perdão – disse o antigo cervejeiro, com sua voz lenta. – Sem perdão!

– É Deus que lhe dá o perdão. E eu, que lhe falo, senhor Arsène – não feche antecipadamente o coração às palavras que vou pronunciar – eu, que lhe falo, posso dá-lo em seu nome.

– Não tenho nada contra Deus – diz o prefeito de Fenouille, depois de um instante. – Nem contra o senhor. Nos velhos tempos, nunca pus os pés no catecismo, como se deve fazer; meu pai não gostava dos padres. "Cuidado com o inferno!", dizia-me o pároco, quando me encontrava na estrada. – Um grande diabo, que empurrava um barril de cerveja tão facilmente quanto um moleque gira o seu bambolê. O inferno, o senhor entende, me fazia era rir. Hoje, não acho a ideia tão estúpida. O fogo acaba com tudo. Não há sujeira que resista ao fogo, nem cheiro. Não se conhece água tão pura quanto o fogo; o fogo encontraria o que comer na água pura? Não é verdade? Vi em Boulogne uns rapazes desmontando um velho cargueiro, chapas de aço que tinham sido pintadas várias e várias vezes, com lascas tão grandes quanto minha mão – um lixo! Ora bem! O sujeito traz o seu maçarico, e eis que a maldita chapa começa a chiar e a cuspir como um dragão. Num piscar de olhos, parecia um sol, mijava raios de sol a chapa! Eu devia ter entendido nesse dia que a água não podia nada com relação a minhas misérias, que não havia nada acima do fogo. O fogo é Deus, é o que digo.

Ele ergueu a mão em direção ao teto, e a manga leve do pijama, deslizando no ombro, revelou o braço gordo e glabro.

– O senhor não vai sair vestido assim – exclamou o pároco de Fenouille. – Vou lhe emprestar uma capa. Indo pelas pastagens, o senhor não encontrará ninguém.

O louco não lhe opunha resistência. Mas seu rosto havia assumido a expressão dissimulada e teimosa de uma criança rebelde. O sorriso quase travesso nessa face atormentada pareceu ao padre um presságio sinistro.

– Permita-me acompanhá-lo – diz ele. – Ou, melhor ainda, ir buscar uma roupa mais... mais conveniente.

– Em casa? – perguntou o louco inquieto. – Não me oponho de forma alguma. Mas eles esconderam minhas roupas. Vamos ver se as darão ao senhor. A senhora é mais teimosa do que um burro.

Ele voltou para sentar-se perto da chaminé. Num instante, o padre infeliz hesitou quanto à decisão que iria tomar; em seguida, empurrando para trás a porta, girou suavemente a chave na fechadura e foi embora.

A casa do prefeito parecia deserta. Depois de um longo instante, o doutor surgiu enfim na entrada.

– Desculpe-me a demora – disse ele. – Os receios que eu tinha há pouco acabam, infelizmente, de confirmar-se com um incidente deplorável. Nosso doente escapou.

– Ele está no presbitério.

Para grande surpresa do pároco, seu interlocutor não perdeu a seriedade lúgubre.

– Sozinho?

– Para ter mais certeza, fechei a porta.

– Calmo?

– Bem calmo. E, se o senhor me permitir uma opinião, guardo de nossa conversa (na verdade um pouco extravagante) a impressão de que... de que seu infortunado doente está menos...

– Menos louco do que quer parecer, concluiu o doutor com uma voz sarcástica. Admirável descoberta! Singular observação! O primeiro colega que chegar lhe dirá que um demente quase nunca é sincero, que a imagem demente que ele carrega aí (bate na testa) não o convence, que ela apenas exerce sobre ele uma espécie de fascinação. Mas chega de brincadeiras! Faz várias semanas que deveríamos ter tomado algumas medidas. É escandaloso deixar na direção de uma municipalidade – mesmo com função honorária – um maníaco que pode tornar-se, de uma hora para outra, perigoso para todos. Ó! Sua indulgência para com ele não me surpreende! O pobre diabo deve ter encontrado algumas fórmulas felizes, comoventes, pitorescas, e que despertaram no senhor – permita-me a expressão – um reflexo profissional. Os padres de hoje – felizmente – nos dão de bom grado o controle de certos estados que teriam passado antes, bem ou mal, por estados místicos. Há sintomas como os desses pretensos casos de possessão que não interessam mais a ninguém, só à gente. No século XII, suponho, nosso prefeito de Fenouille teria passado por presa de algum espírito luxurioso, e de um fedor excepcional, a julgar-se por sua mania – verdadeiras alucinações do olfato, em suma. Falemos seriamente (ele pôs a boca no ouvido do pároco), acabo de encontrar nas gavetas dele um documento do mais vivo interesse, uma espécie de confissão. A coisa é importante, pois poderia legitimar certo receio... Enfim, um suicídio não me parece totalmente impossível.

– Meu Deus! Então, o senhor não acha que eu devo... Ele está sozinho.

– Calma, meu caro. Sangue-frio. Disse "certo receio", a palavra "escrúpulo" talvez tivesse exprimido melhor o meu pensamento. A leitura desse documento me fez refletir, só isso. Pois, entre muitas mentiras e ninharias, receio ter encontrado um fato – ó! muito provavelmente, quase com certeza, imaginário –, mas que me parece ser como que o núcleo desse bizarro tumor do espírito, ou – se o senhor quiser –, o brilho do nácar em torno do qual as ostras, segundo dizem, secretam sua pérola. Ê! Ê! Essa pérola aí tem todo o jeito de uma pérola negra... Posso, aliás, exibir-lhe imediatamente esta curiosa peça de literatura. Confesso mesmo que não ficaria bravo...

– Senhor – replicou friamente o pároco de Fenouille –, agradeço a sua confiança, mas, por menor que seja a esperança que tenho de entrar um dia na confidência desse infeliz, seria doloroso dever a outro que não a ele mesmo o conhecimento de um segredo tão capital a seus olhos.

– Fico admirado – disse o doutor com o mesmo tom – que tais considerações possam detê-lo no cumprimento do dever. A salvação do doente é minha única lei, não conheço outra.

A súbita vermelhidão que cobriu as faces de seu rival lhe pareceu sem dúvida uma satisfação conveniente, pois retomou com bom humor e, tirando do bolso um maço de papéis com grandes manchas de vela:

– O atrevido, como Jean-Jacques Rousseau, deve ter escrito suas *Confissões* à luz de velas. O estilo é singular. Porém mais singulares ainda são as notas marginais cheias de desenhos cujo caráter de monótona obscenidade o senhor não aprovaria nem um pouco, imagino, pois no mesmo momento em que nosso homem se abandona a essas obsessões repulsivas, ele permanece visivelmente apavorado pelo fantasma de suas inocências perdidas...

– Por favor – murmurou o pároco de Fenouille. – Essas espécies de misérias mereceriam, sobretudo, a compaixão. Minha experiência, sem dúvida, é bem diferente da sua, mas, por mais jovem que eu seja, o avesso de certas vidas que o mundo finge crer irrepreensíveis me surgiu muito frequentemente para que...

– Se ouço bem, o senhor pretende que certa deficiência... do sentimento religioso... poderia se traduzir por... certos fenômenos patológicos... que iriam mesmo... até a transformação profunda da... da espécie?... O senhor pensou que uma tese... tão extravagante... justificaria... enfim, poderia tender a justificar certas revoltas contra a sociedade... Ora! Os homens são os homens. Talvez o senhor se veja mais do que eu, no exercício de seu ministério, em face de verdadeiras aflições morais. As que presencio quase não se distinguem das provações físicas de que são apenas a tradução, numa linguagem mais nobre. Confesse que a conversa que o senhor acaba de ter com nosso doente o pegou num estado de... de comoção nervosa, perfeitamente desculpável, aliás. Acredite em mim: o pobre diabo é só um obcecado sexual banal, e essa forma insólita de obsessão só interessa aos psiquiatras.

– Pouco importa! Diz o padre. Um dia o senhor terá a prova de que não se reconhece devidamente a importância do sobrenatural. Sim, retomou depois de um tempo, com essa voz que, todas as vezes, contrastava tão estranhamente com o seu tom habitual que parecia pertencer a outro – quando se tiver exaurido não apenas a linguagem dos seres, mas até o sentimento da pureza, até a faculdade de discernimento do puro e do impuro, ainda permanecerá o instinto. O instinto será mais forte do que as leis, do que os costumes. E, se até o instinto for destruído, subsistirá ainda o sofrimento, um sofrimento ao qual ninguém conseguirá dar um nome, um espinho envenenado no coração dos homens. Suponhamos que um dia seja consumada a espécie de revolução que conclamam com seus votos engenheiros e biólogos, que seja abolida toda hierarquia das necessidades, que a luxúria surja apenas como um apetite das entranhas análogo a outro se para a qual uma estrita higiene regularia a satisfação, o senhor verá! – sim, verá! – aparecer, de todos os lados, prefeitos de Fenouille que voltarão contra si, contra sua própria carne, um ódio cego, pois as causas permanecerão encobertas no mais obscuro, no mais profundo da memória hereditária. Então, quando vocês se gabarem de ter resolvido essa contradição fundamental, assegurado a paz interior de seus escravos miseráveis, reconciliado nossa espécie com o que causa hoje o seu tormento e a sua vergonha, eu anuncio uma epidemia de suicidas contra a qual não se poderá fazer nada. Mais do que obsessão pelo impuro, cuidado com a nostalgia da pureza. Vocês gostam de reconhecer na surda revolta contra o desejo o temor alimentado há tantos séculos pelas religiões, servas dissimuladas do legislador e do juiz. Mas o amor da pureza, eis o mistério! O amor nos mais nobres, e nos outros a tristeza, o lamento, a indefinível e pungente amargura, mais cara ao depravado do que a própria mácula. Isso passa para esses covardes acossados pela angústia do sofrimento ou da morte, que vêm implorar ao médico a graça, mas eu vi – sim, eu vi – erguerem-se até mim outros olhares! E, aliás, não é mais tempo de convencer, o futuro próximo se encarregará de arbitrar. Do modo como o mundo avança, nós saberemos em breve se o homem pode se reconciliar consigo mesmo, a ponto de esquecer para sempre o que chamamos, com o seu verdadeiro nome, o antigo Paraíso sobre a terra, a Graça perdida, o Reino perdido da Graça. Se a Piedade é só uma ilusão, ainda que fosse milhares de vezes secular...

Ele se deteve, como que apavorado com a inflexão de sua voz e corou até no branco dos olhos. O rosto havia recobrado, instantaneamente, a expressão dolorosa e resignada que o fazia parecer tolo.

– Não nos deixemos levar por isso, disse o doutor. Não faltará ocasião para retomar essa controvérsia apaixonante. O mais útil agora é pôr as mãos nas roupas de nosso doente, pelo menos as que ele deixou ontem, antes de ir para a cama. Acho que a sua mulher, temendo ser surpreendida esta manhã, enfiou-as no fundo da caixa de aveia, onde devem estar ainda, sem dúvida. Permita-me, se não se importar, que eu o acompanhe até o presbitério.

Eles retomaram lentamente, lado a lado, em silêncio, o caminho percorrido um pouco mais cedo pelo pároco de Fenouille. Decidido a não estragar a roupa nova ao passar pelas sebes molhadas de orvalho, o elegante doutor conduzia o seu companheiro de porteira em porteira, entre os pastos tão estreitamente imbricados uns nos outros quanto as peças de um quebra-cabeça, pelos quais tinham de se orientar ininterruptamente e onde perderam bastante tempo. A porta do pequeno cercado estava aberta. O padre se lembrava de tê-la fechado ao sair, e o seu coração se apertou. Ao colocar a chave na fechadura, no alto da minúscula entrada, sua mão tremia.

– Vamos! Vamos! mesmo se nosso homem se mandou – diz o médico de Fenouille –, o mal não é grande, nós o alcançaremos rapidamente.

Encontraram a sala vazia. Um cântaro cheio d'água estava sobre a mesa, perto de um copo caído cujo conteúdo terminava de escorrer sobre o chão.

– Não entendo – disse o padre. – Os postigos estão fechados, mesmo no primeiro andar.

Verificaram em vão cada janela, subiram até o sótão. Ao explorar uma última vez o vestíbulo escuro, o pároco de Fenouille veio precipitadamente até a cozinha. Um alçapão dava acesso a uma despensa cheia de garrafas e de antigos tonéis sem uso, serrados em pedaços pelo sacristão, com os quais o antigo servidor alimentava a lareira. A despensa dava para a estrada, que estava na descida, por uma porta havia muito condenada. O pobre padre havia mesmo esquecido que ela existia.

– Ele fugiu por aí – exclamou com uma voz desesperada. – O que eu fiz?

– A travessura é reparável – diz o doutor, ainda calmo. – Vou prevenir discretamente o guarda florestal. É melhor evitar o escândalo.

Sobre as espessas tábuas marrons, cobertas por uma camada grossa de poeira, a mão do prefeito de Fenouille havia escrito em letras maiúsculas, mas com um desenho pueril: ADEUS.

– Diminua a luz, meu garoto – diz Ouine –, desfrutaremos ainda do declínio do dia.

O quarto já está cheio de um repugnante cheiro de petróleo e a pequena chama escondida no fundo do recipiente da lamparina oscila suavemente, prestes a apagar-se.

A cama de ferro é tão estreita que, ao menor movimento, os quadris largos de Ouine erguem o cobertor e surge uma panturrilha gorda, sem pelos, lívida, marcada por uma variz. Mas o professor esforça-se há algum tempo para permanecer tranquilo, com as mãos cruzadas sobre a barriga. As roupas dobradas, como de hábito, com um cuidado minucioso, cobrem o encosto da única poltrona, sob a qual alinhou seus sapatos negros, as meias de lã cinza que usa durante todo o inverno, presas por jarreteiras eclesiásticas, e seu chapéu de feltro, cujo forro grená brilha no escuro.

– Sempre temi o ar fresco do amanhecer; não sei bem como proteger-me contra seus malefícios, retomou depois de um longo silêncio. Mesmo nestes meses, o calor do dia não consegue derrotá-lo, ele tem mil subterfúgios, mil recuos, corre no fundo dos caminhos fechados, vira nos recantos dos bosques, e acontece-me de encontrá-lo de repente, em pleno meio-dia – como essas correntes geladas que, segundo dizem, atravessam os mares tropicais – de sentir sua acidez... Mas, quando cai a noite, nessa hora do crepúsculo, a terra exaurida libera um vapor morno e gorduroso, uma espécie de suor, que precisa de toda a noite para dissolver-se. O que resta do amanhecer no ar é capturado como uma mosca no visco.

Philippe não ousa responder. O grande pinheiro negro permanece de pé na frente da janela, e a ponta de um de seus galhos roça imperceptivelmente na vidraça. Mas o sol pesa com todo o seu peso nos campos, um sol terno, inundado pela bruma, e Ouine parece não vê-lo.

– Abra a janela, por favor – diz ele.

Steeny finge obedecer, gira duas vezes a cremona. Sabe que seu mestre teme, mais do que o ar fresco da manhã, o cheiro de resina superaquecida, que faz a sua garganta adoecer, produz-lhe horríveis acessos de tosse. Ouine, aliás, nem desvia a cabeça. O rosto inchado, no qual as rugas se apagaram e que, na proximidade da morte, assume um ar de juventude e como que de uma infância sinistra, exprime um alívio indizível. A boca se abre e fecha-se várias vezes, lentamente, com voracidade. Que entardecer misterioso, que só ele conhece, baixa nesse momento em seu peito?

– A noite vem – diz ele. – Você pode armar a lamparina. – Ela cheira, de fato, bem mal: Philippe acende-a.

– Cla... ridade, articula o doente.

Sua voz, mesmo no fim das crises, vibra surdamente, como um violoncelo cujas cordas estão frouxas, e certas sílabas desaparecem, correm no fundo da garganta, repercutidas de forma estranha pelas largas paredes do tórax, em que os pulmões castigados acabam de apodrecer. (Eles podem durar doze horas ou seis meses, declarou o médico de Montreuil. Um homem robusto de verdade estaria enterrado há muito tempo, mas este é de uma compleição mole, úmida. É como se você batesse num edredom com um sabre.)

Philippe permanece de pé, no canto da parede. Está com fome, com sono, entediado. A ideia de fugir, no entanto, não lhe vem à cabeça. Todas as tardes, com o almoço engolido às pressas, ele chega aquecido pela corrida, aturdido pelo sol e, desde a entrada, a casa solitária o envolve de sombra e silêncio, como uma fresca mortalha. Ele agora desistiu de compreender que força o retém ali, que encanto, que deus secreto, mais secreto do que qualquer desses que falavam com ele antigamente, quando fugia da insípida casa branca, cheia do perfume, dos passos, do cochichar das duas mulheres carinhosas demais, de suas insuportáveis carícias. Às vezes, Miss corria o parque, chamando por ele; voltava muito tempo depois, com as maçãs do rosto vermelhas, com espinhos de pinheiro nos cabelos loiros: "Ele saiu, Deus sabe para onde!". E mamãe respondia, com a sua voz doce: "Ele vai acabar me matando. Oh! Querida, querida, é possível?". Nem uma nem outra o teriam procurado no fundo do pombal, tão perto que, só de erguer os olhos, o descobririam, encolhido contra as grades, com o queixo sobre as mãozinhas cruzadas. O cheiro selvagem dos pássaros impregnava as paredes de taipa, as tábuas carcomidas, os comedouros crivados de bicadas: "Faz quinze anos que ele não serve mais para nada, você devia derrubá-lo", dizia às vezes Miss. Quinze anos! Ele imaginava a partida dos pássaros, a aflição deles. Horas, dias, meses talvez, eles circundaram a velha torre fechada, com seus voos, seus gritos, suas sombras... Depois foram embora numa manhã, rumo a algum país fabuloso.

– Você teria a bondade de chamar a senhora Marchal? – indaga Ouine. – Gostaria de tomar um pouco de sopa.

O timbre de sua voz se enrijeceu – as cordas do violoncelo estão novamente tensas. É a hora, de fato, em que a injeção, tomada todas as manhãs, lhe recobra as forças. Às vezes, ela chega mesmo a excitar perigosamente os seus nervos, pois essa vida moribunda tem súbitos clarões, inflama-se. E Steeny já prevê a crise. As faces de Ouine se tingem, e as pupilas dilatadas lhe conferem esse olhar ansioso que fascina.

A senhora Marchal é parteira de profissão, mas faz tempo que a gente de Fenouille prefere a senhorita Solange, jovem diplomada, cujas blusas imaculadas, a fita de cabelo e as luvas de plástico impressionam favoravelmente a clientela. As grandes mãos camponesas, tão sábias, permanecem, assim, sem emprego. Felizmente, a velha tem renda e uma bela casa de tijolos perto da guarda, onde, com seus flancos largos envolvidos por um avental azul, afundada na cadeira baixa, que a viu limpar tantos recém-nascidos, saboreia o seu café, generosamente regado a genebra, e tritura o torrão de açúcar entre as suas velhas gengivas... É por pura bondade de alma que aceita cuidar de Ouine, pois confessa que esse doente lhe dá medo. O professor foi, mais de uma vez, antigamente, visitar os coelhos russos que ela cria e de que tem orgulho. Ouine, de fato, se interessa por esses animais.

O moribundo faz com a mão um sinal, indicando que levará sozinho aos lábios a tigela fumegante. Bebe aos poucos, lentamente, pausadamente, esforçando-se para esconder o mais que pode, com uma tosse discreta, o horrível barulho da deglutição. A garganta, inchada de pus, contrai-se com a passagem do líquido e a úvula produz a cada vez, no fim do espasmo, um barulho análogo a esse estalar da língua com o qual Perna-de-lã estimulava a grande égua.

– Senhora Marchal – diz ele –, leve este rapazinho e dê-lhe algo para beliscar. Eu ficaria feliz em dormir um pouco.

Seu olhar passa com dificuldade através das pálpebras preguiçosas, mas Philippe lê nele a surpresa e a confusão. Evidentemente, Ouine acaba de reconhecer que o entardecer misterioso que lhe vertia seu frescor era apenas um sonho, depois de tantos outros, um dos mil sonhos que emergem, cada vez mais numerosos – incontáveis – das profundezas da memória. Alguns dias ainda e, segundo a ideia que concebe da vida futura (pois seu orgulho nunca aceitou a grosseira hipótese do aniquilamento), esse turbilhão de imagens errantes, desvairadas, fixar-se-á de repente, as mil notas da sinfonia rebentarão num só acorde.

Mas ele falou? Traiu-se? A visão da lamparina apagada o tranquiliza, e também o ar inocente de Steeny. Assim, depois de uma olhadela furtiva à janela, a mão pesada brinca com o raio de sol que, por uma fenda da persiana, vem inscrever no leito um traço de chama.

A casa vazia inspira na senhora Marchal tanto terror quanto aversão. Ela mal deixa a cozinha, e pôs uma cama na copa. Até aqui, o doente não suportou que o velassem. Em caso de necessidade, diz poder servir-se muito bem da campainha, cujo cordão pende de sua cabeceira e produz no vão da escada, quando soa, o barulho de um sino de colégio. Às vezes, quando o calor do dia atravessa as pedras e as velhas muralhas se revelam mornas ao toque, acontece de a parteira, depois de um último gole de genebra, aventurar-se até o primeiro andar, o único, diz ela, que dá a impressão de uma casa de cristão, pois Perna-de-lã havia disposto ali seus últimos móveis. Os armários, vastos como os quartos, têm o aspecto de uma desordem horrível, mas tão antiga que inspira na alma simples e, no entanto, de arrumadeira da senhora Marchal, certo respeito. A tristeza é que eles estão todos furados, como escumadeiras, cheios de buracos de ratos e ratazanas, cujas fezes criam sobre as tábuas um tapete mole, com cheiro acidulado de maçãs maduras.

A parteira põe diante de Philippe, como faz normalmente, a barra de manteiga fresca "trazida da despensa", o pão de ló, e o pote de cerâmica cheio de geleia. Uma mosca nada na superfície da jarra de cerveja, cor de caramelo.

– Senhor Philippe – diz ela –, dá gosto vê-lo comer.

– A senhora acha? – responde Steeny de boca cheia.

Sem a presença de Ouine, ele reencontra o tom de insolência que exaspera, lá longe, as duas amigas.

– Eu – diz ela –, aqui dentro, perco a vontade de me alimentar. Sem o café não aguentaria.

Ela enche a taça com genebra, põe outro torrão de açúcar entre as gengivas, bebe aos poucos.

– Eu me pergunto o que pode atrair um jovem a uma casa destas, tão triste – retoma depois de um longo silêncio. – O professor tem afeição por você, é provável, mas na sua idade a afeição dos velhos não vale muito. E um doente como este, será que ele é capaz de falar bem? Pois falar bem era o seu forte. Era só querer que conseguia fazer a cabeça das pessoas. Mas, pouco a pouco, sem parecer, com o sorriso de Monsenhor e as mãos grandes que maneja tão suavemente. Se quisesse! Só que, nos últimos anos, não saía mais daqui, aqui encontrava o seu prazer.

– Que prazer?

– Ora! Perna-de-lã, claro!

Antes que a parteira tivesse aberto a boca para responder, Philippe já havia sentido subir a raiva. Ele se esforçava para considerar essa raiva ridícula; a vergonha que ela lhe inspirava o exaltava ainda mais, em vez de acalmá-lo. E de repente, para sua surpresa, seu furor desatou num riso nervoso, inextinguível.

– O senhor Ouine sabe zombar das mulheres – exclamou ele –, não importa de qual! E com os homens ele tampouco se preocupa, senhora Marchal. Mas a senhora não pode julgá-lo, nem mesmo compreendê-lo!

– Ora! Ora! Olhe o galinho! Não importa de que mulher, você diz? Saiba, meu rapaz, eu conheço um pouco melhor do que você o lado oculto das famílias. O mais esperto não está livre de fazer bobagens por uma mulher, e nem sempre por uma bela mulher; ao contrário.

– As mulheres... – começou Philippe.

– As mulheres... as mulheres... diríamos que a palavra vai cozinhar sua língua. Espere só para saber...

– Saber o quê? É justamente quando os rapazes correm atrás que eles não sabem o que elas são, as mulheres. Eles são loucos, perdem a cabeça. Enquanto eu...

– Sim, um homenzinho mimado como você, todo de açúcar...

Mas o ódio de Philippe já tinha ido embora. Todas as vezes que escapava à espécie de perturbação que lhe causavam a voz, o olhar de Ouine, um sentimento obscuro de emancipação, de liberação, provocava nele uma agitação estúpida, que tentava extravasar com palavras.

– Os jovens de hoje são bem diferentes dos de antigamente, senhora Marchal. As mulheres não nos interessam muito. Sim, sim, pode rir; não estou sozinho, todos os meus amigos são assim.

– Seus amigos? E onde eles estão, os amigos? Você devia corar em vez de falar assim, já que nem acabou de deixar a barra da saia da mamãe e de sua babá.

– O que acha de Miss, a senhora?

As pálpebras se abaixaram bruscamente, quase fechando-se.

– Não acho nada – diz a velha mulher, sem se perturbar. – Será que a conheço? Desde que chegou a Fenouille, falamos umas dez vezes, e eu a vejo quase todas as tardes; ela passa perto da minha porta, assim! Mas, se você quiser que eu fale francamente, era de um preceptor que você precisava, senhor Philippe, um mestre de verdade, um homem, ora!

– O senhor Ouine é meu mestre – diz Steeny. – Nunca terei outro.

– Pena que você vai perdê-lo tão em breve. Basta! Um rapaz como você não foi feito para viver em Fenouille, e quando você tiver visto o mundo... Vamos! Vamos! Com vinte anos, o diploma no bolso, até eu, até eu me achava esperta... Olhe que nem falo da amizade dele. Talvez só em Montreuil você encontre homens muito superiores a este. O senhor Valéry por exemplo, o antigo cobrador geral. Seu mestre e ele foram colegas antigamente...

– E agora?

A parteira lançou de novo um olhar furtivo à porta:

– Ele diz...

– O que ele diz?

– Eu queria que você me prometesse segurar a língua. Ele diz que o senhor Ouine é o homem mais perigoso que jamais encontrou.

– Por que perigoso?

– Ora, você deve saber melhor do que eu! Desde a morte de Perna-de-lã, você não sai mais da casa, quase. Todo mundo comenta. Acho que você tem algo a dizer sobre isso, você também, não? Será que vocês não falam de outra coisa além da chuva ou do bom tempo?

– A senhora está enganada – diz solenemente Philippe.

Seu rosto adquiriu a expressão de uma seriedade cômica que, no entanto, não se prestava ao riso. Duas covas escuras marcavam as faces.

– O senhor Ouine pode falar de tudo, das coisas mais simples (às vezes até a senhora o acharia ingênuo, ou mesmo estúpido, e ele não o faz de propósito). Sim, a coisa mais simples, em sua boca, não a reconhecemos. Assim, por exemplo, ele nunca fala mal de ninguém, e é muito bom, muito indulgente. Mas vemos no fundo de seus olhos algo que faz compreender o ridículo das pessoas. E, sem esse ridículo, elas não interessam mais, são vazias. A vida também é vazia. Uma grande casa vazia, onde cada um tem sua vez de entrar. Através das paredes, ouvem-se os passos dos que vão entrar, dos que saem. Mas eles nunca se encontram. Os passos ressoam nos corredores, e, se alguém fala, parece ouvir a resposta. É o eco de suas palavras, nada mais. Quando você se vê bruscamente diante de alguém, é só olhar um pouco de perto, você reconhece a própria imagem no fundo de um desses vidros gastos, esverdeados, sob uma camada de poeira, parecidos com os que estão aqui...

As covas escuras de seu rosto se alargavam pouco a pouco e a velha mulher, para sua surpresa, via surgir no olhar do jovem uma luz turva, parecida com a das manhãs de outono, de uma inexplicável tristeza.

– É triste – diz ela, enfim –, ouvir um rapaz da sua idade, que só devia pensar no prazer, comparar a... a vida com... com uma casa vazia.

Ela tinha posto a sua taça na lareira e, com o busto inclinado para a frente, sustentando o enorme peitoral com os dois braços cruzados sobre os joelhos, observava Philippe com a atenção cínica das mulheres de sua espécie, com um muxoxo estranho.

– Não deixe de desconfiar dele. Desconfie dele enquanto ele viver. E ele pode viver ainda por bastante tempo. Já se viu um tuberculoso manter o peso? O doutor nem fala mais nisso.

– Desconfiar?

– Passaram-se coisas extraordinárias aqui. Aqui, sim, nesta casa. Conheci o senhor Anthelme. Antes do seu casamento com Perna--de-lã, era um homem parecido com outros senhores da época, não muito esperto, por assim dizer, mas tranquilo, cuidadoso com o que tinha, correndo pelos campos de manhã até a noite, o fuzil na bandoleira, com seus amigos. Bom. Eis que ele se foi numa manhã. Vou voltar no domingo, foi o que disse. Nada disso! Volta seis meses mais tarde, e não sozinho... Ó! Perna-de-lã, no início, você não vai acreditar! Todo mundo lhe dava um sorrisinho, mesmo as senhoras. Você teria rido ao ver os pequenos castelões girando em torno de suas saias, com os monóculos, com seus casacos castanho-claros, com as calças colantes, e os diabos de botinas pontudas. O senhor Anthelme não parecia dar-se conta. Batiam-lhe nas costas. Pobre Anthelme! Casas como essa existem aos milhares e milhares, não é verdade?... Até o dia em que...

Ela se abaixou com dificuldade para recolher sua taça.

– O senhor Ouine chegou não se sabe de onde, numa tarde. O pai Anselme pegou sua mala. O senhor Ouine trazia uma sobrecasaca, o chapéu-de-coco, os pesados sapatos, e pingava de suor, pois o calor sempre o incomodou. Nunca vi um homem suar desse jeito, dizia o pai Anselme. Eles o receberam na copa, pareciam zombar dele. Mas seis semanas mais tarde, era o rei da casa. Eu conhecia, na época, o jardineiro Florent, que havia trabalhado para o defunto pai do senhor Anthelme. Sua filha vinha aqui durante o dia, uma bonita menina. "Quase não o vemos, dizia-me Florent, não o ouvimos, ele trota de um andar ao outro com patas de veludo, um verdadeiro gato,[1] bem reluzente, bem gordo. E as coisas que dizia! Parecia um pároco. Pouco importa: a fisionomia não me vem à cabeça. Tem mesmo um cheiro engraçado, cheira a algo selvagem. Mas é um homem bem cuidadoso consigo mesmo, até demais. Interessa-se muito também pelas flores, só que não as colhe ele mesmo; eu escolho as mais desenvolvidas, ele as esmaga com as duas mãos, inclina sobre elas o rosto redondo e permanece assim, um bom tempo, os olhos revirados de prazer." "Convenhamos, pai Florent", dizia-lhe eu, "não são maus modos." Eu ainda o ouço respondendo-me: "Maus modos, não. É mais um ar ruim que ele traz consigo, sem saber". Ruim ou não, seis semanas mais tarde, o bom homem estava morto.

– De quê?

– De quê? De gripe, acho. Enfim, de uma febre maligna? Pode rir!

– Não estou rindo, senhora Marchal – diz Philippe (e observa sobre o ombro da velha mulher, sem piscar os olhos, o imenso céu em brasa). – Ele poderia também ter morrido de... Penso sempre que ninguém resiste ao senhor Ouine.

– Resistir? O pai Florent era bem estúpido para resistir a qualquer um. No fim da primeira semana, teria sido capaz de pisar em fogo por causa do seu senhor Ouine! Ouine ia sentar-se perto dele, no pomar, enquanto ele cavava com a enxada. Ele lhe explicava o céu, as estrelas, a ordem dos mundos. As pessoas, depois da morte de Florent, diziam que o professor ia, às vezes, até seu túmulo, no antigo cemitério, e ficava lá, uma hora ou duas, com aquele maldito chapéu na mão, de pé, com um punhado de flores do campo, que acabava trazendo de volta, como se não pensasse mais nisso. Você vê que, no fundo, eles se davam muito bem.

---

[1] Do francês *matou*, gato doméstico não castrado, mas também homem desagradável. (N. T.)

– Justamente. A gente não imagina que um velho imbecil possa viver no mesmo ar que o senhor Ouine. Se Ouine fosse capaz de ficar com raiva, ou ao menos zombasse... Ele nunca zomba de ninguém. Ele é bom. A gente não aceita facilmente, veja, a bondade de um homem como ele.

A parteira escutava com seriedade.

– Juro – diz ela enfim –, preciso confessar que você também quase não a aguenta. Para mim, você não está com uma cara boa, senhor Philippe. Sem desejar mal a seu mentor, já que ele está perdido, seria melhor para você que ele se fosse, não é verdade? Felizmente, você é mais jovem que o senhor Anthelme. Por isso...

– Ora! O senhor Anthelme morreu velho.

– Velho? Com 46 anos?

– Fico admirado que ele tenha durado tanto. Miss acha que ele não tinha mais miolos do que seus cachorros e furões. Mas o quê! O senhor Ouine faria até as pedras pensarem!

– O senhor Anthelme não pensava. Estava cansado de tudo. Um homem que se deixa levar. E quantas manias! Encontrei-o, um dia, na casa de uma cliente, a senhora Dorsenne, sua sobrinha. Ele lhe dizia que tinha vivido até então como um bruto, que só então começava a compreender. Compreender o quê? Dizia também: "Eu poderia ter sido um grande músico". Olhe que ele nunca tocou nada a não ser a trombeta de caça. Vendeu sua fazenda de Bloqueville para comprar um órgão, mas os credores ouviram falar da história e o órgão, afinal, não foi entregue. Ficou semanas na caixa, na estação de trem de Ouchy.

– Mas o que a senhora quer? Um imbecil não devia sonhar em ser músico ou poeta. O senhor Ouine diz que sempre se morre de um sonho.

Pronunciou as últimas palavras com um tom de risível seriedade, mas com o rosto crispado, a estranha contração da boca; a expressão esquiva do olhar inspirava na velha uma espécie de incômodo, que parecia um temor, embora ela não o reconhecesse.

– Morrer de um sonho? O que está me dizendo, senhor Philippe? São palavras que você repete sem entender.

Philippe deu de ombros.

– Se os homens não sonhassem – disse ele com o mesmo tom de arrogância ridícula –, imagino que viveriam até ficarem velhos, muito mais velhos – para sempre talvez.

– E os animais, senhor Philippe? Eles morrem assim mesmo!

– Os animais sonham a seu modo. Se pudéssemos ler em seu cérebro, veríamos sem dúvida que eles também desejam o que não têm, e não sabem muito bem o quê. Sonhar é isso.

– Então o senhor Ouine não sonha, ele?

– Sim – diz o jovem. – Mas proibiu-se faz tempo. Não quero nada, dizia ele, nem bem, nem mal. Hoje afirma que se abre ao sonho como um velho barco podre avança para o mar.

– Você vai por um caminho ruim – retomou a parteira depois de uma longa pausa. – Você não está só, aliás. Diríamos que esse maldito vilarejo está sob o efeito de um feitiço. Desde o assassinato do criadinho, ele não é mais o mesmo, palavra de honra!

Os olhos cinza observavam Philippe, insidiosamente, e ela continuou com uma voz surda, quase imperceptível, sem timbre, como se recitasse uma lição.

– Os juízes, os policiais, toda a polícia, enfim, supõem que foi o genro do senhor Devandomme que fez a coisa. Ele se matou, portanto é culpado; eis como pensam. Um caçador, você imagina? Os Vandomme estão orgulhosos aliás, eles têm inimigos. Em suma, eu pensava: "A ação da justiça acabou, os espíritos vão se acalmar". Ora! Nunca o vilarejo esteve tão de pernas para o ar. Parece um enorme pião descontrolado, gira, ronca; seria capaz de derrubar paredes. Pessoas tranquilas, que nem mesmo liam as gazetas, são agora as mais furiosas. Parece que esses senhores da procuradoria recebem, todos os dias, sacos cheios de denúncias. As autoridades perderam a cabeça. Há sentido, por exemplo, em querer enterrar um criadinho como um notário, com flores, delegações, discursos? E já que todo mundo sabia que Perna-de--lã era capaz de tudo, por que não a vigiaram? Olhe, quando vi o nosso senhor Ouine saindo da igreja, devagar, costeando os muros, disse para mim mesma: "Com certeza, alguma coisa vai dar errado; eis que a velha raposa fareja o vento". Até eu estava fora de meu estado normal, o sermão do pároco me havia revirado; não eram tanto as palavras, mas a voz, a inflexão. Toda a pele me doía, como se tivesse uma centena de espinhos. As pessoas escutavam boquiabertas, sem interromper, mas com uma cara ruim. Estavam furiosas por não entender, ora! E, além disso, eis o imbecil do prefeito. Olhe que havia tempos cada um estava na sua. É um homem que viveu demais, um velho depravado. Tem medo da morte, do inferno. Conta-se que, antes de se casar, ele fez mal a uma das empregadas, que se enforcou no estábulo. Sobre o que pôde ter dito no cemitério ninguém sabe nada. Coisas de louco, nada mais. Aliás, parece que riram. Mas lá, diante do túmulo – ele quase caiu na cova –, foi um espetáculo engraçado para homens que, desde a manhã, esvaziavam copos de genebra no bar! Então, Perna-de-lã...

A voz da parteira se tornou mais suave. Com o queixo entre as mãos, Philippe olhava para a frente, com uma fixidez quase assustadora.

– É uma tristeza que ela esteja morta – retomou a senhora Marchal. – Eles não queriam matá-la. Jogaram-se sobre ela como as pegas e os corvos sobre uma coruja, em pleno dia. Não se pode brincar com a imaginação das pessoas daqui. Não quero falar nada contra Perna-de-lã. Já vi outras mais viciosas do que ela, e todo mundo lhes tirava o chapéu. Nossos rapazes não são naturalmente maus, basta respeitar os costumes. Ela não os respeitava. Uma castelã que corre pelas estradas desde quatro ou cinco horas da manhã, atrás de um demônio de égua, tão alta que ninguém se lembra de ter visto igual; uma castelã renegada pelas outras senhoras dos castelos, havia aí com que humilhá-los. Mas o pior, veja, senhor Philippe, é que ela quis se prestar ao riso, ela fazia rir. Uma mulher perdida não deve fazer rir. Os jovens não são mais o que eram na minha juventude, é verdade. Mas a aparência deles sempre engana. Eles tentam se pentear de lado, calçar sapatos de todas as cores, e dançar como nos grandes centros; uma mulher sem maneiras, que queira ter prazer com eles, deve tratá-los como moleques. Se não, eles riem, e, quando riem, você vê os dentes brancos, dentes de lobo, prestes a morder. Imagine! As avós desses meninos não brincavam com essas coisas, eles têm o pudor no sangue. Uma desavergonhada lhes causaria, de início, um pouco de medo; quando não tivessem mais medo, brincariam com ela como com um gato perdido – cuidado com as pedras! Se há pedras, podemos apostar no pior. Aliás, as feridas de Perna-de-lã não eram tão graves quanto se disse, mas ela era rebelde demais por natureza, não podia se acostumar com o hospital; suplicou duas ou três vezes que a trouxessem aqui – duas ou três vezes, não mais – depois não afrouxou mais os dentes. Deixou-se morrer. Os médicos não acreditavam. Se tivessem podido prever, teriam deixado que ela voltasse, embora achem que a casa é insalubre. Cá entre nós, é um exagero. Há anos, Perna-de-lã meteu na cabeça deixar as persianas fechadas, inverno e verão. A umidade sobe por todos os cantos das paredes.

Mas Philippe não escutava mais. As lenhas desmoronavam uma a uma sobre as cinzas. Cansada com seu interminável monólogo, a senhora Marchal fechava os olhos, balançava lentamente a cabeça. Bem perto das brasas vermelhas, a taça vazia, deixada ali, estalou bruscamente, com um ruído seco.

– Quem matou o criadinho? – perguntou o jovem, de repente.

Philippe entreabre a porta e permanece um momento na entrada, estupefato. O senhor Ouine levantou-se! Ouine está de pé! Ele está mesmo sentado, quase confortavelmente, em sua poltrona, com os pés nus nos sapatos, a gola da camisa bem aberta, revelando o pescoço forte, porém mais pálido e liso do que nunca. Os lábios estão um pouco azuis, e ele passa sobre eles, a intervalos regulares, com um movimento maquinal, singularmente preciso, o polegar espesso, com a unha larga e chata, cor de marfim envelhecido.

Sem deter-se, vira lentamente até Philippe um rosto que o jovem não reconhece de início. O quê! Bastou uma hora para que... Que cara engraçada! A ossatura parece desfeita, como se a pele só cobrisse uma espécie de gordura mole. As carnes pendidas deixam aparecer o crânio enorme. As faces, que mal retêm a protuberância das maçãs, caem até o pescoço, formando, na altura das mandíbulas, duas bolsas que alargam a parte baixa do rosto, de modo que o pescoço, quando se examina com um pouco mais de atenção, parece desmesuradamente alongado: diríamos que ele se dobra sob o peso, como o caule de uma flor monstruosa. Os cabelos, grudados de suor, erguem-se num tufo. "Ele se parece com Louis-Philippe", pensa Steeny.

No mesmo instante, dirige-se até a porta para chamar a senhora Marchal. Os dois sozinhos, será que terão força para carregar de volta para a cama o velho homem? A parteira sobe sem pressa, respira em cada degrau, entra enfim, avalia a situação com uma olhadela. Ouine, com um movimento imperceptível, acaba de afundar-se um pouco mais na poltrona, mas a mão permanece suspensa, com o polegar na altura do queixo. Em seguida, põe-na delicadamente sobre o joelho.

– O senhor precisa deitar de novo – diz enfim a vigia, com uma voz sem timbre. – Melhor ser prudente.

Silêncio.

Ela dá de ombros, calcula a distância da cama até a poltrona; em seguida o olhar detém-se em Steeny.

– O que quer que eu faça? Você não é capaz de movê-lo, seus braços tremem. Não é nenhum bicho de sete cabeças, afinal! A gente pode tentar arrastar o assento para perto da cama.

Philippe se apoia no encosto, empurra com todas as forças. Ela pegou com os braços cruzados as duas pernas inertes de Ouine; recua lentamente. Os dois avançam assim alguns metros, não sem esforço. O busto de Ouine oscila perigosamente, e, para impedir que escorregue, Steeny apoia o ombro nas costas do moribundo.

– Ufa – diz a parteira. – Descanso!

Entre a poltrona e a cama, ela deve arrastar-se por entre os dois joelhos do paciente, sobre os quais se enrolam as calças largas.

– O merceeiro vai vir, diz ela –, é o seu dia. Ele vai me dar uma ajuda para pôr o pobre senhor na cama. Enquanto esperamos, vamos baixá-lo com os travesseiros. Desgraçado! Preferia ter de trabalhar com uma parturiente. Homens doentes, isso é pior do que boneca de pano, não serve para nada. Vamos, venha, Philippe. Você parece dormir de pé.

Ela olha de lado as mãos de Steeny, agitadas com um tremor que ele tenta em vão disfarçar. Acaba pondo as mãos para trás. Os olhos da parteira se dirigem ao doente com uma expressão satisfeita.

– Eventualmente, diz ela, ele poderia morrer assim, tão tranquilamente quanto entre os lençóis, não é verdade? Assim, Philippe, ele quase parece ouvir-nos, mas não tenha medo: daí onde você agora o vê ninguém voltou.

– Cale-se! – balbucia Steeny, lívido.

– Repito que ele não vê nem ouve! Praticamente, não é mais nem menos do que um morto! Ora! Vocês todos se parecem. Ninguém se incomoda com os vivos, mas basta um homem entrar em agonia e eis que vão todos diante dele como diante do bom Deus! As mulheres, ao contrário, têm noção da coisa, raramente perdem a cabeça. Olhe, senhor Steeny, que eu já vi morrer vários clientes, acolhi seu último suspiro, para falar como os jornais. Acolher o último suspiro, faça-me o favor! Clientes de todos os tipos! Ricos, pobres, velhos, jovens, e bons e maus. Ora, ora, senhor Steeny! Não tenho muito a falar sobre o fim deles!

Ela dá umas batidinhas, pela última vez, nos travesseiros, empurra a mesa entre a cadeira e a parede. Assim, firmemente imobilizado, Ouine poderia concluir em paz o seu destino.

– Para mim, a senhora não tem coração – diz Philippe. – Parece cuidar de um cavalo ou de um bezerro!

– É justamente aí que você se engana – respondeu a parteira, sem raiva. – Com o humor que você sabe que ele tem, pode-se dizer que, se lhe restasse consciência, ele já teria me dispensado! Pois, com o seu grande sorriso de hóstia, era uma língua afiada. Mas ei-lo agora parecido com o que era – com o devido respeito – ao sair do ventre da mãe. Que serviço você gostaria de prestar a um bebê recém-nascido, meu pobre senhor Philippe? Mantê-lo limpo, aquecido e não esperar um obrigado.

Ela lançou a Ouine um olhar indefinível, no qual a orgulhosa satisfação de um rancor secreto tornava-se quase terna, carinhosa.

– Bem que o doutor disse que ele enfraqueceria subitamente, no momento em que menos esperássemos. Quando penso que há pouco mais de uma hora ele estava na cama: "Senhora Marchal, leve este rapazinho... Eu ficaria feliz em dormir um pouco". Para mim, só o esforço de levantar-se deve tê-lo esgotado. Ele deve ter descido ao primeiro andar, até o antigo quarto de Perna-de-lã. Cá entre nós, acho que ele já foi até lá noutra noite, discretamente. Procurar a papelada, é provável. Encontrei a chave de um dos armários no bolso de seu calção.

Ela se aproximou, pôs a mão na coxa do moribundo e disse:

– Olhe, senhor Philippe, ela ainda está aí, passe a mão...

– Deixe-me em paz – balbuciou Steeny –, a senhora me repugna.

– Isso não impede que eu preste serviço talvez a mais alguém, denunciando o esconderijo.

– A quem?

– À justiça, ora bolas! Um homem como ele sabia bastante sobre muita coisa. Não perderia tempo em esconder, com tanto cuidado, notas de fornecedores ou mesmo cartas de sua boa amiga. Mas pode ficar tranquilo, senhor Philippe, não sou da polícia, eu – eles que se virem!

Ela foi tranquilamente até a porta, abriu-a e, transpondo a entrada, virou-se. O jovem permanecia de pé no canto da parede, com o olhar baixo.

– Não convém que você fique sozinho aqui – disse ela. – Para quê? Já são quase seis horas, o merceeiro vai vir de uma hora para outra; acho que ouvi a caminhonete dele perto da casa de Gastebled, no alto da colina. Saiba que ele não sofre, o seu amigo. E, além disso, o que você quer? Eu não poderia fazer nada. Com minhas varizes, corro o risco de escorregar com ele e, então, você veria a cara do doutor ao encontrar no chão o doente de pijamas, hein? Não seria, aliás, a primeira vez que eu teria visto alguém morrer numa poltrona. De certa maneira, é melhor para um doente em coma, sei o que digo. Deitado, os pulmões se congestionariam muito mais rápido; ele já estaria agonizando. E, além disso, senhor Philippe, com você aqui, acredite em mim, ele ficará muito agitado.

– Agitar-se? É porque ele se daria conta?

– Que nada! O coma se parece com o sono, é igual. Quando você dorme, sonha ou não; isso depende não sabemos do quê – do estômago provavelmente. Mesmo assim, basta um nada – uma porta que se fecha, um móvel que estala – para que a imaginação se coloque em alerta, à revelia. Olhe, no ano passado, cuidei do senhor Guiraud, antigo tabelião, um belo velho de 97 anos, inteiro! Eis que, perto do fim, começou a dizer umas coisas – umas coisas! A irmãzinha enfermeira quase ficou maluca com o que ele dizia! Enfim, ele começou a agonizar. Por dois dias, agonizou tranquilamente, parecia que roncava. No meio da terceira noite, ai de mim!, ele se contorcia tanto que não podíamos segurá-lo, nós três, imagine! "É o diabo que o atormenta, com certeza!", repetia a irmãzinha chorando. E ela o enchia de água benta. Ora bem! Você sabe como o acalmei no fim das contas? Duvido que acerte, senhor Philippe. Vamos lá: enquanto o jardineiro amarrava um lençol em torno dos ombros dele (como se faz com os loucos), tive a ideia de cantar uma espécie de canção de ninar, uma canção da nossa região (o senhor Guiraud era das Ardennes, como eu). Você acredita que o jardineiro ficou bravo? Achava que não se devia cantar coisas assim a um homem quase centenário, que eu parecia caçoar do moribundo, bobagens. Pouco importa! Meu tabelião acabou ouvindo, suponho. Não remexeu mais as pernas; esticou-se tranquilamente, com uma espécie de sorriso. Eu não estava tão à vontade. Nascer e morrer, é tudo a mesma coisa, era o que pensava. Em suma, ideias que você não pode compreender. Vamos! Vamos! Eu passo tanto por ser uma durona, por estar acostumada com os doentes, que as caretas deles não me dão medo. E, apesar disso, se contasse para você... Você está descendo agora, sim ou não?

– Não – diz Philippe –, esforçando-se para firmar a voz.

– Abra então ao menos a janela – concluiu a velha. – Está um cheiro estranho aqui dentro.

É verdade. Estranho talvez, mas não desagradável, com certeza. O cheiro das frutarias de Fenouille, quando as maçãs da última colheita começam a passar nas prateleiras. E olhe que há dias ele persegue Philippe, esse cheiro – mesmo no campo devorado pelo sol, mesmo debaixo dos abetos gigantes do velho parque. Ele o reencontra todas as manhãs, quando vai pegar seu casaco; o cheiro esgueira-se pelos brutais eflúvios de água-de-colônia com que o rapaz se inunda, depois do banho. E, no entanto, mesmo que afunde o rosto nas dobras do estofado, Philippe não sente nada. É como se o cheiro dormisse no fundo da lã, só despertasse quando quisesse.

Philippe abre a janela, contudo; olha o jardim, outrora caro ao mestre da residência – o jardim que se tornou selvagem. A relva queimada das alamedas adquiriu tons fulvos, e a névoa do calor que sobe da terra desenha nele imperceptíveis *moirés*. O jovem presta atenção ao barulho aguardado da caminhonete; segue o voo circular de um pássaro de caça que dança como uma mosca no fundo da imensa, da vertiginosa cúpula azul. Que importa! A respiração de Ouine não perturba o silêncio do pequeno quarto, confere-lhe apenas uma espécie de gravidade fúnebre, quase religiosa. Parece a Philippe que seu próprio sopro se regula suavemente com esse estertor tão oportuno, tão discreto. Os dois corações também, talvez?... A mão se põe sozinha sobre o peito, detém-se aí trêmula. Como poderia saber que, trinta anos antes, uma mocinha, no fundo de uma cama azul e rosa, fazia o mesmo gesto, enquanto a luz filtrava por todas as fendas da porta, iluminava a maçaneta de cobre, a quina do quadro, enquanto a velha mãe, esgotada pelas vigílias, fazia ranger de forma sinistra as tábuas do chão?

– Senhora Marchal – diz Ouine –, pode me deixar sozinho. Sinto-me melhor.

É talvez a surpresa que prende ao chão a senhora Marchal, mas seus olhinhos negros iluminam-se no mesmo instante, adquirem de repente um brilho cruel – de cruel solicitude – enquanto, durante um longo momento, observa o doente em silêncio. "Diríamos a cozinheira, quando apalpa um frango antes de matá-lo", pensa Steeny.

Ela se aproxima da cama com um suspiro, passa distraidamente as mãos no lençol. Ouine segue-as com um olhar atento. O estertor de sua falsa agonia transformou-se pouco a pouco numa tosse profunda, tão natural que Steeny se pergunta mais uma vez se o velho mestre, incapaz desses fingimentos vulgares, não encenava para si mesmo, só para si, a comédia da morte.

– Está bem – diz a senhora Marchal.

Com o tronco inclinado de lado, curvada sobre o quadril do doente, parece simular, com todo o seu corpo, na direção do moribundo, uma última expressão, um irônico adeus.

– O peito se dilata, ele, com certeza, vai falar ainda, está cheio de vento, como um odre. De que lhe vai adiantar? – pergunta ela, com uma voz mais suave. – Tudo o que se pode dizer já não está nos livros? O senhor nunca vai parar de dar lição?

– Eu... sou... professor, senhora Marchal – observa Ouine entre dois acessos de tosse.

Ele se levanta com dificuldade, inclina a cabeça para fora da cama. Com um gesto ritual, a parteira lhe estende a cuspideira.

– Professor... de... línguas – continua Ouine com um alívio indizível.

Ele retoma novamente o fôlego.

– De línguas vivas – senhora Marchal.

– É o que eu pensava – murmura a velha alcançando a porta, mas tão baixo que o doente não pôde ouvi-la. – Vivas! Ora, ora! Vivas!...

Ela se vira da entrada, e já na sombra do corredor:

– Vivas! – disparou com uma voz estridente, exasperada, depois desapareceu...

* * *

– Meu garoto – diz Ouine –, aproxime-se, dê-me sua mão.

Ele pega a mão entre suas palmas inchadas, deslizantes e moles.

– Deixe minha mão – disse brutalmente Steeny, e lamentou imediatamente esse inconveniente.

Mas Ouine não pareceu de nenhum modo bravo.

– Faça só o favor de me ajudar a pôr de novo os meus braços no colchão. São agora muito pesados para mim. Eles sempre foram, acho, mas eu apenas desconfiava, pois a natureza é prudente, benevolente. À criança que fui, que continuei sendo, ela impôs pouco a pouco esses membros que se tornaram enormes, essa barriga obscena, parecida com uma abóbora, esse couro peludo, lívido, cheio de bolsos e dobras. Como pude mover tudo isso por tanto tempo?

– O senhor fala demais para não dizer nada, e de propósito – observa cruelmente Steeny.

– Tenho várias outras coisas a dizer, de fato – replicou pausadamente Ouine. – Tentei em vão, esta noite, colocá-las em ordem; elas fogem de mim, todas ao mesmo tempo, estou sem condições de retê-las; este é, sem dúvida, o primeiro sintoma da deterioração. Virão outros. Até quando você vai dominar essa aversão?

Steeny aperta os dentes para não responder. Não sabe mais se quer ou não que Ouine morra.

– O senhor não me dá medo – murmura enfim, com uma indefinível expressão – tão ingênua – de arrependimento.

– Deve ser porque falo com você, observa humildemente Ouine. Quando me calo, experimento eu mesmo, com relação à minha própria pessoa, algo do sentimento que você acaba de nomear. Assim, aliás, discorri ao longo de toda a minha vida solitária; não que nunca tenha falado muito comigo mesmo, no sentido preciso da palavra; falei, sobretudo, para evitar ouvir-me; dizia-me qualquer coisa, isso se me tornou tão natural quanto ao ruminante a regurgitação do bolo alimentar. Talvez eu tenha duas almas, como esses animais têm dois estômagos? Ou duas consciências? Qual das duas se apagará primeiro? Seria interessante observar. O que você resmunga entredentes?

– Nada. Só acho que você está melhor. Vou chamar a senhora Marchal...

– Contenha-se. Não há pressa. Você já me sacrificou vários dias, meu rapaz; dê-me ainda esta noite, volte para os seus amanhã. Depois não o importunarei mais, ao menos enquanto vivo, pois não terei naturalmente nenhum poder sobre a imagem que você guardará de mim, real ou não. Que essa nova criatura possa ser tão favorável a você quanto a outra, são os meus votos.

– Não tenho medo de fantasmas – resmunga Steeny.

– Espero não ser já um fantasma – responde Ouine com um sorriso. – Mas é difícil para mim afirmar alguma coisa. A brava gente diz, a respeito de um moribundo dócil, que o infeliz não se viu morrer.

Essas palavras têm um sentido oculto para mim. Será, talvez, que não sou mais capaz de ver-me morrer? Ao menos com esse olhar interior do qual extraí tanto prazer e que se volta agora para mim mesmo, como uma maquininha delicada que ficou louca ao aproximar-se da única coisa que merece ser vista, que não verá. Que eu possa ver esta coisa através de seus olhos! Digo seus olhos, seus olhos verdadeiros, não esse olho interior que, na sua idade, eu espero, guarda ainda a fronha da primeira infância. Seus olhos, seus olhos verdadeiros, seus olhos tão novos, tão frescos.

A voz de Ouine fraqueja um pouco nas últimas palavras, mas o silêncio que as acompanha não traz nenhum alívio. Está repleto de outras palavras não pronunciadas, que Steeny acredita ouvir sibilar e formigar em algum lugar, na sombra, como um ninho de répteis.

– O que o retém perto de mim? – pergunta, de repente, Ouine. – Sim, o que o retém?

– Reter? Por quê: reter? Como a rã fascinada pela serpente, talvez? Escute, senhor Ouine, faço o que me agrada, tudo o que me agrada, quando quero!

– Nunca me propus fasciná-lo – diz Ouine com um tom de lamento e, no entanto, sem réplica. – Mas a palavra serpente me traz precisamente a imagem que eu buscava. Estou me consumindo em esforços, não para me reencontrar: para reunir-me. Sim, para me reunir, como duas partes de uma serpente separadas pela enxada. Tarde demais, infelizmente! Os pedaços de minha vida, de meu ser, não vão se reunir mais.

O silêncio é, agora, um verdadeiro silêncio, que Steeny não ousaria ser o primeiro a romper. Visivelmente, Ouine se recupera também, o rosto está calmo.

– Acho que esta crise está superada – declara. – Nós a superamos juntos, sem que você percebesse. Se eu não receasse uma nova síncope, levantaria tranquilamente. Foi, aliás, uma síncope? Parece que, em nenhum momento, perdi a visão nem a audição, eu retardava de propósito ver e ouvir, estava como que diante de um teclado com o qual nos divertimos ao tocar levemente... Não! Não! Não chame, decididamente não me levantarei, não vale a pena. Melhor você inaugurar sozinho minha última garrafa de vinho do Porto... Empurre a mesa para mais perto... Está bem! Quando você levar o copo à boca, seus olhos tão pálidos vão adquirir exatamente a cor do velho escarlate descorado. Não franza as sobrancelhas! Lembro-me da primeira tarde em que...

– Nesse dia – diz Steeny, vermelho de tão confuso –, eu não sabia beber.

Esvaziou seu copo duas vezes, uma atrás da outra. O olhar de Ouine adquiriu uma expressão misteriosa.

– Não leve à frente essa bravata – disse ele calmamente. – Não é hora nem lugar. Perdoe-me falar com você nesse tom ridículo. O que quer que sua malícia possa pensar de minhas professoradas, sou antes de tudo professor, sou realmente professor, essa linguagem se tornou natural para mim. Por que você está rindo?

– Porque não acredito no senhor, senhor Ouine.

– Como quiser. Sei que você me atribui faculdades poéticas. Pouco importa! Minha querida criança, há dias e dias que abuso de sua generosidade, de sua educação, e mais ainda talvez – digamos a palavra – de sua curiosidade. É hora de desobrigar-me diante de você, eu lhe devo um segredo.

Ouine suspira, fecha os olhos, estende sobre a cama as pernas drapejadas de sarja negra. Ele sem dúvida preparou essa frase há tempos, mas parece também que ela acaba de escapar, como um objeto precioso de uma mão fervorosa demais, carinhosa demais. Com os olhos fechados e a boca fina, os lábios esticados desenham quase o mesmo risco irônico no rosto austero, onde a sombra das têmporas aparece agora violácea, sinistra.

Steeny esvazia e enche o copo. Ouine permanece impassível.

– Eu não ligo para os seus segredos – grita com raiva o jovem. – Sei muito bem que o senhor zomba de mim, o senhor está tão vivo quanto uma ninhada de gatinhos, é mentira! Daqui a seis meses, nós estaremos ainda um diante do outro, como esta noite, com esta garrafa entre nós, a garrafa vazia e o segredo também, todos os segredos são vazios!

Ele anda pelo cômodo estreito, até a cabeça girar. A cama de Ouine ora o atrai ora o repele, ele se choca contra ela a cada instante. Esta cama está vazia também?

– Os segredos – retoma ele –, ora! Mentiras, eu lhe digo! Olhe, senhor Ouine, li recentemente uma história bem curiosa (ele não a leu de verdade, vai inventando pouco a pouco), ela é mesmo engraçadíssima. Marinheiros – não verdadeiros marinheiros, naturalmente, gente do nosso tipo – veem uma garrafa que boia na espuma e decidem imediatamente pescá-la, imagina? O capitão tenta ameaçar, suplicar, chorar, porque a tempestade aperta, nada adianta! Eis que os homens preparam a canoa, e ele permanece só na passarela, amaldiçoando-os como um possuído. "Voltaremos logo", eles dizem. "Para que brigar por tão pouca coisa, capitão!" E, até a noite, eles manobraram na direção da maldita garrafa, por entre ondas enormes. Enfim, a noite chega, mas isso não os perturba: a cada clarão da lua cheia entre duas nuvens negras, eles viam brilhar o objeto, ora à direta ora à esquerda, a um remo de distância. "Tem um papel dentro, eu juro", gritava o grumete. De manhãzinha, uma onda mais alta que as outras arremessou a garrafa na direção deles. Ora ora!... Ah! Ah! Eu sei, vocês pensam que ela estava vazia, não é? Ela estava quebrada, senhor Ouine, o choque fez com que ela se estilhaçasse, ninguém nunca soube se havia alguma coisa dentro... E o barco? A canoa havia se afastado como vento em popa, eles nunca mais viram nem o capitão nem o barco, morreram. É uma história divertidíssima, formidável. Eis o que são os segredos, senhor Ouine. Não há segredos, a garrafa está sempre vazia, ah! ah!...

Steeny pronuncia essas últimas palavras com ênfase, como se estivesse no final de um trecho longo demais para um ator esgotado. E, é verdade, ele não esperava nenhuma resposta para essa tolice, falava por falar, falava só para si, divertindo-se com o som de sua própria voz, tão maquinalmente que chegava a andar a passos largos pelo quarto, indo bruscamente de uma gesticulação convulsiva à imobilidade de um animal apavorado por sua sombra. A resposta, apesar disso, lhe veio.

– Estou vazio, eu também – diz Ouine.

Essas palavras surpreenderam Steeny menos do que o enorme suspiro que as seguiu. Parecia que o forte peito do professor de línguas havia se esvaziado não apenas de ar, mas de toda preocupação, de toda previsão, de toda inquietude humana, tão profundamente, tão completamente que Steeny acreditou sentir-se como que aspirado por esse alívio monstruoso; reteve a respiração como se retivesse a própria vida. A mão de Ouine buscava a sua na sombra.

– Meu jovem – diz ele –, é possível? Eu me vejo agora até o fundo, nada detém a minha visão, nenhum obstáculo. Não há nada. Guarde esta palavra: nada!

Steeny mal reconheceu essa voz, e, não fosse a mão gorda que pesava agora sobre a sua palma, a pressão mole que exercia, teria sem dúvida imaginado sonhar. Pois a voz de Ouine não parecia, nem um pouco, feita para exprimir um sentimento tão simples, tão ingênuo quanto o da surpresa, de uma surpresa, por assim dizer, em estado puro, capturada na fonte, sem nenhuma mescla de curiosidade ou de ironia. E Steeny, ele mesmo, tinha pouca experiência com um tal movimento da alma, ao qual o homem deu um nome sem brilho, assim como a todos os deuses que teme. Da surpresa, como da angústia, a maioria deles só conhece a superfície cintilante e jaspeada, parecida com a dos abismos líquidos. O duplo segredo permanece enterrado na memória da primeira infância – a infância mais embebida em leite do que um doente em brometo ou em morfina, a infância sem palavras e quase sem olhar, ignorada por todos, inviolável – pois o berço é menos profundo do que o túmulo.

– Deixe-me, vá, não me segure assim, tenho horror de ser segurado... Não vou fugir, é idiotice.

– Estou com fome – diz Ouine –, mas desta vez com uma espécie de assombro estúpido.

– Não é motivo para apertar tão forte – replicou Steeny, esforçando-se para rir. – Vejamos, senhor Ouine, o senhor não vai me comer, vai?

Com a mão livre, desata os gordos dedos enroscados nos seus e treme de irritação e raiva. Um só passo leva-o quase até o outro lado do quarto, mas a cabeça gira nesse mesmo instante, ele se apoia no canto da parede, passa e repassa nos lábios a língua toda viscosa do vinho licoroso. Que chatice!

– Estou com fome – repete Ouine. – Estou faminto, estou morrendo de fome.

– Não precisa criar tanta história, senhor Ouine. Vamos enchê-lo de fatias de pão com manteiga e geleia, uh! uh! Velho ator.

Ele mal baixa a voz com essa última insolência, pois certamente Ouine não pôde ouvi-la, Ouine delira. O delírio, aliás, não tem nada de aterrador, não evoca de nenhum modo a agonia.

– Ninguém me encherá mais daqui por diante, observa o professor com seriedade. Seria um trabalho enorme encher-me, e esse trabalho nem mesmo foi empreendido. Abri-me em vão, dilatei-me, era apenas orifício, aspiração, deglutição, corpo e alma, escancarado por todos os lados. Em meio a tantas pastagens oferecidas, enfiado nas provisões como um boi, com que cuidado eu me aplicava em discernir as mais ricas em seiva, as mais nutritivas, pobres apenas de aspecto, às vezes repugnantes e geralmente desdenhadas pelos imbecis. Não me apressava, gabava-me de saber esperar, avaliava com calma o meu deleite e minhas vantagens, calculando o ponto exato da perfeita suculência, a extrema madureza que precede por pouco o começo da deterioração, sempre só, para não compartilhar minha pena, nem meu prazer. Ai de mim! O que teria compartilhado? Eu desejava, enchia-me de desejo em vez de saciar minha fome, não me incorporava nenhuma substância, nem bem, nem mal, minha alma é só um odre cheio de vento. E eis agora, meu jovem, que ele me aspira por sua vez, sinto-me fundir e desaparecer nessa boca voraz, ela amolece até os meus ossos.

– Que chatice! O senhor fala de sua alma como a rã poderia falar da serpente.

– Ela me fascina, de fato – continuou Ouine sem se perturbar. – É a fome dela que sinto, ou a minha? No fundo, nunca me preocupei com a minha fome, sempre fruí de minha fome, hoje minha fome frui de mim. Oh! Oh! Meu rapaz, se isso é só um sonho, esse sonho é bem estranho. Você ainda é capaz de me ajudar? Não está bêbado?

– Se o senhor continuar, ficarei com certeza. Que prazer o senhor pode ter em falar dessas coisas? Olhe bem, o senhor não me dá medo, o senhor me irrita, só isso, me deixa, como se diz, com os nervos à flor da pele.

– Basta! – grita de repente Ouine, com uma voz aguda.

Ele saltou da cama quase com leveza. O forte tronco se destacava em negro sobre o clarão equívoco da janela, e tão obscuramente que Steeny acreditou de início que o velho homem lhe virava as costas. A face inchada com as pálpebras fechadas, tinha, aliás, exatamente o cinza lívido das mechas de cabelo, molhadas de suor.

– Não quero apavorá-lo – lamuria-se o singular moribundo –, fique calmo um momento, só um momento,... é... é... é uma graça o que lhe peço. Tudo o que se mexe escapa-me agora, neste instante mesmo, como se saltasse bruscamente de meu mundo ao seu. Talvez seja preguiça dos olhos ou do cérebro, não sei. Talvez também eu tenha encontrado definitivamente o meu ponto de equilíbrio, o meu ponto exato de equilíbrio, meu centro, será?

– O senhor o perdeu bem há pouco, o ponto de equilíbrio. Vamos então! o senhor salta muito bem da cama ao assoalho.

– As pernas ainda me servem – protestou Ouine. – Sinto-as até bem vigorosas.

Ele girou pesadamente sobre os calcanhares, depois alcançou a janela saltitando.

– A noite cai – disse ele após um longo silêncio. – Cai ou não? Vá embora, seu tolo! Toda vez que a gente precisa de seus serviços, você está bêbado. O que posso fazer agora com um beberrão?

– Eu estou... menos... bêbado do que o senhor – gritou Steeny e avançou um passo.

– Não pense em pôr a mão em mim – diz severamente Ouine. – Não lhe desejo nenhum mal, mas você não tem nenhuma necessidade de meus segredos.

– Não os peço, seus segredos. Dê-os ou guarde-os, o senhor escolhe. Eles também não me metem medo.

– Meter-lhe medo? Eles não conseguiriam inspirar esse sentimento em ninguém. A complexidade deles me parece tão vã quanto a dos sonhos. São apenas segredos? Talvez antigamente eles me causassem vergonha. Eu queria agora odiá-los, mas não os odeio nem amo; a malícia se enfraqueceu lentamente em mim, à revelia. Eles se parecem com esses vinhos velhos demais, sem sabor, de um rosa lívido, que, antes de morrer, devoraram a cortiça da rolha e morderam até os flancos do vidro. Fiz o mal em pensamento, rapaz, julgava assim exprimir-lhe a essência – sim, alimentei minha alma com vapores de alambique e ela ficou brava agora que não posso fazer mais nada por ela; não tenho nem mesmo um arrependimento para jogar-lhe e enganar-lhe a fome, o tempo me falta. No ponto em que me encontro, precisaria não menos do que toda uma vida para conseguir formar um arrependimento. Até a palavra perdeu seu sentido; fazia anos, sem dúvida, que a pronunciava maquinalmente. Não posso mais conceber esse desdobramento de mim mesmo, essa denegação, essa decomposição bizarra... Toda uma vida, uma longa vida, toda uma infância... uma nova infância.

– Que chatice! – diz Steeny –, a infância, um homem como o senhor, não tem vergonha? Não me preocupo mais com uma criança do que com um leitão.

– Uma nova infância, toda uma infância – murmurou Ouine em voz baixa, com a inflexão de uma enorme cobiça.

Ele estava sentado na beira da cama, os pés apoiados nos calcanhares, a as longas pernas perdidas nas dobras de sua calça. A profunda inclinação de sua cabeça ressaltava a nuca chata, informe, marcada por um vermelho violáceo. Assim, dobrado sobre si mesmo, numa posição incômoda, que, provavelmente, tornava sua sufocação mais dolorosa, ele não parava de resmungar e de gemer.

– Toda... uma... infância – repetia, entre dois arquejos –, uma... infância... inteira, e ele fazia com as duas mãos pesadas, hesitantes, o gesto de acariciar ou de amassar. A compaixão venceu desta vez, no coração de Steeny, a espécie de curiosidade quase feroz que, mais do que qualquer outro sentimento, o prendia a esse preceptor fortuito. Ele se aproximou lentamente, pôs sobre a nuca de Ouine a sua palma fresca. Desde o primeiro encontro deles, foi o único sinal de afeição que jamais lhe teria oferecido, ou mesmo que jamais teria tentado oferecer-lhe.

Essa nuca estava tão dura sob seus dedos e tão lisa quanto um tronco de carvalho bem polido, mas Steeny não teve a chance de se admirar. Viu-se bruscamente meio que estendido ao chão, com a cabeça na altura dos joelhos do velho homem, cujo rosto inclinado quase tocava o seu. Não lhe sentia, contudo, nem o calor nem o hálito.

– Não tenho segredos – dizia Ouine. – Talvez já tenha disposto outrora de um grande número de segredos, talvez tivesse então que escolher. Não tenho mais segredos, se é que já tive algum. Deus está aprontando das suas comigo, meu jovem.

Os fortes ombros cobriam Steeny com sua sombra; tinham a forma de um arco rebaixado, com uma abóboda imponente, calculada com precisão, inabalável. Eles davam ao garoto uma impressão quase esmagadora de duração sem mudança nem fim, de eternidade, de equilíbrio eterno. Ele não experimentava, apesar disso, nenhum medo, porém uma piedade vaga, indefinida, uma espécie de serenidade dolorosa, como a que se segue às grandes crises de uma doença, quando o amanhecer esperado da convalescência está ainda abaixo do horizonte.

– Preciso de um segredo – retomou Ouine –, tenho a maior necessidade de um só segredo, que seja tão frívolo quanto você possa imaginar, ou mais repugnante e horrível do que todos os diabos do inferno. Sim, tivesse ele só o volume de um grãozinho de chumbo, sinto que me formaria de novo em torno dele, retomaria peso e consistência... Um segredo, entenda-me bem, meu garoto, quero dizer uma coisa escondida que valha uma confissão – uma confissão, uma troca, uma coisa de que possa me descarregar sobre outrem.

– E a que diabos isso lhe serviria? Para quê?

Apesar da forma irônica, a pergunta não parecia afligir Ouine. Pensava bastante antes de responder. A mão pesava sobre o ombro do jovem, embora menos pesada que o olhar, tão próximo que, para distinguir a pupila, Steeny teve de se jogar um pouco para trás. Ele só via o clarão, o reflexo, a expressão indefinível e, aliás, contraditória, de sonho e astúcia.

– Isso me salvaria – disse Ouine, com uma voz quase indiferente, que não exprimia de nenhum modo o desejo de ser salvo de fato, mas, sobretudo, um distanciamento odioso de sua própria sorte, uma convicção glacial. – Isso romperia o equilíbrio, se houvesse tempo ainda. Pois não posso dar mais nada a ninguém, eu sei, e não posso, provavelmente, nada receber também. Mas o quê? Algo pode cair de mim, como o fruto de uma árvore, ou ao menos – pois não se trata mais nem de flor nem de fruto – como uma pedra de um bloco. Bastaria um empurrão, um peteleco. A menor pedrinha...

A sombra dos ombros desenhava ainda sobre Steeny a sua curva robusta, sólida, e essa imagem conferia às últimas palavras de Ouine um sentido sinistro.

– Ora bem! Tente, acho isso tão simples. Não importa que segredo... Então... O senhor está falando sério, senhor Ouine? Todo mundo tem o seu esconderijo, o seu pequeno armário de venenos. Alguma coisa que se feche à chave.

– Justamente... precisamente... – balbuciou Ouine (e sua outra mão livre veio pôr-se no ombro de Steeny, com lentidão) – esta chave não me serviria mais para nada, a porta está escancarada, os frascos vazios, os venenos espalhados pelo ar, diluídos ao máximo, inofensivos. Precisaria concentrá-los por séculos para ter com o que matar um só rato.

– O senhor ainda consegue pensar em venenos? Venenos! Basta! Cada coisa é veneno, ou néctar, ou ainda água pura, isso depende de quem a consome, do dia, da hora, da tristeza ou da alegria – ou talvez apenas – quem sabe? – da etiqueta do frasco.

– Água... água pura... – repetiu Ouine, com uma voz pouco perceptível. – Pura, não – insípida, incolor, sem frescor nem calor... Nenhum frio conseguiria turvá-la, ela não conseguiria apagar nenhum fogo... Quem gostaria de beber essa água comigo? O aço é menos duro, o chumbo menos denso, nenhum metal poderia corroer-se nela. Não é pura, no sentido exato da palavra, mas intacta, inalterável, polida como um espelho de diamante. E minha sede também se parece com ela, minha sede e essa água formam uma única coisa.

– É porque você mesmo é intacto, inalterável – diz Steeny, sem prestar muita atenção a essa resposta maquinal.

– Eu o sou. – E a última palavra se perdeu numa espécie de grunhido ininteligível. – Oh! Deus! Achei que manejava a lima e o cinzel, enquanto passava sobre essa matéria um pincel tão macio que não teria apagado o pólen de uma flor.

A voz de Ouine – ao menos quando se podia distinguir – não tinha perdido, aparentemente, a sua seriedade professoral e, no entanto, o timbre soava como que estranhamente partido, causava em Steeny o mesmo mal-estar que a máscara de um homem maduro no rosto de uma criancinha. E, sem querer, pouco a pouco, sentia a própria voz harmonizar-se com a de seu mestre, tão estreitamente que uma e outra eram como uma só. Falavam assim, na sombra, de igual para igual, como dois vagabundos no desvio de uma estrada desconhecida, numa solidão perfeita.

– Não se entalha nada sobre a própria vida; são bobagens – disse Steeny, escrevemos apenas sobre a vida dos outros –, talvez, e ainda não sabemos o que escrevemos, como sabê-lo?

– Não escrevi nada na sua? – pergunta Ouine. – Bem... Bem... não se apresse em responder. Ou melhor, não responda nada, sua resposta não tem nenhum valor a meus olhos. Ter escrito, o que importa? Bastaria ter apagado uma palavra do que está escrito, uma só palavra, uma só sílaba, dessa língua desconhecida. Oh! rapaz, tivesse eu apenas riscado esse espelho, conseguiria me fazer bem pequeno, passaria inteiro por essa fenda de metal.

– Para se esconder de quem? Do quê? O que tanto receia, senhor Ouine? É a morte?

– Ignoro o que você entende por essa palavra – diz o professor de línguas com solenidade. – A espécie de resolução dos humores que se designa normalmente assim nunca reteve muito a minha atenção, não sou um químico. Em suma, a morte sempre foi para mim o desenlace de um drama moral. Temo ter perdido esse drama. Não houve em mim nem bem nem mal, nenhuma contradição; a justiça não conseguiria mais alcançar-me – estou fora de alcance – esse é, provavelmente, o verdadeiro sentido da palavra "perdido". Nem absolvido nem condenado, note bem: perdido – sim, perdido, sem rumo, fora de alcance, fora de suspeita.

– Não existe apenas a justiça, há também a misericórdia, o perdão. Ou nada talvez, absolutamente nada, por que não?

– Imbecil! – resmungou Ouine (mas a voz não exprimia nem indignação nem raiva). – Se não houvesse nada, eu seria alguma coisa, boa ou má. Sou eu que não sou nada.

A palavra caiu literalmente dos lábios de Ouine sobre o jovem rosto, que se retesara como que para recebê-la, e esse rosto recebeu-a de fato. Steeny recebeu-a em seu rosto mais do que ouviu com os ouvidos, em seu rosto, na testa, nos olhos – a palavra banhou suas têmporas e bruscamente encheu o seu peito, assim como um bloco de gelo.

– Basta! – pensou gemer, mas o orgulho ainda lhe fechava a boca; só pedia a graça a si mesmo.

– A curiosidade me devora – prosseguiu Ouine. – Neste momento ela cava e rói o pouco que me resta. Assim é minha fome. Como fui curioso das coisas! Mas só tive fome das almas. O que dizer, fome? Cobicei-as com outro desejo, que não merece o nome de fome. Senão uma só dentre elas me teria bastado, a mais miserável, tê-la-ia possuído sozinho, na solidão mais profunda. Eu não queria fazer dela minha presa. Observava-as gozar e sofrer como Aquele que as criou poderia tê-las observado ele mesmo; eu não lhes proporcionava nem gozo nem dor, mas gabava-me de dar apenas o imperceptível impulso, da mesma forma que orientamos um quadro na direção da luz ou da sombra; sentia em mim a providência delas, uma providência quase inviolável em seus desígnios, tão insuspeita quanto a outra. Felicitava-me por ser velho, feio, impotente, alegrava-me ao som de minha própria voz, exagerava-lhe escrupulosamente o timbre de fagote nasalado, feito para tranquilizar os pequeninos. Com que júbilo entrava nessas modestas consciências, tão pouco diferentes em aspecto, tão comuns – casinhas de tijolos sem brilho, enegrecidas pelo costume, os preconceitos, a tolice, como as outras, pela fuligem das cidades – essas almas parecidas com as cabanas das cidades mineiras. Eu me instalava com dignidade, enchia-as com minha benevolência, com minha discreta solicitude; elas me davam de pronto os seus segredos, mas eu não me apressava em tomá-los. Abarcava com o olhar tudo o que esses tipos de casas oferecem inocentemente ao estrangeiro, ao passante – casas sem alma, almas sem nome – seus ridículos confortos, as toalhinhas bordadas, as fotografias penduradas na parede, o tamborete ornado com uma menina de gesso, os espelhos escurecidos com excremento de moscas mais misteriosas do que os sulcos nos bosquedos, o único tapete brilhando de sujeira, o canário na gaiola – sim, eu forçava com o olhar todas as humildes defesas ao abrigo das quais a mediocridade se consome tranquilamente por si mesma. Não interrompia de modo nenhum, em aparência, essa espécie de reabsorção, tornava-a pouco a pouco impossível, contra a vontade delas. A segurança dessas almas estava em minhas mãos, e elas não sabiam; eu lhes escondia ou lhes mostrava, alternadamente. Brincava com essa segurança grosseira como com um instrumento delicado, extraía-lhe uma harmonia particular, de uma suavidade sobre-humana, dava-me esse passatempo de Deus, pois são divertimentos de um Deus, esses prolongados lazeres... Assim eram essas almas. Eu evitava mudá-las, descobria-as por elas mesmas, tão precavido quanto um entomologista que desdobra as asas da ninfa. O Criador delas não as conheceu melhor do que ele, nenhuma possessão do amor pode comparar-se com essa captura infalível, que não ofende o paciente, deixa-o intacto e, no entanto, à nossa inteira mercê, prisioneiro, embora mantendo suas nuances mais delicadas, todas as iridescências, todos os matizes da vida. Assim eram suas almas. Eis o que fiz de Néréis, essa pobre criança mal-afortunada. Eis o que fiz de Perna-de-lã, nessa velha casa que deverá conservar minha memória, em que cada pedra está impregnada de meu prazer. De uma massa vulgar fiz uma bolha de sabão – mais leve, mais impalpável – esses dedos grossos que você vê conseguiram essa maravilha.

– Então o quê? O senhor não terá, então, vivido em vão?

– Será que fiz realmente o que acabo de dizer? – gemeu Ouine. – Será que o quis? Que o sonhei? Será que fui só um olhar, um olho aberto e fixo, uma cobiça impotente?

– Perna-de-lã está morta, diz Steeny.

– Ela escapou, eis a palavra, ela se lançou fora de todo o alcance – escapou talvez não seja a palavra que convém – ela se precipitou como uma chama, como um grito.

– O senhor a amava? – perguntou Steeny.

Mais uma vez, a frase era pronunciada antes que lhe tivesse penetrado completamente o sentido. Ouine não pareceu, aliás, ouvi-la. Continuava a gemer e a ofegar, mas esse gemido não se parecia com um lamento. Exprimia, sobretudo, a mesma surpresa profunda, que não parava de crescer, como a de um homem que, com os últimos passos na direção do cume durante muito tempo imóvel acima de si, descobre o espaço imenso e os horizontes engendrando-se uns nos outros, tão rápidos que seu olhar não pode seguir o desenrolar multiplicado pela espiral vertiginosa. Steeny pensa também no grunhido do idiota glutão que viu um dia na porta do asilo cantonal, e cujas lágrimas e saliva corriam juntas pela tigela fumegante.

– O senhor há pouco queria segredos – disse ele, lançando as palavras ainda ao acaso. – Ora bem! Eis aí os segredos!

– Segredos, ora! Se fossem segredos de verdade, não me livraria deles tão tranquilamente. Nem mesmo me livro deles, eles caem de mim, descolam-se, parecem nunca ter me pertencido. Não acrescentam nem retiram nada de meu peso, e, além disso, não tenho mais peso. Meu garoto, retomou com sua antiga ênfase, durante a minha carreira universitária, e também depois dela, nunca pensei em negar a existência da alma, e hoje mesmo, não conseguiria pô-la em dúvida, mas perdi todo o sentimento da minha, ao passo que, há uma hora somente, sentia-a como um vazio, uma espera, uma aspiração interior. Sem dúvida, terá ela acabado de me engolir? Eu caí nela, meu jovem, da mesma maneira com que os eleitos caem em Deus. Ninguém se preocupa em pedir-me para prestar contas dela, ela não pode dar-se conta de mim, ignora-me, não sabe nem mesmo meu nome. De qualquer outra prisão eu poderia escapar, ainda que pelo desejo. Caí exatamente lá onde nenhum julgamento pode atingir-me. Retorno a mim mesmo para sempre, meu garoto.

Para estupefação de Steeny, a respiração precipitada de Ouine acabou num riso inicialmente abafado, depois franco e límpido, como jamais teria podido esperar dessa boca austera. Ao mesmo tempo, a sombra de seus ombros largos parou de pesar sobre ele, e ele se viu de pé, livre.

Ouine continuava a rir aos poucos, com a cabeça inclinada para a direita, um olho aberto, outro fechado, o que conferia a seu rosto uma expressão bem vulgar. Uma lágrima pesada reluzia numa dobra de sua face.

– Passo por um momento incrível – disse ele com um enorme suspiro. – Retornar a mim mesmo não é um jogo, rapaz. Não me teria custado mais retornar ao ventre que me fez; eu me virei, realmente, fiz de meu avesso o lugar, virei-me como uma luva.

O leve ruído de seu riso mal vencia o silêncio; parecia agora o soluço da água num sulco de argila, o tinido da tempestade sobre as pedras, qualquer murmúrio ininteligível das coisas; não possuía mais nenhum sentido humano. Que tivesse saído desse corpo pesado, sucumbido sob suas roupas simples, no alvor lívido da cama desarrumada, nem surpreendia Steeny. E, aliás, não se erguia, corria na sombra como um fio limoso, inapreensível, inexaurível, não tinha começo nem fim.

– Ora! Sem querer lhe dar ordens, senhor Steeny, o senhor poderia me ajudar, não tenho força suficiente para movê-lo.

(De onde vem esse barulho de fonte?... É o médico que lava as mãos, com a bacia no chão, entre as pernas.)

– Se o falecimento ocorreu há duas horas, então é verdade que o senhor faleceu quando eu acabara de descer. Ora! Verdade, doutor, isso me surpreende. Imaginava reencontrá-lo bem-disposto.

– As agonias dos velhos são normalmente decepcionantes – observa o médico que, sem uma toalha, agita as mãos em cima da cabeça para secá-las. – De uma maneira geral, as crianças morrem melhor, senhora Marchal. Oh! Diga então, rapaz, inútil tatear o coração, você, aliás, procura muito à esquerda. Sobre essa questão como sobre outras, a fisiologia não está de acordo com a literatura.

– Eu lhe juro, doutor, que na hora em que o senhor abriu a porta, nós conversávamos, ele e eu.

– Isso me faz lembrar o título de um romance que li antigamente, *Os Mortos que Falam*, ou algo assim. No que lhe concerne, rapaz, estou propenso a acreditar que a palavra "enigma" encontra-se no fundo dessa garrafa de vinho do Porto.

– Vamos! Vamos! Se você continuar plantado na cama, não vou conseguir nunca tirar o lençol, resmungou a senhora Marchal furiosa. Não digo que seja aqui o lugar de um rapaz como você, mas já que está aí, poderia aproveitar melhor o seu tempo em vez de beber, não é verdade? Uma mulher da minha idade tem o direito de falar com franqueza.

É admirável vê-la assim ocupada com a sua tarefa de amortalhadeira, indo e voltando contra a luz do abajur colocado no chão, quase leve no voo desajeitado de seus saiotes de lã. Diríamos que ela tira as medidas do fardo como um grande inseto diligente, em seguida lança adiante, imediatamente, os braços curtos, com uma precisão infalível, e o cadáver dócil rola de uma borda à outra, como uma canoa balançada pela onda. Num piscar de olhos, aos olhos estupefatos de Steeny, Ouine, despojado de seu invólucro familiar, como que deslizou de si mesmo numa velha camisola com muitos panos, bordada na gola com uma florzinha vermelha. A senhora Marchal, então, dobrou o lençol, exatamente como se fecha um envelope, e o rosto do professor de línguas pareceu afundar suavemente, suavemente, não no travesseiro, mas numa matéria invisível onde foi pego de repente, imobilizou-se como um sinete na cera – em tudo semelhante à antiga efígie, com uma semelhança milagrosa, sem que lhe faltasse a menor ruga, a mais minúscula pinta, com os pelos na conta exata e, no entanto, totalmente diferente do antigo rosto – o que falava, ria, tremia, mesmo em sonho, com o movimento do pensamento, que não se detém nem de dia nem de noite, tremia diante do pensamento, como a folha da bétula ao sabor da brisa. Essa massa adquire pouco a pouco, aliás, a cor da argila, parece endurecer no ar, a ponto de a claridade do abajur recusar-se a envolver-lhe os contornos. Solitário, o nariz que alonga desmesuradamente o côncavo das órbitas, o enfraquecimento dos músculos da face, parece viver uma vida agora sem causa nem objetivo, como um animalzinho maléfico.

DO MESMO AUTOR, LEIA TAMBÉM:

Em forma de confissão, Georges Bernanos narra a vida de um jovem padre católico na região francesa de Ambricourt. Ao denunciar que o cristianismo está sendo transformado em rotina no mundo moderno, o autor retrata a morte simbólica desse mundo no confronto entre conformidade e inconformidade, entre espiritualidade e praticidade. O livro foi adaptado para o cinema em 1951 pelo cineasta francês Robert Bresson.

Um esquerdista mundano que se suicida num quarto de hotel. Um grande escritor acabado, escravo de sua própria fama. Uma mulher perdida e seu jovem amante, unidos pela droga e por um crime tenebroso. "Seres que perderam a razão de viver e que se agitam desesperadamente no vazio de suas pobres almas antes de morrer." Esses são os personagens deste livro que pintava, em 1934, com uma cólera santa e profética, um mundo desonrado com o qual o nosso se parece um pouco mais a cada dia.